谜一样的双眼

谭文斐 著

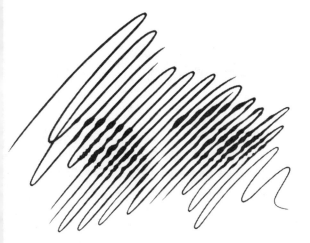

万卷出版有限责任公司
VOLUMES PUBLISHING COMPANY

图书在版编目（CIP）数据

谜一样的双眼/ 谭文斐著. -- 沈阳: 万卷出版有
限责任公司，2025.1（2025.4重印）. -- ISBN 978-7-5470-6605-8

Ⅰ. I267

中国国家版本馆CIP 数据核字第2024C3R721 号

出 品 人：王维良
出版发行：万卷出版有限责任公司
　　　　　（地址：沈阳市和平区十一纬路29号　邮编：110003）
印 刷 者：三河市龙林印务有限公司
经 销 者：全国新华书店
幅面尺寸：145mm×210mm
字　　数：250千字
印　　张：10.5
出版时间：2025年1月第1版
印刷时间：2025年4月第2次印刷
责任编辑：姜佶睿
责任校对：张　莹
装帧设计：云　舒
ISBN 978-7-5470-6605-8
定　　价：59.80元
联系电话：024-23284090
传　　真：024-23284448

序 言

　　麻醉医生是手术室的幕后英雄，"外科医生治病，麻醉医生保命"。在整个围手术期里，麻醉医生的评估、临床麻醉、术后疼痛管理，都直接影响了手术的质量。但是在整个围手术期，因为工作性质的特殊性，麻醉医生呈现在患者面前的永远是"谜一样的双眼"，这就让"麻醉"有了些许神秘色彩。随着网络自媒体的大众化，麻醉作为手术中的重要一环，被更多地了解和关注，但麻醉工作的专业性和特殊性被正确认知仍有很长的一段路要走。

　　作者谭文斐2002年考取我的硕士研究生，2005年留校工作，2007年考取我的博士研究生，并于2010年获得麻醉学博士学位。工作之余热爱写作，把日常工作中遇到的病例演化成一个个故事，跟读者娓娓道来，为更多的人了解麻醉医生的工作提供了更多可能。

　　希望作者制心一处，做好麻醉工作的同时，讲好深奥的麻醉故事。

王俊科

目录

别样的麻醉日记

人在麻醉以后，离灵魂最近。

援疆医生塔城小记

谜一样的双眼

1

民族的秘史都深藏在他族人的眼睛里。

援疆医疗任务其中一项就是到牧区义诊，让久未走出草原的牧民们感受到政府的关怀，也是援疆医生们十分积极投入的一项工作。一来，自己的医学知识可以福及更广阔的天地；二来，深入牧区深处，单单上百公里颠簸的土路，就让我这个从沈阳来的"伪驴友"兴奋不已。

每次都是早早地出发，带上汽油发电机、心电图机、便携式超声，两辆救护车十几分钟就开出了县城，奔驰在草原上。如果出来得晚些，又赶上前一天没有下雨，太阳高悬，土路的灰尘就会随着救护车的急驶奔腾而起。草原公路上热浪滚滚，偶尔能够看到盘旋飞翔的苍鹰，因为救护车的飞尘遮盖了它们狩猎的视野，它们只能低低地巡视，久久不愿离去。

牧民们十分纯朴，义诊结束时一定会用最高的礼节答谢医生，先是表演赛马、叼羊，接着是传统的男欢女爱、"姑娘追"，最后是杀羊款待贵宾，当然少不了烈酒。

所有礼仪都结束的时候，酒量再好的汉族人也会面红耳赤，像我这种不胜酒力的人，早早地就走出毡房，四仰八叉地躺在草地里，任由胃里翻江倒海，脑子里思绪万千，一个问题挥之不去：

"我为什么会来到这里？"

人在喝醉之后最接近灵魂。

我的奶奶 96 岁高龄仙逝，虽然只会写自己的名字，但，她是整个家族里公认的最有智慧的人。弥留之际，黑白颠倒，白天昏睡，深夜喊叫，仿佛在与故人交流。从麻醉医生的角度，我屡屡想要用药物进行干预，但后来还是放弃了，在少得可怜的几次接近晨曦的交谈中，我知道还是顺其自然好，人在将逝之前最接近灵魂。

起先她提到的是爷爷的故事，但，肯定不是我爷爷的故事。

"草原上一直都是晴空万里，只有远处慢慢飘过来几朵云彩。托帕依古把仅有的两只羊赶到岩石下，羊开始努力地吃草，托帕依古闲来无事，捡起一块带尖的岩石，在岩面上无聊地刻起来，他划了一下，岩面上留下了深深的印迹，不是很满意，他想擦去，但划过的岩面就会留下印迹。他一时情急，吐了口水想要擦去，但印迹在口水的作用下更加清晰。他没有办法，照着身边的羊，一笔一画地刻上去，然后用口水一湿，岩面上已经深深地印下了一只羊的模样。天边的云彩已经靠近了。托帕依古又凭借自己的想象，画了一头牛，加上尖尖的牛角，一头活灵活现的牛出现了。吃草的两只羊跑到了云的阴影里。托帕依古画得有些上瘾了，他画了顶天立地的自己。已经乌云密布了，但他并没有在意，因为他红着脸在自己旁边画上了自己心爱的女人。眼看满意的画作就要完成了，远方突然一道亮闪，雷电击中了两只羊，紧接着是轰隆隆的雷声。托帕依古傻眼了，奔跑过去，身后又是一道亮闪，雷电击中了岩面，雷声炸裂在耳边。"

"后来呢？"我忍住不笑，问奶奶。

"后来托帕依古抱着两只烤焦的羊，泪流满面地去见自己的女人。"

"女人说了什么？"我追问。

"ﻩﺭ ﺍﺩﺍﻡ ﺑﻮﻳﺪﺍﻥ ﻛﻪﺳﺘﻪﻩ، ﺟﺎﺱ ﺗﻮﻛﭘﻴﺪﻳﻰ。"（男人不能流泪。）

"那是哪一年？"

"1968年，不对不对，公元前1968年。"奶奶纠正。

但是，牛羊和男人女人的画永久地留在了岩面上。

后来她提到的是父亲的故事，但，肯定不是我父亲的故事。

"老风口位于乌尔嘎萨尔山和加依山之间的额玛牧道上，是先民们口口相传的夺命口，家族的无数牲口都是在从夏窝子向冬窝子转场的过程中被风卷走的，当然，最惨烈的一次还是那年被狼袭击的那次。布各拜古已经成年，完全可以胜任带领家族转场的职责，他昂首挺胸地坐在家族中最为强壮的烈马的马背上，挥动着马鞭，带领着背负整个家族所有毡房龙骨和地毯的老骆驼，缓缓地前行。紧跟其后的是家族的羊群、牛群和骑在马上的男人们，浩浩荡荡，蔚为壮观。托帕依古虽然老了，但是还能使用弓箭，胯下的老马明显消瘦，但是已经和他融为一体，只要托帕依古轻轻一夹双腿，老马就会顺着他目光的方向走去，丝毫不用他有所顾虑。秋风习习，草叶枯黄，万物萧条，男人、骆驼、牛马羊都在按照自己的步伐前行着，没有丝毫的恐惧，但所有人和牲口都清楚地知道，天黑之前如果赶不到平安驿，这个夜晚将要黑暗无比。虽然布各拜古也是按照祖上传下的日子开始转场，但是老托帕依古还是不断地提醒他，今年雨水少，草枯黄得早，狼也会出现在牧道上。夕阳下，男人们不时地在羊群左右指挥着方向，牧羊犬最能领会主人的意图，在头羊左右奔跑，羊群缓缓地跟着前面的老骆驼，离平安驿越来越近。布各拜古万万没有想到的是，老骆驼因为年老体弱，再也不能背负所有的龙骨和地毯，跪倒在草原上，无法前行，整个队伍只好停下来扎营过夜。

"事后没有人再提起过那天晚上发生了什么，家族的牲口只剩下两头满带淋淋鲜血牛角的公牛，男人们也伤痕累累，还好，没有人死亡。大家记忆最深刻的是，第二天一早，头狼还在山顶徘徊，托帕依古骑着老马绕道翻山，一箭将头狼从山顶射下。回来时，托帕依古筋疲力尽，红着眼睛告诉布各拜古：'كَبد ریقساق ۔ بالسلاسن اسارسكَ اعوّداۃ قار پ ولیدیی۔'（狼回头，不是报恩就是报仇。）"

"那是哪一年？"

"1945 年，不对不对，1899 年。"奶奶纠正。

但是，平安驿的遗迹还留在那里。

麻醉医生出现在患者面前都是戴着口罩和帽子的，不要说是姓名，就连长相患者也无法记得。每次走进手术室，麻醉诱导前，我都会跟患者说："我们马上就要麻醉诱导了，您深呼吸，有什么不舒服的只管说。"

塔城地区是多民族融合的地区，很多患者不懂汉语，麻醉前都是很紧张的样子。一天，我跟麻醉医生达娜给一个患者实施麻醉，一样的药物，一样的话语，患者一直睁着眼睛，不肯睡去，药物慢慢起效，她就要闭上眼睛时说：

"مەن پەقەت سىزنىڭ جۇمباققا ئوخشاپ كېتىدىغان كۆزىڭىزنى كۆرەلەيمەن."

麻醉诱导结束，我问达娜她刚才说的是什么。

达娜告诉我，患者说："我只能看见，你谜一样的双眼。"

人在麻醉以后，离灵魂最近。

2

相　识

起初阿热阿依对我这个沈阳来的汉族麻醉学老师是充满敌意的。原因很简单，我不止一次地批评过他：作为麻醉医生，走进手术室之前，要换好手术衣，戴好帽子、口罩，不能佩戴任何饰物进手术室，这是对手术室无菌条件最基本的要求。说过一次以后，阿热阿依把腰间常挂的切肉小刀放在了更衣柜里，但是对他随身挂着的一颗锋利的动物牙齿说什么也是形影不离。

阿热阿依个子不高，从小在草原上骑马奔跑造就出这个标准的哈萨克族汉子的精干体形，皮肤黑红，脸型介于深陷眼窝的欧洲人和扁平颧骨的汉族人之间，眼睛十分有神，坚毅而自信。他虽然是从用汉语教学的医科大学毕业的，但是平时很少用汉语交流，除非是在麻醉专业必需的业务交流时。阿热阿依很少跟我说话，每次我劝说他摘下动物牙齿再进手术间时，他都很气愤，面红耳赤地跟旁边的维吾尔族护士用自己的语言交流半天，我听不懂什么意思，但是知道他很生气，我们每次都不欢而散。当然他也很少请教我临床麻醉方面的知识，因为他是受援医院麻醉科的骨干力量，我也必须尊重他。我们就这样僵持了两个月，直到这个病例出现。

塔城地区不大，几乎所有的哈萨克族老乡都知道他们有一个出色的儿子娃娃在地区医院是响当当的麻醉医生，所有老乡们一有什么状况，第一时间想到的一定是阿热阿依。当然，他们不叫他阿热阿依，他们更加亲切地称呼他"阿来"。所以急诊手术的患者有一半都是阿来的亲戚。我清晰地记得，那天的患者是阿来的表弟，骑着摩托车放羊，回来有些晚，连车带人掉进了山谷里。患者进手术室后先做硬膜外血肿清除，然后再开腹探查。

阿来让护士给我打电话的时候是凌晨4时，手术已经结束了，患者心率快，血压低，对缩血管药物没有任何反应。这次阿来是真的害怕了才请我会诊的，以我们俩平时的关系，他不会轻易求教于我。我一边叫出租车，一边嘱咐巡回护士让阿来做一下患者的动脉血气分析，看看患者失血和内环境状况。我走进手术间，微微整理了一下刚刚戴好的口罩，看了一眼监护仪，患者心率130次/分，血压75/45mmHg。

"血气分析结果出来了吗?"我直奔主题。

"没有任何异常,就是稍微偏酸一点儿。"阿来的眼神显出从来没有的委屈。

"这个状态持续多长时间啦?"我开始询问病情。

"一直都挺好的,手术结束了,外科医生要求留置中心静脉,穿刺结束没有多长时间就开始出现心率快、血压低的症状,开始我给去氧肾上腺素还有反应,后来不行,我又从中心静脉给去甲肾上腺素,结果越来越坏。老谭,你看看到底是怎么回事?这是我的表弟。"这是阿来第一次喊我"老谭",虽然在嘴上,我更希望他喊我"谭老师",但是在这边境小城里一个敌视我很久的同事喊我"老谭",不由得让我在凌晨心头一暖。

"给我找一个10mL注射器。"我命令说。

"给您。"这个哈萨克族汉子终于在我面前放下了架子。

虽然我也没有搞清楚病情的来龙去脉,但是按照常规思路,我首先怀疑的还是他的中心静脉穿刺出现了并发症,可能有血气胸,但是血气分析结果正常又无法解释我的推断。

我麻利地接上中心静脉导管,一回抽,暗红色的血液回吸到注射器里,证明导管位置没有问题。

"穿刺过程顺利,您要信任我。"阿来很恳切地说。

"穿刺以后多长时间出现的症状?"我有些没有底气地问。

"不到20分钟吧。"阿来回答。

"患者以前有没有药物过敏史?"我接着搜寻线索。

"以前用复方新诺明过敏过,今天没有用过。"阿来如实回答。

"你用的中心静脉导管是国产的还是进口的?"我开始抽丝剥茧。

"进口的,这有关系吗?"阿来开始不耐烦了。

"把中心静脉导管拔了,现在,立刻,马上!"我的语气很重。

"刚才你不是看到回血了吗?位置没问题啊,为什么要拔?"阿来腰间的动物牙齿在不停地晃动。

"位置越好,患者血压越低。"说完我戴上手套亲自把导管拔了出来,然后嘱咐护士换上肾上腺素泵注。

时间仿佛凝固,所有人都在凝视着监护仪,等待着患者的生命体征变化。

20钟过去了,血压回升,心率减慢。

"复方新诺明的主要成分是磺胺类抗生素,而科里进口的中心静脉导管表面有磺胺嘧啶银涂层,是过敏原,过敏性休克的一线药物是肾上腺素。"说完我就摘下手套,消失在漆黑的走廊中。

后来阿来喝酒时聊到我当天走出手术室的背影。他说,他很少尊敬一个男人的背影,第一次是听说爷爷射杀头狼时,第二次就是我的那次,而且也是那天,阿来认定我是他的好朋友,也暗下决心要给我讲讲他爷爷的故事。

塔斯提

还记得奶奶给我讲的"父亲的故事",那便是阿来家族的故事。带领族人转场的布各拜古是阿来的父亲,一箭把头狼从山顶射下来的托帕依古是阿来的爷爷,后面的故事便是精疲力竭的托帕依古回来后，红着眼睛把一颗血淋淋的狼牙交给布各拜古，后来又传给了阿来。

自从知道狼牙的来历，我就要求阿来带我到老风口走走。阿来神秘地说，还是去塔斯提吧。

塔斯提是我今生见过的最美的沙漠绿洲。

那天一起去塔斯提的，除了我之外，还有阿来车里的一箱十瓶装的"小老窖"、一个迷你音响和美女阿依诺尔。塔斯提要是单单放在大兴安岭的丛林里，一定会让你觉得平淡无奇。而那天让我最为震撼的是，我们昏昏欲睡地在沙漠里开车奔驰了四个小时，即使有美女相伴，沙漠行车也很快就让人视觉疲劳了。但是绕过几座山坡接近目的地，一条奔腾的河流和一片繁茂的原始森林展现在眼前，犹如久旱逢甘霖，沁人心脾。

阿来说今天一定要用最古老的仪式欢迎我。

先是阿来的几个兄弟，牵来一头肥硕的巴什拜羊，做过祈福礼仪以后，当着客人的面，宰羊。巴什拜羊的肉一定要用当地的河水来烹饪，才会熟烂可口，清香四溢。

吃过羊肉以后，天色渐暗，阿来的兄弟们和阿依诺尔跳起了"黑走马"，我被大家推推搡搡地带动着，也跟着音乐舞动起来。"小老窖"和巴什拜羊肉是最为贴切的能量组合，让你从内往外散发着热量。人们的舞步越来越快，衣服越来越少，阿来的几个兄弟把我推到阿依诺尔身旁。我羞涩地笑着，跳着，不敢接近她，偶尔偷偷地看一眼那谜一样的双眼，我又急忙躲避开。我以为跳完舞我们就结束了，其实才刚刚开始。

阿来一声令下，几个兄弟把音响关掉了，然后他们匆匆忙忙地骑着摩托车跑掉了，只剩下我、阿来和阿依诺尔三个人。阿来点起一支火把，对我和阿依诺尔说："走，进山。"如同当初我让他拔出中心静脉导管的口气。

阿来拿着火把走在最前方，阿依诺尔在中间，我在最后紧跟着，天完全黑了，如果不是借着酒劲儿，还真有几分凉意。

渐渐到达密林深处，远远地能够看到一个硕大无比的山洞，阿来示意阿依诺尔和我放慢脚步。山林里的风缓缓强劲，火把忽明忽暗，阿来停下了脚步，一人发了一瓶"小老窖"，自己先干了，阿依诺尔紧接着也一仰头全喝光了。我正在迟疑，看见阿来脱了上衣，挂在胸前的狼牙左右摇摆着，阿依诺尔也脱了上衣，我惊讶地闭上了眼睛，咕咚咕咚地喝下了整瓶"小老窖"。

喝到一半，阿来把火把递给我，他和阿依诺尔开始动作协调地跳起了哈熊舞，舞步自然，动作协调，我却感觉穿越到了拉斯维加斯舞蹈秀。

但是很快惊喜的心理就变成了恐惧，随着阿来和阿依诺尔走近山洞，我隐约能够看见两只黑熊静静地站在洞口。阿来和阿依诺尔踏着哈熊舞的舞步，慢慢接近洞口。黑熊纹丝不动，我远远地站在原地，一动不敢动。阿来和阿依诺尔迈着舞步缓缓地走进山洞，两只黑熊左右打量了一番，慢慢离开洞口，消失在丛林里。

我打着火把飞奔进洞，阿来一把夺过火把，示意我跟着一起跳舞。阿依诺尔缓缓地迈着舞步贴近我，我感觉到一股热浪袭来。有些眩晕，仿佛看见了沙漠里的原始森林。

阿来和阿依诺尔接着迈着舞步前行。阿来高举火把，照亮了山洞里的岩画，依次是宰羊迎客、载歌载舞、男欢女爱。最后一幅图中的男人俨然手中紧握着火把。

塔斯提是我今生见过的最美的沙漠丛林。

离别的时候阿来并没有来送我，我知道他已经把我当成兄弟了。飞机起飞，渐渐拔升，绕过沙漠，点点绿洲，绿洲的羊群三三两两，再飞得高些隐隐约约能够看清白色的羊群拼出的英文：

"Tan welcome back."（老谭，欢迎回来。）

我的眼泪止不住地流下来，闭上眼睛，眼前浮现出来的竟是阿依诺尔谜一样的双眼。

3

自从接到援疆前线指挥部的通知，说阿依诺尔作为沙湾地区医院麻醉科主任要来我们医院学习一个月，我就辗转反侧，夜不能眠。

阿依诺尔是阿来的大学同学，同样是麻醉学本科毕业，毕业后就分配到沙湾地区医院当麻醉医生。她不光能歌善舞，而且在地方医院深耕麻醉技术，早早脱颖而出，已经是具有丰富经验的麻醉科主任，为沙湾地区百姓的手术安全保驾护航。援疆期间塔斯提一别之后，阿依诺尔诚恳地邀请我到他们科室支援一周，我欣快地答应了。后来我们相处了短短一周。

《谜一样的双眼2》发表以后，我又回到新疆，见到阿来一次，深表歉意地跟阿来说："抱歉，我把我们之间的故事发表了，还用了您的真实名字，不知道会给您带来什么样的影响。"阿来一如既往地端着酒杯，用不流利的汉语说："谭老师，不瞒你说，你的文章一出来，我就第一时间转给我媳妇看了。她看完，面色凝重，欲言又止，后来终于问道文章是谁写的。我说，是谭老师写的，媳妇说，那就不追究了。"说完阿来干了酒杯里的酒。"谭老师，阿来敬重你，用我的名字，你写什么都可以。"我深深地抱抱阿来，也干了杯里的酒。"阿依诺尔的故事可以写吗？"我问阿来，还没有等他回答，我们俩就相拥着大笑起来。

第一次见到阿依诺尔时，我的感觉是，之前的所有初恋、暗恋都是极其微不足道的幻想。阿依诺尔留给每一个正常男人的印象都是一种震慑的美。说实话，第一次见面我没敢仔细地打量她，如果仅仅是塔斯提的一次接触，我甚至对她的五官和身材都没有留下具体的印象，恍惚之中仿佛一切都在梦中。好在我们后来相处了短短的一周。

我还记得是援疆时的九月初，因为那年的古尔邦节和中秋节连休，长长的假期让所有人都早早心猿意马。放假前一周，组织派我支援沙湾地区医院一周，当时接到命令我充满了抵触情绪。后来才知道，是阿依诺尔通过当地卫生健康委员会联系到我们援疆前线指挥部，要求麻醉专家支援一周。进科以后才知道麻醉科主任是阿依诺尔，我以援疆专家的身份出现时，没有丝毫的尴尬感，因为我一直端着，阿依诺尔手下的三名医生也没有看出来我们之前相识。现在回想起当时自己的一幕幕，不由得暗自惭愧，因为再次见到阿依诺尔时，我瞬间心跳加速，面红耳赤，好在大家寒暄着掩盖过去了。但我相信，我先伸出手示意初次见面时，阿依诺尔一定感受到了我手心的汗。

由四个麻醉医生组成的团队对知识的渴望程度远远超过了我的想象。连续三天上午的麻醉管理指导和下午的基础理论课，让我和他们仿佛已经相识很久。阿依诺尔对知识的渴望也给我留下了深刻的印象，每次超声引导下神经阻滞的讲解，她都不厌其烦地提问，要求再次演示。短短三天，整个团队几乎掏空了我的知识储备，没有想到第四天是一场恶战。

第四天手术早早结束，阿依诺尔答应下午带我到鹿角湾转转。没想到我们刚刚踏上行程，手术室就来电话，有一个急诊剖宫产手术，患者是高龄产妇，牧民，没有做过产前检查，希望我们回去。我们决定返回。

我和阿依诺尔赶到手术室时，已经听到了新生儿响亮的哭声，这就预示着手术很顺利，阿依诺尔和我都没有准备再换手术衣。

"麻醉过程顺利吧，母子都还好？"阿依诺尔站在手术室外的走廊里冲手术间的麻醉医生高喊。

"都好，主任放心。"里面的麻醉医生没有出来，只是回话。

"那我们可以不进去了吧。"阿依诺尔又问。

手术间没有回声。

"还需要我们吗？"阿依诺尔有些着急了。

值班的麻醉医生没有回话，而是走了出来，说："主任，要不您和谭老师一起过来看看？新生儿好像有些异常。"

"怎么不好?"阿依诺尔焦急地问。

"好像有些脐膨出。"值班医生也不确定。

"孩子的生命体征还好吧?"阿依诺尔没有换手术衣的意思。

"现在还好。"声音有些微弱了。

阿依诺尔用她迷人的眼睛看着我,征询我的意见。

我径直走进男更衣室,开始换手术衣,开始端着。

对新生儿的第一印象是很大。

"牧民吃肉比较多,新生儿大体重很常见。"值班医生看出我的疑虑。

我重新打开孩子的包裹,果然是脐膨出。哭声虽然很有力,但是总觉得什么地方不对。

"应该问题不大,哭声好着呢。"阿依诺尔好像是在安慰我。"这个孩子的舌头也挺大。"她补充说。手术室瞬间充满了笑声,但是孩子的哭声越来越弱。

慢慢地,孩子好像呼吸也不好了。

我下意识地摸了下孩子的囟门,同样超过正常新生儿,不禁惊出一身冷汗。

"能否把刚才结扎的脐带再开放?"我问在场所有人。

大家面面相觑,一脸茫然。

"我要给药!"我大喊一声。

"脐带足够长,可以剪断,如果您坚持的话。"产科医生有些犹豫。

"抓紧剪开,重新暴露脐动静脉,立刻,"我边说边戴无菌手套，"巡回护士准备5%葡萄糖和无菌10mL注射器给我。"

产科医生一刀下去，脐动静脉清晰可见，我抽了10mL葡萄糖，对准脐静脉，缓慢地推注。

时间再次凝固，孩子的哭声越来越弱，值班医生准备气管插管了。

"先用呼吸球囊辅助一下，孩子的舌体肥大，不一定好插管。"我提示。

15分钟过去了，孩子慢慢呼吸均匀，安静地睡过去了。

阿依诺尔为了庆祝抢救成功，决定和我骑马进鹿角湾，就我们两个人。我们骑马穿梭在高山松林，太阳渐渐西下，松林里一束束的阳光并不刺眼，仿佛温柔的利剑短短地刺在每个人的身上，穿过每个人的胸膛。阿依诺尔骑术极佳，飞快地穿梭在松林里。我双腿夹紧马肚，双手紧握缰绳，紧紧地跟着阿依诺尔，内心紧张得没有一丝杂念。

"你怎么知道是低血糖？"阿依诺尔在松林里高喊着，旁若无人，确实松林里也只有我们两个人。

"这个是贝-维综合征（Beckwith-Wiedemann syndrome），脐膨出，大体重，大舌体，大囟门，低血糖。"我气喘吁吁，担心从马背上掉下来。

"再快点儿，日落之前我们还能看到。"阿依诺尔催促我。

"看到什么？"我有些心潮澎湃。

"看到不一样的男人和女人。"阿依诺尔回头冲我笑笑。

我差点儿从马背上摔下来。

穿出松林是一片河滩，夕阳下平静得能够看到金黄色天空的倒影。沿着河滩飞奔，仿佛看到了父亲提到的圣地。

父亲在寥寥几次的谈话中跟我说过他一生中最为渴望的圣地——贵州毕节织金县医院旁边的小河边。每当他劳碌了一天，为当地的老乡做了一天的手术，下了手术台，他都会到医院门口的小河边休息，绿树、夕阳、潺潺的流水，他说那是他认为自己最渴望的生活，不计报酬地付出，治病救人，做一个看夕阳的外科医生，心无杂念。

"到了！"阿依诺尔拉紧缰绳，打断我的思路，指着前面的裸岩跟我说，"我们先到跟前看看。"

原来是高山裸岩壁画。

我们悠闲地骑马观画，大部分是牛羊、雄鹰，少部分的狩猎场景，接下来是各种不一样的男人和女人在一起的场景，看得我面红耳赤。阿依诺尔下了马，示意我也下马，我紧张得差点儿让一条腿缠在马镫上。

阿依诺尔牵着我的手，走了很远。夕阳西下，我们的身影投射在岩画上，凝固成另一对不一样的男人和女人。

经过反复思量，我跟科里请假，阿依诺尔来的这个月，我要求返回新疆沙湾鹿角湾。

4

阿依诺尔于9月6日上午乘坐南航9时45分的航班返回新疆，

结束她为期一个月的进修学习任务。作为首批疆内外出学习的少数民族科主任，胜利完成任务返疆，得到各级领导的重视，欢送的人群围得水泄不通。因为是"高颜值"的美女，各种人物用不同的借口和她合影。我作为她的带教老师，虽然出席了欢送的场合，但还是远远地站在人群之外，欣赏着她的魅力四射。离登机的时间越来越近，同行的其他人纷纷挥别进入安检区，阿依诺尔离开人群，走到我身边，大方地和我拥抱告别。"老师，再见！"说完她凑近我的耳边小声说，"兴大悲，悯有情，精技艺，杜恶趣，开善门，必将不可思议。"说完她就头也不回地进入安检区，留下淡淡的薰衣草味道。我一时恍惚，没有反应过来，再想表达什么的时候，她已经消失在人群里。我努力地寻找她，终于在人群之中发现了她的背影，和无数准备登机的中年妇女没有任何区别。

阿依诺尔8月6日来到沈阳，我们相处了整整一个月。

其间比较难忘的是我们8月24日一起完成的胸科保留自主呼吸肺叶切除的麻醉。因为我是第一批援疆专家，所以科室决定由我作为阿依诺尔的带教老师完成为期一个月的学习任务。塔城和沈阳有两个半小时的时差，尽管如此，阿依诺尔每天还是坚持早7时就准时到手术间，开始麻醉准备，虽然每天都素颜出现，但她总是带着淡淡的薰衣草的味道。8月24日的患者保留自主呼吸肺叶切除术，要求手术直播，所以无论手术团队还是麻醉团队都高度重视。女患，体重70kg，身高164cm，体重指数26kg/m^2，术前氧分压73mmHg。对于实施保留自主呼吸麻醉来说，条件在边缘，很有挑战，但是由于时间关系，很难再有合适的病例，所以团队决定做好预案，展示一下我们的实际工作状态。

按照我写好的麻醉方案，阿依诺尔认真地准备好了TCI泵、脑电双频指数（BIS）监测仪、喉罩、支气管封堵器、纤维支气管镜。抽药，监护患者，监测麻醉机，一切就绪。开始麻醉诱导，启动丙泊酚TCI诱导，BIS下降，患者意识消失，启动瑞芬输注，窥喉，喉麻管喷洒局麻药，置入支气管封堵器和喉罩的联合体，喉罩到位，测试气道压力，满意。阿依诺尔的操作熟练而流畅，这和她20多天以来用心学习分不开。接下来是纤维支气管镜通过喉罩定位封堵器，这是技术含量较高的一步操作，她也行云流水地完成了。手术室的气氛顿时轻松了许多，在一旁等候的外科医生开始有说有笑，趁机和阿依诺尔开各种玩笑。人群走动，熙熙攘攘开始摆体位，消毒。阿依诺尔也高兴得有说有笑，忘记了下一步的内容，我提示了她一下，最难的部分还在后面，等待患者的自主呼吸恢复。麻醉减浅，BIS开始升高，同步间歇指令通气（SIMV）提示患者略有自主呼吸，但是停止呼吸机工作后，没有一点儿自主呼吸的迹象。手术按部就班地进行，开刀前的三方核查（timeout）中，阿依诺尔用夹杂着维吾尔语的汉语和外科医生一问一答，外科医生回答得格外响亮。自主呼吸还是没有恢复。手术开始了，切皮，自主呼吸的二氧化碳波形开始出现，提示术者，患者自主呼吸恢复，团队所有人为之兴奋，术者讲解的语调也高亢起来，一切顺利。胸腔镜进入胸腔，看到患侧塌陷的肺叶，术者向我们麻醉团队投来赞许的目光，但是我看了一眼机器的提示，潮气量186mL，二氧化碳分压也在持续走高，手术刚刚开始，一切还不能高兴太早。

术者开始分离目标肺叶发血管，患者脉搏血氧饱和度开始下降，阿依诺尔主动退出主麻医生的位置，让我站在前边。

"主任，可能需要暂停一下手术，麻醉需要调整一下。"患者的脉搏血氧饱和度持续下降，手术暂停，喉罩状态下辅助双肺通气，因为是手术直播，大家都觉得很尴尬。

再次等待自主呼吸，再次单肺通气，手术继续，但是再次脉搏血氧饱和度下降，二氧化碳分压已经远远超过了预期的界限。

启动方案 B，阻塞器充气封闭患侧肺，给予肌松药，打掉自主呼吸，改为机械通气。术野直播没有任何察觉，手术继续。

患者脉搏血氧饱和度恢复，二氧化碳分压渐渐下降，我们都松了一口气。

大概平稳了 10 分钟，机器报警，提示气道压力超出报警范围，这时阿依诺尔和我同时发现，喉罩的胃管口开始慢慢滴出淡黄色的液体。

"患者发生了反流！"阿依诺尔在电话里大喊。

"有没有误吸？"我正在参加指挥部晚宴，酒过三巡，刚刚微醺，突然特别清醒，"有没有误吸？赶紧吸引，我马上赶到。"放下电话我就往医院跑。吃饭的地方离医院不是很远，出了门就清醒了，11 月末的沙湾夜晚当然很冷，我扣好外衣的扣子，加紧脚步往医院跑。

手术室门外已经被围得水泄不通，我只有分开人群红着脸往里走。人群议论纷纷，大意是已经接到医生抢救的通知，大家愤愤不平：外科医生交代的时候说的是小手术，没有风险的，怎么刚进去就开始抢救了？

我换好衣服进到手术间的时候，看见吸引器里已经吸出了很多东西，阿依诺尔焦急地看着我："车祸，饱食的患者，刚才麻醉诱导反流了很多东西，现在看，肯定有误吸。"我默默地没有出声，患者已经完成气管插管，机械通气过程中，气道压力很高，血氧饱和度在慢慢走低。"全力抢救吧，跟家属交代好病情，麻醉诱导期反流误吸在所难免，何况是饱食的患者。"我叮嘱阿依诺尔。

阿依诺尔到手术室外交代病情，手术室外人声鼎沸，突然有人高喊："我们要见援疆麻醉专家！"

阿依诺尔紧紧关上大门，匆匆回来，跟我说："家属听说麻醉意外，坚决要见援疆专家。"

"你觉得我现在这个样子，适合出去解释吗？"我虽然酒醒了，但是脸还特别红，说话的时候还能够闻到自己的酒气。

"我们要见援疆专家！"开始有人砸门。走廊人声鼎沸，聚集的家属越来越多。

已经开始为躺在手术台上的患者心脏按压，我远远地听见监护仪发出的各种报警声音。

那天晚上，我瘫坐在走廊中央，走廊的一头是监护仪各种报警声音，另一头是脚步声、砸门声、呐喊声。阿依诺尔紧挨着我坐在走廊中央，我闻到的就是临离开的那天的淡淡的薰衣草的味道。

"启动方案 C，改成气管插管。"我的思绪又回到转播现场，"可是，我们是在手术直播！"阿依诺尔提醒我。

"主任，我们需要调整麻醉方案，请您给我 5 分钟时间。"整个会场开始人声鼎沸，通过术者的麦克风，所有人都听见了麻醉医生的请求。

"我们要看麻醉监护仪！"会场有人提议。

转播的镜头投向监护仪。

"监护仪上根本没有二氧化碳波形，麻醉师在干什么！我们要听麻醉师的解释！"会场人声鼎沸，有人开始走动，脚步声、议论声通过麦克风传递到手术室，比以往更加清晰。

我用最短的时间完成了侧卧位气管插管，再次置入封堵器，再次纤维支气管镜定位，再次封堵器充气、机械通气、单肺通气，血氧饱和度恢复，二氧化碳降低，呼吸机的风箱规律地起伏，气道压力满意。会场安静了，手术继续。

那个晚上，我掏出手机，给刚刚留下电话号码的边防支队大队长发了短信："我在手术室，救我。"

9 月 5 日，我给阿依诺尔送行。

我在辽河渡口偏僻的角落订了两个位置，就我们两个人，要了一瓶陈年的渡口老窖。我们两个人都心知肚明，这一别，不知何时再相见。酒过三巡，阿依诺尔开始娓娓地跟我讲述她第一个男人帕尔哈提的故事。

19岁的时候，她和帕尔哈提在鹿角湾的一棵胡杨树下私订终身。她说，就是那个时候，她把身体和灵魂都交给了这个精壮的男人，天真地想，要为这个男人在鹿角湾生一群眼窝深陷的孩子。

20岁那年的古尔邦节，帕尔哈提提议带她见自己的父母，阿依诺尔欣然同意了。原定计划是帕尔哈提的父母一起参加晚宴，后来因为他的父亲公务在身，参加晚宴的只有三个人，帕尔哈提和母亲，还有阿依诺尔。

餐食很简单，烤包子，手抓饭，还有风干肉。唯一特别的是，帕尔哈提的母亲跟汉族朋友学习制作的豆瓣酱。席间，阿依诺尔因为吃不惯这个口味，就象征性地尝了一小口。当天晚上，三个人就出现了食物中毒的症状，到了沙湾县医院，医生诊断十分明确，说是肉毒杆菌中毒，但是当地没有解救的药物，需要到石河子才能得救。第二天他们赶到石河子时，阿依诺尔的症状已经完全消失，帕尔哈提的母亲用药以后缓解，而帕尔哈提症状越来越重，随后气管被切开，用呼吸机维持呼吸，最终多脏器衰竭，撒手人寰。

从此阿依诺尔身心都没有了依附，毕业后草草结婚，生子，离异，就像一棵凄美的胡杨，孤独地屹立在沙湾的土地上。

我努力地寻找她，终于在人群之中发现了她的背影，还是和无数准备登机的中年妇女没有任何区别。唯一不能忘记的，还是那谜一样的双眼和淡淡的薰衣草的味道。

5

再回塔城与其说是内心的愿望，不如说是身体的渴望。

得知今年还有机会再返回塔城，渐渐地开始失眠，接踵而来的是胃肠道反应，时而腹泻时而便秘，让人捉摸不定。每一个失眠的夜晚都能够嗅到塔斯提青草的气息，在应接不暇的牛羊穿梭中，滚滚热浪扑面而来，是欲望，是羞涩，是生命中早已准备好的措手不及。在牛羊奔腾而过的尘埃中浅浅地睡去，第二天一早，又鼓足勇气安慰自己，拿下又一个重患，为了心中的塔斯提。

塔斯提是沙漠中的绿洲。

一望无际的沙漠让人望而却步，在沙漠中穿行时间久了，就会渐渐熟悉，无非是尘土四起和久久盘旋不愿离去的雄鹰。然后是荆棘，山脉，浅浅的绿草覆盖，再转过两道弯，就是奔流的大河和参天的松树，仿佛进入时间隧道，惊讶已经无法缓解松林清新的空气带来的醉意。

塔斯提已经封闭，和我一直以来的愿望是一样的，这种人间仙境是不应该开放的，静静地就封闭在那里，留在每一个去过的人的心里。

这次返回的地方是沙湾县喀拉阔勒村的冬窝子。

沙湾县医院麻醉科主任阿依诺尔 2020 年 11 月 22 日给我发了一条微信："还记得 2016 年 11 月 22 日的事情吗？"我知道她说的

是《谜一样的双眼4》里我记录的事情，就匆匆回复："记得。"
"今年是否还有机会返疆，满足你身体和灵魂所有的想象？"我迟迟没有回复，心潮起伏，返疆并不是梦想。"现在还没有计划，暂时订12月24日的机票吧。"

2021年1月21日，飞机落地以后我前往沙湾县喀拉阔勒村的冬窝子哈依拉提婚礼现场。

"哈依拉提？婚礼？"我百思不得其解。

"查阅你和阿依诺尔的聊天记录以后，我们第一时间联系她，询问她邀请你这次返疆的真实目的。她汇报说，你麻醉过的患者哈依拉提病情痊愈，准备在冬窝子举行婚礼，联系不上你，只好通过阿依诺尔联系你。我们立即请示前指总指挥，他指示我们应该高度重视，此次探访应该是返疆结亲戚活动的延续，要全程护送，具体接洽工作交给宣传部小河和我。"黑鹰把原本私交的事情公事化，有些让我出乎意料。不过对哈依拉提我记得非常清楚。

作为下乡走基层的援疆医生，我第一天到达沙湾县医院时已经很晚了，来到安排的房间，我打开电脑，接到杂志副主编的来信，文章虽然大修后已满意，但是审稿人执意认为BIS监测仪的生产厂家提供的数据有误，从而怀疑试验数据的真实性，文章想要发表，只有提供所有患者BIS原始数据。还好，我临行前把所有数据都带在身边，甚至带到了沙湾，我在暗暗窃喜，突然响起了敲门声。

"谁？"我有些疑惑，下意识看看手表，已经0时16分。

"是我，谭医生，阿依诺尔。"她的声音急促。

"有什么事情吗？"我还在惦记着原始数据。

"有个急诊，需要您会诊。"她的回答让我有些失望。

"稍等，我马上到急诊。"说完我就开始换衣服，准备出发。

第一次看见哈依拉提，他面色苍白，奄奄一息，陪同他一起来的是他的女朋友阿依江。

"患者男性，21岁，反复呕血3次，目前血红蛋白6g，入院前参加晚宴，饱食，曾饮大量白酒，最后一次呕血量在700mL左右，心率135次/分，血压85/45mmHg，患者拒绝胃镜检查。"阿依诺尔汇报病情。

"以患者目前状态，如果胃镜明确诊断，能够治疗，可能患者还有希望。"塔城地区医院同来的胃镜主任李飞严肃地说。

"不要胃镜，我要回家。"刚说完，哈依拉提又呕吐出一大口鲜血。

"拜托您给他做麻醉吧！"阿依江双手合十在胸前，双眼含满泪水望着我。"他现在接受麻醉风险十分高，我们用的全麻药物都会引起血压下降，他目前的低血压状态再给麻醉药物，很有可能因为低血压导致心跳骤停，"阿依诺尔解释道，"另一方面，如果我们仅仅给少量的麻醉药，可能会对血压影响比较小，但是胃镜进到咽部的刺激会诱发他浅麻醉下突然呕吐，反流误吸同样会有生命危险。总之，他的麻醉风险极高，进退两难。"阿依诺尔紧锁双眉。

"拜托您给他做麻醉吧！"阿依江胸前合十的双手不停地颤

抖着。

"有依托咪酯和去氧肾上腺素吗?"我问阿依诺尔。

"您不担心依托咪酯推注以后肌颤诱发反流误吸吗?"阿依诺尔还是很为难。

"开始准备胃镜吧。"我示意李飞主任。急诊室的氛围突然紧张起来。

"去氧肾上腺素稀释成$50\mu g/mL$,丙泊酚和依托咪酯按照6:4的比例混合,12mL丙泊酚加8mL依托咪酯放到一起,一共20mL的药物给我。"我命令阿依诺尔。

趁着哈依拉提刚刚呕吐完浅浅地睡去,我开始缓慢而匀速地推注丙泊酚和依托咪酯的混合液。监护仪上,他的心率开始加快,血压开始下降,李飞主任已经双手握好胃镜,随时准备下镜。心率148次/分,血压70/40mmHg,哈依拉提的呼吸开始变慢。

"血压太低了!"李飞警告我。

"稍等。"我虽然回答得很从容,但是明显感觉到自己的心跳在130次/分左右。我推注了$50\mu g$去氧肾上腺素,哈依拉提的心率回落至135次/分,血压73/43mmHg。

"我什么时候可以开始?"李飞焦急地问我。

我又继续推注丙泊酚和依托咪酯混合液,哈依拉提呼吸越来越慢,眼见呼吸就要停止了。"可以下镜了。"我试探着告诉李飞。

随着李飞熟练地把胃镜推入食管入口,哈依拉提几乎停止的呼吸回来了,胸廓深深地扩张,利用胃镜帮忙打开的气道深深吸气，由于两次静脉麻醉药物的作用，并没有体动和呛咳，胃镜下达幽门口，看见撕裂的幽门正在喷血。

接下来的过程就顺理成章了，哈依拉提得救了，当天给我留下印象的还有阿依江半夜送过来的清炖呱嗒鸡和阿依诺尔身上淡淡的薰衣草的味道。

因为是特殊时期进疆，所以一切都十分严格，飞机落地以后，小河和黑鹰亲自到机场接我，专车送我前往沙湾县喀拉阔勒村的冬窝子。

小河上车以后就非常严肃地说："我代表前指表达三层意思。第一，这次情况非常特殊，原则上，我们反对任何援疆干部离疆、返疆，当然，你身份特殊，现在已经不是援疆干部人才。第二，我们支持曾经援疆人员返疆认亲戚，但是你在特殊时期来疆，风险和代价很大，我们全程看护你的行动。第三，你不能单独和阿依诺尔相处。"

"好的，收到，我也曾经在这片土地上生活过，服从组织安排。"我回答。

接到阿依诺尔再赶往冬窝子，已经是第二天一早了，我们刚刚到达，婚礼的仪式就开始了。虽然冬季寒冷，但我们被要求只能远远地看着他们表演，传统的叼羊和"姑娘追"自不必细说，我能清晰地看到哈依拉提精壮了许多，远远地跟我招手，喜气洋洋；阿依江穿着传统的哈萨克族服饰，面色红润，双眼饱含泪水，双手合十，频频跟我示意。

冬窝子的酒很快就让小河和黑鹰放松了对我的看护，加之冬牧场的巴什拜羊鲜美无比，很快我们就融到一起，喝酒，唱歌，跳舞。夜幕降临，我仿佛能够看到冬牧场远远的高山上，头狼冷漠而高傲的眼神，它聚精凝神地注视着牧场中间篝火旁载歌载舞的人们，一定是有重要的事情和重要的客人。人们开怀畅饮，祭祀祖先和神灵。头狼失望地回过头，示意狼群，悠悠地踏向另一个牧场……

每次醉酒最先反应的是身体而不是头脑，我瘫软在冬牧场的草堆旁，四个哈萨克族少年把我抬进哈萨克族的毡房，几个人依次排开而睡，哈依拉提父母、阿依诺尔、阿依江、哈依拉提、小河、我、黑鹰。

"我是来认亲戚的，认亲戚。"我喃喃自语着睡去，我知道自己一定不会失眠，因为冬窝子里没有信号。

第二天一早，一束刺眼的冬日阳光把我照醒，铺上只有我一个人，阿依江端着一碗热气腾腾的清炖呱嗒鸡汤，逆光站在毡房门口。

"你终于醒了，"她浅浅地笑，"家人都出去放牧了。"

我一激灵坐了起来，还有一点儿宿醉。"小河和黑鹰呢?"我紧张地问，问完接过温度刚刚好的鸡汤，大饮一口，顿时满血复活。

"今天一早他们就接到紧急任务出去了，顾不上你了。"阿依江说。

冬窝子冬日的阳光灿烂，鸡汤鲜美，我也十分确定自己并没有感染任何病毒，因为我的味觉和嗅觉都保存完好，整个毡房都是淡淡的薰衣草香。

6

2022年10月11日早上8时，团队最后一名援疆医生汇报一整年的援疆工作体会，在第十七张幻灯片上，可以清晰地看到阿依诺尔的侧脸照片，照片展示的是援疆医生下基层，再次到沙湾地区医院麻醉科指导工作的场景。距离我到沙湾地区医院的时间，还有一个月零十一天就整整六年了，隔着屏幕甚至都能闻到淡淡的薰衣草的味道。

也许记忆欺骗了所有人，其实真正到沙湾医院的时间应该是2016年的9月初，古尔邦节前后，这样算来，距离我上次到沙湾医院的时间已经六年一个月零十一天了。但是最后一天经历的病例，我从来就没有忘记过。

援疆医疗队准备结束最后一个患儿的手术就返回塔城，毕竟塔城和沙湾距离遥远，为了保证大家安全，队长指示所有队员必须尽早完成医疗任务。因为同行的队员有肛肠科医生，最后一个手术是4岁患儿的肛周脓肿切开引流术。手术并不是很复杂，但是麻醉比较棘手，因为沙湾地区医院几乎没有做过小儿全麻。小儿气管插管专用喉镜倒是有，但是长期闲置，即使更换了新电池，喉镜的灯泡也是年久失修、忽明忽暗，在关键的抢救场合里，一定是会整手脚的。我前一天就叮嘱过阿依诺尔，一定要更换喉镜灯泡，确保麻醉开始前所有设备都好用，她愉快地答应了。

第二天一早，准备接患者了，我再次询问阿依诺尔小儿插管的所有设备是否都准备好了。阿依诺尔迟疑了一下，说他们平时这种手术都不做气管插管，就是通过简单的丙泊酚麻醉完成的。我坚持说，即使不做气管插管，也应该准备好所有设备，以备不时之需。阿依诺尔爽快地答应说："放心吧，都准备好了。"

因为阿依诺尔是当地医院的麻醉科主任，所以麻醉方案没有大问题的话，我还是应该尊重她的决定，毕竟是下基层的最后一天，我也想愉快地离开。患儿被接进手术室，我看了一眼，是个胖小子，手心不由得捏了一把汗，这个孩子的麻醉没有想象的简单。"如果孩子哭闹，就吸入麻醉诱导开放静脉，静脉麻醉深度一定要足够。"我婆婆妈妈地不停叮嘱阿依诺尔，她已经有些不耐烦地说："知道了。"

我开始准备自己手术间的麻醉工作，带领住院医生抽药，检查麻醉机，给患者接好生命体征监护，然后就开始麻醉诱导。患者安静地睡去，辅助通气，麻醉诱导药物血药浓度叠加到峰值的时候，下喉镜，窥喉，气管插管，听诊双肺呼吸音，固定气管导管，开启麻醉机机械通气模式。虽然这个过程我已经成功完成了几千次，但是每一次我都十分小心，每一次都像第一次一样小心。因为我知道，这个流程稍微出现失误和差错，对患者来说，轻则是短时间乏氧，重则影响呼吸心跳，马虎不得。

刚刚完成患者的麻醉诱导，阿依诺尔在手术间呼救，患儿脉搏血氧饱和度急剧下降，我担心的事情还是发生了。

我第一件事情是帮助阿依诺尔辅助通气，但是患儿太胖，屏气状态，根本无法通气。眼见脉搏血氧饱和度继续下降，我提示阿依诺尔，不行就气管插管吧。她把喉镜递给了我，我展开喉镜，灯泡不亮。"不是让你换灯泡了吗?!"我焦急地大喊着，"喉镜不好用!"患儿的脸色由苍白变为青紫，心率开始下降，再没有有效通气，心跳眼看就会停。我尝试着把一个成人型号的口咽通气道勉强下了一半到患儿口中，然后高高地抬起孩子的下颌角。"使劲压气!"我大声命令阿依诺尔。还好，因为推注的丙泊酚比较少，术者肛诊探查诱发的喉痉挛、声门紧闭状态因为乏氧而重新开放了，可以勉强通气。一会儿患儿就开始咳嗽，躁动，心率加快，脉搏血氧饱和度回升，又活过来了。

如果我的记忆没有出问题的话，当天手术没有做。很快我们就开始送别宴，几轮"上马酒"之后，我已经有些招架不住了，这个时候，阿依诺尔端着酒杯来敬酒："谢谢你，谭老师。"我借着酒劲儿，把她拉到一边，跟她娓娓道来当年老杨告诉我的故事。

老杨是我的麻醉启蒙老师，我刚毕业的时候，老杨带我做麻醉，带我抽烟，带我炒股，带我排解无尽的忧愁。毕业后上班的第一个国庆节，我们一起值班，夜深人静的时候，我问老杨："师傅，您给患者做麻醉，死过人吗?"

老杨点燃一根烟，其实燃烧的香烟袅袅升起，已经远远不是用来吸食的了，而是像思绪一样慢慢飘远。

2岁患儿，胖小子，肛周脓肿，高烧，饱食，全麻。23年前的故事，我已经忘却得差不多了，留下的记忆只有几个关键词，甚至静脉麻醉药物到底是硫喷妥钠还是羟丁酸钠，我都记不清楚了。但是，静脉麻醉以后，肛诊探查，反流误吸，孩子呛死在手术台上的结局，我还是记忆犹新的，甚至在喝了几杯"上马酒"之后，我还表述得十分清晰。一定是我讲的故事过于生动，在返程的救护车上，我收到了阿依诺尔发来的微信："你是一个脑部性感的男人。"

晋升专业三级的材料需要履历认证，我在履历表上清晰地写道：2016年4月—2017年4月，援助新疆塔城地区医院。人力资源部门答复：无记录。我紧张地在微信通信录中找到阿依诺尔的名字，发了微信："今天看到你交班的照片了。"

"你是？"对方回复。"麻醉科谭医生。"我用颤抖的手回复。

迟迟没有消息。

二十四小时后回复：

"一个只有脑部性感的男人。"

援疆故事之塔城的数个瞬间

　　一个地方待久了，真正能够留下深刻印象的，不是美食，不是美景，也不是美女，而是那一个个啼笑皆非、思绪奔逸的瞬间。

　　地区宾馆里最为熟识的是保安。地区宾馆的保安还要负责早起扫院子，每每清晨，早早出去晨练，都能遇到保安杨哥，他总是停下手头的工作，热情地跟我说："早啊，帅哥。""你早！"每次我也礼貌地回复，然后疾步跑出大门，仿佛要急切投入运动之中。其实是难以掩饰心中的窃喜，到什么地方都要看"颜值"，珍惜父母给的好皮囊，一天的心情都会极好。很长一段时间都是依靠"早啊，帅哥"的第一声问候维持一天的好情绪。直到有一天中午，走进院子，"忙呢，帅哥！"杨哥又冲我打招呼。"还好。"我应付着。"今天不是很忙。"后面的快递小哥接过话茬儿。我有些尴尬。后来留心注意到，杨哥称呼院子里的每一个男人都是帅哥。

游泳馆的工作人员大部分也都认识我，不是因为帅，而是因为穿着泳裤，戴着泳镜和泳帽，唯一和别人有区别的就是我留着的胡子。救生员到地区医院看病时看到过援疆医生的宣传板，记住了留着胡子的麻醉医生，没想到在游泳馆里还能认出来。虽然我游的不是自由泳那种潇洒漂亮的泳姿，但每次我也极力模仿着青蛙，将自学的蛙泳发挥到极致，更何况每次旁若无人地来来回回2000米，我坚信救生员坐在高高的瞭望凳上已经注意我好久了。

　　果然有一天，我从泳池里潇洒地"鱼跃而出"，救生员从瞭望凳上走下来，直奔我而来，走到我面前竖起了大拇指。我羞涩地四下张望，马甲线好像还不是很明显。"厉害，一直游，援疆医生素质就是高。""怎么啦？"我不解地问。"你看看那两个，站在浅水区的池边总也不游，装作休息的。""怎么啦？""你看你看，还打了个激灵，又开始游了，一定是撒尿呢。"

　　搓澡的师傅记住我一定不是因为胡子，因为赤条条地留着各式各样胡子的男人都在洗澡，我宁愿相信是因为口音。有的搓澡师傅聊天的技术是一流的。

　　"辽宁过来的吧？"搓完上半身，师傅问我。

　　"是。"

　　"结婚啦？"开始搓下半身。

　　"是。"我有些紧张。

　　"一个人来的，没带老婆来吧。"继续搓。

　　"没有，组团式援疆，不带家属。"

　　他只是笑笑，然后接着搓。

从此以后我就改自己淋浴了。

做无痛胃肠镜检查的那个小伙子，体重98kg，麻醉相对禁忌，我一心软，就给药了。术中血氧饱和度持续走低，停药，麻醉稍微浅了，就开始呛咳，紧急处理气道，慢慢好转。胃肠经检测结果没有任何问题，他也不知道术中经历了什么，一定又高高兴兴地重返草原，大口吃肉，大口喝酒，和他心爱的姑娘策马飞奔在草原上，演绎着哈萨克族著名的"姑娘追"了。我想，我冒的风险还是值得的。

第一次接受有创动脉监测的87岁老汉，因为术中完善的监测和处理，他挺过了手术麻醉一关，换上了全新的髋关节。他又可以在夕阳下，轻轻挥着手里的皮鞭，温柔地抽打在巴士拜羊的身上，赶着羊群，吹着口哨，一如他年轻时候的样子，悠闲地走在回家的路上。我想，带来的新技术还是派上了用场。

肝包虫手术的6岁小家伙，不会用汉语交流，担心他醒来哭闹，全麻后复合斜行肋下腹横肌平面阻滞，醒了以后，不哭不闹。虽然我们没交流，但是我从他的眼神里看到了信任，看到了他20年后指挥着羊群从夏牧场向冬牧场转场时，丝毫没有因为手术的创伤而影响到他坚毅的目光。

双胎的蒙古族孕妇，心衰，端坐呼吸推进手术室。我们的团队用精确的药量进行椎管内联合阻滞麻醉，20分钟后，一对龙凤胎此起彼伏的哭声响起，是我听过的人间最美妙的歌声。我想，早晚有一天，姐弟两个人会你追我赶奔跑在巴尔鲁克山上，他们的笑声是对援疆最好的传扬。

出发前就一直在思考：到底为什么来这里？是什么神秘的力量吸引着我，久久不能释怀？祖国的边疆到底是什么样？麻醉医生究竟能贡献多少力量？一年，苦苦追寻了一年，答案在宾馆，在泳池，在澡堂，在草原，在羊群，在牧场，在山上，在风中飘扬……

一路向西

One night in Tacheng（塔城一夜）

"One night in Tacheng." 塔城的医护人员给我留下了许多崇敬之处。

4月28日晚，来到新疆的第七天，听到三个感人的故事，我深受洗礼。

晚上和麻醉科孙广平主任夜班备班，他以他在医院三十二年的阅历，向我娓娓道来最近发生的三个小故事。

肾内科一向以尿毒症的患者居多，很多患者依靠血液透析治疗维持生命，往往多年往返于医院和家之间，对医护人员既依赖又挑剔，不过还好，没有出格的医疗纠纷。一日傍晚，肾内科的走廊里突然人声鼎沸，簇拥着的家属用推车直接推进来一个患者，哈萨克族的患者和家属同维吾尔族的护士哈米达并不相识。哈米达一看患者状态，觉得不是很乐观，马上汇报给值班医生，准备抢救，值班医生到场后，仔细询问患者病情。原来患者是裕民县的牧民，长期透析治疗，但是最近一周因为家庭琐事没有坚持治疗，中午突然意识模糊，家属并未在意，傍晚时分呼之不应，才驱车来到塔城地区人民医院，其实患者没有生命体征已经很长时间了。医生解释了患者的情况，告诉家属料理好后事。家属纷纷表示不满，说驱车一个小时，就是来抢救的，为什么不组织一下抢救。医生解释，患者的呼吸、心跳停止已经很长时间了，实在是无力回天。双方僵持着，都不退让，哈米达把主治医生叫到一边，红着眼圈说："我们即使不抢救，也让他在病房躺一会儿吧，他远道而来，我们哪怕就是让他歇歇脚也行。"哈萨克族患者的女儿听见了对话，抱着哈米达失声痛哭。

当我还沉浸在第一个故事里无法自拔时，孙主任的电话响了，是ICU的主任孟玉兰打过来的，详细询问手外伤清创缝合的费用是多少。孙主任一一解答，告知总的费用要300元多一点儿，紧接着就问孟主任问这个干什么。孟主任道出了事情的原委。她刚刚开完院周会，冒着大雨往外走，被一个蒙古族的小伙子拦住了，小伙子手有外伤，汉语还不是特别流利，就一个人来就医，只带了300元，让孟主任给他指点一下在什么地方交费。孟主任了解了情况，就让小伙子自己先到手术室，她冒着大雨亲自去给小伙子交了手术费。

小伙子的清创缝合正在进行，孙主任又介绍了当天下午的一个病例。女患，39岁，坐摩托车回家，途中发生车祸，当时枕部着地，受伤30分钟就赶到医院。送进医院时已经昏迷，一侧瞳孔散大，头部 CT 提示，弥漫性脑肿胀，双侧脑挫裂伤，脑干损伤，中线向一侧偏移。神经外科医生看过 CT 片子，征求了援疆医生车东方教授的意见后，立即决定手术。患者没有做任何其他的检查就被推进了手术室，麻醉科值班医生张莉评估后汇报给孙主任，立即全麻诱导，开放患者气道，30 分钟内手术得以实施。患者的家属是达斡尔族，不懂汉语，仅仅在术前郑重地按了一个手印。

回想起我们在城市大医院的医患关系和生活节奏，我觉得这次为期一年的援疆工作，与其说是我们把大学附属医院先进的医疗技术带给边疆的人民，不如说是对我们所有援疆医生的一次洗礼。塔城原生态的医患关系，正如塔城清新的空气一样，不仅洗涤着我们的肺脏，更加净化着我们的灵魂。

Lost in translation（迷失塔城）

初次来到一个城市，走出机场，我都愿意停留几分钟，深呼吸，感受一下这个城市的气息，正如《闻香识女人》里的阿尔·帕西诺所说，每个女人都有不同的气息，城市也一样。遇到不同的女人让你怦然心动是不需要理由的，城市不一样，总需要有一个理由让你留下来。如果非要说明，我曾经在刹那间想要留下来了却残生的理由，那就是这个城市的气息，深吸一口，沁人心脾。目前为止，我一生中经历过的这样的"女人"有三个：美国洛杉矶、土耳其安塔利亚和中国塔城。

在美国洛杉矶做访问学者的一年，通过同事引荐，有幸住到犹太裔美国心理医生贝拉的家里，帮助她照顾一院子的花花草草。当年贝拉八十有三，生活安排得井井有条，周一出心理门诊，周二去读书俱乐部，周三到残障儿童中心做义工，周四去心理医生俱乐部，周五去欣赏戏剧。每天一早出门，晚上很晚才回来。我的生活安排倒是规律，手术室，实验室，回家，做饭，吃饭，散步。相比之下，她更像是忙忙碌碌的年轻人，我仿佛退休宅在家里的老年人。相处的时间长了，渐渐明白，支撑她八十多岁身躯还活力四射的是饱经沧桑、热爱大自然的强大内心。至今还清晰地记得一个阳光明媚的下午，我在院子里浇花，贝拉走过来，我很郑重地问她，她心目当中到底谁是真正的上帝，贝拉笑了笑，嚼着她嘴里的干面包，就像以往回答所有患有心理疾患的病人的问题一样，安慰我说："God is the nature."（上帝即自然。）

安塔利亚始建于公元前2世纪，经历过波斯人、罗马人和奥斯曼人的统治，历史悠久，是土耳其南海岸最大的城市。印象最深的是两件事。其一，柏吉古城里的浴室。古城南侧浴场至今还能让人感受到当年罗马人的洗浴文化，地下排水系统非常发达，浴场中的冷热水循环系统简洁实用，工艺就是今天看起来也不落后。站在浴场中央，还能感受到当年熙熙攘攘的罗马人出海归来，走进热气腾腾的家乡浴场，一洗远洋的疲劳和惊慌。这一点和沈阳人有些类似。其二，蓝眼睛的传说。土耳其人的护身符是著名的蓝眼睛，传说女巫美杜莎有一双邪恶的蓝眼睛，看到的东西瞬间石化。我相信美女导游卡蒂莎至今也不明白，每次她讲解完用征询的眼神问我是否还有问题时，我总是逃避开了，因为我担心看了那么美丽的眼睛会瞬间石化。

中国新疆塔城，北丝绸之路上的千年古镇，我就住在著名的红楼旁边，依稀能够感觉得到1914年红楼刚刚建成时，俄罗斯商人载歌载舞的场景。这三个城市给我的感受都一样：空气好，阳光普照，美食丰富，民心淳朴，人工费用贵，说的什么都听不懂。如果一直都沉浸在对美好事物的回忆里，生活该有多美好。好吧，其实病魔不是女巫，它一直都在。

女患儿，出生两小时，于2016年5月5日14时06分入院。查体：体温36.1℃，脉搏131次/分，呼吸42次/分，体重2.7kg。发育正常，营养一般，全身皮肤黏膜青紫，口唇发绀，出现呼气呻吟，吸气性三凹症，呼吸急促，哭声可，头颅正型，前囟平软，声音正常。颈部对称，无抵抗感，无强直。呼吸运动对称，肋间隙正常。双肺呼吸音粗，未闻及湿性啰音，未闻及胸膜摩擦音，无呼气延长。心率131次/分，心律齐，心音低钝，未闻及额外心音，腹部平坦，对称，脐部包扎完整，未见渗血。肝脏未触及，肝浊音界存在。肠鸣音正常。四肢冰凉，发绀。四肢肌张力差。原始反射引出不完全。

援疆医生新生儿科乔琳博士于5月4日刚刚调试好呼吸机，就接到这个女患儿。孩子要想得救，只有上呼吸机治疗，而在当地医院，从来没有开展过，只能常规对症治疗。

5月6日，患儿病情进一步恶化，新生儿科组织全院会诊，援疆医疗队金元哲书记总结发言。从诊断的角度，目前患儿无法挪动，唯一的诊断工具只有床头胸片，无法明确是否患有先心病；

从治疗的角度，呼吸机治疗从未开展过，设备、人员匮乏，建议家属紧急转院。乔琳博士补充说，呼吸机治疗可以开展，但是要有人能够留置一个动脉导管，因为孩子一天要采血7次，股动脉已经快要被穿刺针毁掉了。所有人都把目光投向了我，这时候我才明白全院会诊为什么要请麻醉医生。我拒绝了，没有超声引导，我找不到股动脉，不要说置管了。

5月6日晚，患儿病情进一步恶化，家属拒绝转院，乔琳医生半夜紧急抢救性气管插管，上呼吸机。

5月7日一早，我在公园里晨跑，微信提示，乔琳医生在援疆医生群里发了几个无助的表情。我呼吸着塔城新鲜的空气，有些愧疚，觉得塔城人有理由享受到和沈阳人一样的麻醉服务。我回复她，如果有床旁超声，我可以试试给患儿股动脉置管。同时请示麻醉科主任，能否让我试试，三次机会，如果不行就放弃，因为她的股动脉实在太细小了，主任全力支持。

超声借到了，但是和沈阳的截然不同，超声科主任亲自协助定位。第一针失败了，动脉很清楚，穿刺有回血，无法置管。第二针换用当地医院黄色24G静脉留置针，穿刺有回血，置管打折。第三针我决定还用我带来的22G蓝色动静脉留置针，所有人都在默默注视着我，我心里默念"God is the nature."（上帝即自然），其实这时候更希望和卡蒂莎深情地对视，瞬间石化。

定位，屏气，穿刺，回血，退芯，置管，鲜血喷涌而出。

5月12日患儿脱机，我去拔出股动脉置管，她纤细的小手用力地推我，她活过来了。

当初 4 月 26 日第一天入科时,麻醉科孙广平主任让我自我介绍下,我说,这一年,哪怕只有一个患者因为我的到来而得救,那这一年的援疆就是值得的。没想到她来得这么早,如此小,那么轻。

闲来无事,喜欢爬到洛杉矶好莱坞标志的后面,鸟瞰整个洛杉矶,喜欢在安塔利亚地中海的海边散步,更喜欢在塔城的文化广场晒太阳,什么也不想,喝喝《舌尖上的中国》推荐的酸梅汤。

稿子写完,按下发送键,发给跟我相处时间最长的女人,五分钟后回复:

"她们都是有福报的。"

感谢阿热阿依·吐尔逊哈孜、玛依拉·卡玛力哈孜、达娜古丽·艾达洪以及银康的翻译和故事。

塔城援疆一年我到底收获了些什么

一棵橡树。仔细地观察了一棵具有三百年寿命的橡树一年四季的变化。我们来的第一天，树叶都绿了，夏天枝繁叶茂，秋天枝叶枯黄，冬天就只剩孤零零的树枝。因为2016年农历有闰月，所以节气要比实际晚些，估计看不到太多绿叶我们就要返回沈阳了，它并没有因为四季的更替而改变自己丝毫。我相信它是有灵魂的，自由自在的灵魂，我也想像它一样拥有自由自在的灵魂。

咖啡和奶茶。现在有人喝醉了跟我说实话，说我刚来的时候总是"端着"。我不明白，是因为我抱怨没有咖啡喝吗？现在明白了，就是说我"装"的意思。喝咖啡是在美国养成的习惯，一早上坐公交车上班，满车都弥漫着浓浓的咖啡香，大部分人手里都握着装着热咖啡的杯子，全神贯注地听音乐或者看书，当时就想，什么时候我也能这样。回到沈阳，天太冷，没法握着咖啡杯子东走西逛，于是就放弃了。偶尔周末到星巴克等儿子下课，还是可以喝到新磨出来的咖啡的。塔城人喝奶茶，不是中国台湾的奶茶，而是"欧范儿"的红砖茶和鲜牛奶一起新鲜烧制的奶茶。我渐渐喜欢上奶茶的味道，特别是早餐时，温热的奶茶沿着食管慢慢铺平整个胃，舒适，提神，解前一天的酒。

塔尔巴哈台山和云。塔尔巴哈台山位于城市的北面，百姓俗称"北山"。城市位于山南，又有五条小河穿过，是名副其实的风水宝地。山上融化的雪水和城市中的泉水养育着城市里的人们和牧场的牛羊。一定要是塔尔巴哈台的水，炖当地的巴什拜羊，才会鲜美而不油腻。我学会了双手直接接过哈萨克族兄弟用自己别在腰间专用的切肉刀剔下的肥瘦相间的羊腿肉，用我不太锋利的四环素牙嚼烂它，让这天然的食材强健我的体魄。雨后山谷里的云是我见过的最纯洁的云，白得没有瑕疵，形状各异，但是拘谨，保守，羞涩，低低地就在你头上，慢慢飘过。塔尔巴哈台的一年，有酒，有肉，还有云。

人情味。口里的人们熙熙攘攘，皆为利往，已经很长时间没有体会到这么浓的人情味了。受哈萨克族风俗习惯的影响，男孩子的割礼日和女孩子的耳环礼，都是每个家庭十分隆重的节日，亲朋好友会相聚在一起庆祝，开怀畅饮，载歌载舞。医院同事们之间的相处也相对真诚，节奏慢，竞争小，大家相敬如宾，经常在一起品美食，饮佳酿，畅谈人生。很长一段时间都觉得，不如就留在这里了却残生了，其实一生的追求不过就是有工作，有美食，有佳酿，有好友。后来猛醒，可能还是需要再干上几年具有挑战性的工作才能进入退休状态，现在就过上看起来安逸的日子，会不会老得更快？塔城的人情味浓得就像哈萨克斯坦的蜂蜜一样融化不开。

文化广场和游泳馆。刚来的时候我没有发现文化广场的塑胶跑道，绕了一大圈跑到第三中学和同学们一起晨练。后来发现文化广场的塑胶跑道，就一下子喜欢上了。一方面是为了能规律地晨练，另一方面，周末的下午，看到老老少少在广场上享受天伦之乐，我都会坐在最中央的凳子上晒太阳，眯着眼睛，几分睡意，仿佛妻儿就在身旁，阳光照耀得身上暖暖的，心里也暖暖的，晒够了正能量好战胜夜晚的孤独。我几乎每天都要畅游 2000 米，抵消荷尔蒙，释放内啡肽。据说游泳馆的风水不好，每年都有莫名其妙被夺走性命的，最后一次游完"鱼跃而出"，感谢游泳馆对投保 100 万元的援疆人才的厚爱。

塔城蓝和小老窖。没有见过塔城的蓝天，就不能吹嘘自己见过晴空万里。塔城蓝是调色板里无法调试出来的通透的蓝，蓝得让你窒息，不相信在雾霾笼罩的大地，还能享受到如此宝贵的新鲜空气。边陲小镇的民心淳朴，映照出如此珍贵的蓝天白云。最难忘的还是伊犁小老窖。1 杯，微辣，刺激食欲；3 杯，食管微热，胃暖；5 杯，颈项后细汗出；7 杯，微醺，可以大胆吹牛而不计后果；9 杯，酣然入睡，次日没有宿醉。

这一年我找到了自己的诗和远方。

塔城往事

  过了立冬节气，沈阳的雾霾就会慢慢笼罩生活每一个角落，就像需要加班的手术，心急而又无能为力。每每此时，总会怀念塔城的空气，一年四季清新如美少女，而且永远不会因为生活的琐碎蜕变成抱怨的中年妇女。清新的空气吸食时间久了，渐渐就会忘却它的好，偶尔在重度污染的早上推开房门，才会回味起塔城空气。塔城的人和美食也是脑海深处挥之不去的永久记忆。

  因为援疆医生的身份，所以可以接触塔城各个层面的人，因为不管是达官显贵，还是平头百姓，都是要生病的，援疆医生出手救治好了，当地人最为朴实的答谢方式就是一起吃肉、喝酒、唱歌、跳舞。到美国的梦想是留出一头披肩长发，实现了；到塔城的梦想是留出一脸的络腮胡子，没有实现。后来考证，自己不是能够长出络腮胡子的物种，只能勉强留一点儿山羊胡，虽然心存遗憾，但是是基因结构决定的，并不是自己的意愿所能左右，后来也就和自己和解了。老婆经常教育的结果就是，人最终需要的是自己和自己和解，与他人无关。虽然自己和自己和解了，但是每次参加各种场合的聚餐，各种人物对我都会有不同的评价，因为身份特殊，所以大部分的评价还是以赞赏和鼓励为主。有一次，和银行系统的领导们一起就餐，一位行长特意把我叫到走廊，先是敬酒，接下来语重心长地说："谭医生，你实在不应该留胡子。"我好奇地问他为什么。他说："留了胡子就会显得你与众不同，特别有个性，领导不喜欢有个性的人。"我说："果真是这样吗？"他说："是这样的，尤其是将来你的路还长，个性不是一个好东西，你好自为之。"我当时十分感谢，感激涕零，知道他是真心为我着想，但是依然留着胡子。后来援疆即将结束准备返回沈阳，大家开始送行，又有机会和行长一起共进晚餐，我特意剃干净了所有的胡子。酒过三巡，我端着杯子去给行长敬酒，感谢他对我的叮嘱，行长看着我愣了半天，然后尴尬地说："不好意思，你是哪个科的医生，上次喝多了，忘记见过你了。"

行长的规劝牢记于心，游泳馆体检员的权力也不可小觑。塔城地区体育馆中的游泳馆是我迄今为止去过的最为正规的游泳馆，没有之一。正规的泳道，正规的救生员，正规的体检员。其实毛病还是在自己，就是今天我也没有把体检的小姑娘当成医生，一直认为是体检员，塔城人最讨厌的就是我这种自以为是的人。每次进入游泳馆之前都要体检，不管春夏秋冬，体检的形式是必须裸露出小腿和前胸后背。夏天也就无所谓了，寒冷的冬天，衣服套得很厚，想要裸露前胸和后背还是一件让人觉得很麻烦的事情，何况体检员小姑娘知道我们的身份，我们本身就是医生，但是她每次都坚持要按规定做，必须看到裸露的前胸和后背。几次折腾以后，我有些不耐烦了，语重心长地说："小同志，真正的传染性皮肤病，这么简单地看看也发现不了，每天这么搞，实在是太麻烦了。"第一次的回答是"必须按要求办"。又搞了几次，我实在按捺不住，继续解释说："我们是医生，知道自己没有传染性皮肤病，能不能下次不这么严格了？"小姑娘特别正式地说："我不是担心你有皮肤病。"我说："那你担心我有什么病？"她说："性病！"

"唉，小同志，说话可要注意了，先不说我没性病，就是有，你看前胸后背就能看出来？"我有些生气了。

"你要相信我的专业背景，不要挑战我的专业，我能！"

我还要继续争辩，被援友们拉开了。后来知道，不是每个人都查前胸后背，态度谦虚的，仅仅露出脚踝就行。我乖乖地袒露了一段时间前胸后背之后，也取得信任，临返回的时候，终于可以只露脚踝就行。

塔城的美食也被赋予了塔城人的性格。

俄式烧烤羊腿面包留给我的印象极为深刻。第一次尝试做这道菜的人一定是智慧和大胆的。塔城有最筋道的面粉和最鲜嫩的羊腿肉，能够把这两个食材结合到一起，一定是充满了生活的智慧的；但是面粉烤制时间太长会煳，羊腿肉烤制时间太短会不熟，所以把这两个东西放到一起烤制要足够大胆。塔城女人把腌制好的鲜嫩羊腿肉包在发酵好的面粉里，烤制一天，出炉的是金黄脆皮的面包和里面鲜香滑嫩的羊腿肉，这一道菜，就足够几个人吃上一晚上，但是，必须提前一天预订才行。

地区法院对面的力帕小店出品的"拿破仑格斯"是一种可遇不可求的美食。几个几乎不会汉语的哈斯克族女人共同操持的力帕小店，没有规律的开店时间，而且主要是以批发为主，散客就买一两个人的口食，去了都不好意思开口。每天营业时间主要取决于销售情况，如果上午11点钟所有蛋糕都销售完毕，一样是会闭店歇业的，所以每次去买"拿破仑格斯"，只要店门开着，就觉得自己很幸运，如果刚好还有剩下的，那就是最完美不过的事情了。我怀疑今日互联网流行的饥饿营销是偷师这几个哈萨克族女人的。其实口里的千层酥也有好吃的，但是，塔城的高筋面粉、酥油、花生、蜂蜜、糖，再加上这几个女人的勤劳和倔强，放进嘴里酥得完全没有形状，纯正的香甜让人短时间窒息，从麻醉医生的角度理解，估计可以刺激内啡肽的释放，因为吃了以后会让人上瘾。

想家的时候，我会到医院门前的小河边站一会儿，想象着这就是水流湍急的浑河，河上不时还有货运的火车通过，车轮滚滚，节奏明快，疾驰而过，留下来的是火车远走之后的深深的寂静，仿佛这一生都匆匆而过了。

最好的术者

　　塔城地区医院最好的麻醉医生曾经给我讲过塔城地区最好的术者的故事。现在回想起来他年轻的时候应该是十分英俊的，个子中等，身材偏瘦，面部轮廓清晰，在医院走廊里的步速极快，平时不苟言笑，手术结束了会发出爽朗的笑声。第一次见他，是在我们去下乡的托里县做巡回医疗时，他站在欢迎队伍的最后面，后来有人告诉我，他就是塔城地区医院的"马舅舅"，退休返聘到了托里。可惜来去匆匆，我们没有在手术室合作过，但是匆匆擦肩而过我还是感受到了他作为曾经最好的术者身上的强大气场。

　　马舅舅并非名校毕业，也没有科学引文索引（SCI）论文和国家自然科学基金，但是他救治过的每一个患者都让他在坊间的口碑越传越响。优秀的术者首先要是一个认真的工匠。马舅舅成名期间，外科医生的分工还没有今天这样细，据说简单的手术，马舅舅能够从头做到脚。马舅舅的本行是普外医生，普外科的常见手术马舅舅能够做得既快又好，患者恢复得很快。马舅舅管理患者有自己的一套理论：切口尽量小，早进食，早下床活动，麻醉医生给予良好的疼痛管理。后来丹麦著名教授把与塔城马舅舅相似的理念发表成SCI论文，成为同时代万众景仰的"快速康复外科之父"。优秀的术者还要会写文章，当然这是后话。

马舅舅不仅做好了自己本行的普外手术，据说当年卵巢囊肿蒂扭转的患者等不及远在乌鲁木齐的妇科医生，私下求马舅舅做了手术。马舅舅手起刀落，手术同样干净漂亮，当然这些细节都是手术室的护士八卦闲聊出来的。还有无数个关键时刻，股骨颈骨折的患者，高血压脑出血的患者，都被马舅舅手术治疗挽救过来了，这些患者的病情也是手术室的麻醉医生后来讲给大家听的。马舅舅成名以后，开始在塔城地区开展飞刀的割礼手术，塔城如今的青壮年里，一半以上的人的成人礼，都是由马舅舅的一把柳叶刀完成的。马舅舅如果把自己的手艺变成一种誓言，温婉而坚定地说"我愿尽余之能力与判断力所及，遵守为病家谋利益之信条，并检束一切堕落和害人行为，我不得将危害药品给予他人，并不作该项之指导，虽有人请求亦必不与之。尤不为妇人施堕胎手术。我愿以此纯洁与神圣之精神，终身执行我职务。凡患结石者，我不施手术，推荐给泌尿外科医生做"，那他就是塔城的希波克拉底了。优秀的术者最后还应该把自己的手艺演变成信仰，才能永载史册。

其实，基本的要求是，在一群普普通通的凡人中，如何成为一名大家公认的最好的术者。

患者是最好的老师。

每一个成功的术者背后都有一群身患各种手术并发症的患者。患者既是术者的作品也是术者的老师，只有患者术后清晰地描述或者表现出各种并发症，术者才能在下一次手术中改进，精益求精，不断完善自己。人与人之间最高的信任莫过于我把身体交给你，任由你宰割，如今，甚至有人宁愿献上自己的灵魂也不愿意袒露肉体，所以，患者愿意选择的术者，一定是在他掌握的信息范围内的最好的术者。没有人一开始就是大家公认的最好的术者，当面对选择了自己作为术者的患者时，一定要尊重他们，让他们的病体得到治愈、安慰和帮助，任何的欺骗和私心都是愧对希波克拉底誓言的。当然，患者的口碑是最好的招牌。

麻醉医生是最好的伙伴。

没有一个麻醉医生希望自己配合的术者手术失败，所有的麻醉医生都是竭尽全力帮助术者完成手术，麻醉医生是在帮助术者，帮助患者，也是在帮助自己。任何一个手术的成功，都是一次历练，一次救赎，对患者而言，是一次生与死的摆渡，所以麻醉医生无论怎么挑剔术前准备都是不过分的，生死绝非儿戏。术中麻醉医生的配合也是因人而异的。面对最好的术者，麻醉医生可能会更轻松，轻柔的手法，行云流水的手术步骤，按部就班的操作，是对麻醉药物最好的节省，所以当术者发觉手术的难度越来越大时，一定及时平和地提醒麻醉医生，并不是麻醉减浅了，而是你的手术时间太长了。麻醉医生首先是对患者的生命负责，其次才是配合手术的进行，尸体的解剖从来不需要麻醉医生在场监护和维持麻醉深度。麻醉医生的口碑是术者最体面的招牌。

手术室的护士是最无私的战友。

如果麻醉医生抱怨没有患者知道自己的工作，那么手术室的护士就更有理由提高自己的知名度，在这场手术的交响乐中，每一个音符都完美表现才能奏出震撼心灵的乐曲。手术室护士对术者的要求是安全、快、态度好，人帅或者美。和一个中年油腻术者来一场险象环生的冗长手术，其间穿插各种影响手术进程的猥琐笑话，当患者因手术询问护士时，这个护士一定先是惊讶地说："找他做手术啊？"然后含糊而犹豫地解释："他手术做得还行吧。"网上流传的手术室术者和护士冲突的视频，一定是上文描述的所有不快都出现了以后激发的矛盾，最好的术者对护士最好的奖励就是早下班。手术室护士的口碑是术者最温馨的招牌。

术者要自己成全自己。

德不近佛，技不近仙，不可为医。对于术者的要求尤其如是。说到底，术者还是手艺活，关键时刻还要手术台上见，实战，真刀真枪，切开、缝合、分离、止血，大出血，手起针落，止血，指南和专家共识齐飞，理论和经验共舞，解剖了然于心，处变不惊，理解、尊重、配合，勇于担当，敢于认错，如果还有"高颜值"和幽默范儿，那就是年度最佳术者。其实，术者自己的修为才是自己最好的口碑。

新年伊始，献给最好的术者，共勉。

麻醉医生的故事

我不在乎你叫我"麻醉师"

　　"麻醉师"的名头对于截至2015年9月全中国注册的75233名麻醉科医师中的任何一位来说，都是深恶痛绝的称呼。之所以特别敏感，是因为"麻醉师"的称呼容易让不了解麻醉医生工作内容的广大中国群众更容易联想起相似称呼的职业，比如理发师、面点师、按摩师等，当然还有建筑师、机械师、工程师等许多称呼也无法让麻醉医生释怀。麻醉医生真正纠结的是，每天工作在一起的外科医生，从来没有人被叫作"外科师傅"，麻醉医生听到最多的是"麻醉师，今天我的主刀大夫是谁？"之类的话。本来共同承担手术的风险，却从称呼上就矮人家一头的感觉。更加无法忽略的感受是，少数外科医生在手术进展不顺利时，第一时间的表现是，紧锁眉头高喊："麻醉师，紧了！"其实所有的这些林林总总，对于一个全心全意工作在幕后的好医生来说，都可以淡然处之，一笑而过。

　　作为一名麻醉医生，我曾经也特别计较"麻醉师"的称呼。

我是从业第三年结婚的，在婚礼上，主持人热情洋溢地向在场的嘉宾们隆重介绍新郎："这位年轻的新郎，是工作在医院的麻醉师。"当时我不顾礼节，冲上去一把夺过主持人的麦克风，激动地纠正："对不起，请称呼我——麻醉科医师。"当时的场面尴尬至极，但我认为应该捍卫自己的称呼，不能在我人生如此重要的场合还面对不雅的称呼，何况当时台下还坐着许多外科医生。

在从业八年时，我有些认同"麻醉师"的称呼了。经常和麻醉同道们在一起探讨，临床麻醉工作到底是不是医生的工作。从传统的西医诊疗过程来看，无论是内科医生还是外科医生，都要经历接诊、问诊、体检、辅助检查、诊断、治疗等过程，而麻醉医生更多的时候是在像飞行员一样驾驶，调试，维持患者内环境的稳定，体现的是一种平衡的艺术。究竟是区域阻滞还是全身麻醉？到底是需要强心还是扩容？面对病情复杂的患者，麻醉医生通过丰富的内科知识和经验，化险为夷，更多的时候是一种选择的艺术。面对没有经过系统治疗而焦急期盼手术的患者家属，认真细致地讲解医学知识；面对术中突然波动的血流动力学，通过自己的分析和调整，向外科医生解释清楚原因，更多的时候是一种沟通的艺术。所有这些，更像一名优秀的飞行员驾驶飞机应该具备的能力。

在从业十二年时，看到主持人胡紫薇的一篇推荐杰森·斯坦森主演的电影《机械师》的微博："为什么我们迷恋杀手？也许因为杀手往往集中了完美男性的优点：做自己必须做的；不磨叽；靠手艺挣钱，手艺好（不好的已经被干掉了）；原则很少，但是清晰，且能保持原则，快意恩仇；身手矫健，型男；一般情况下无牵无挂，有情有义。"看完以后感慨颇多，这其实也是对一名优秀的"麻醉师"的精确描述：做自己必须做的，监测好自己的患者；不磨叽，病情判断当机立断；靠手艺挣钱，手艺好；原则很少，但是清晰，且能保持原则，快意恩仇，好的"麻醉师"处理问题思路清晰，只用直接解决问题的药物，药到病除；身手矫健，不解释；一般情况下有情有义，医者仁心，对患者有牵有挂，但患者的利益至高无上，加班加点，无法照顾家人，对家人"无牵无挂"。从此，听到"麻醉师"的称呼我甚至有些窃喜。

今年是我从业第十六年，我已经不在乎任何人对我的称呼。每当患者家属询问"您是我爸爸的麻醉师吗？"时，我会微笑着回答："对，我是您父亲今天的麻醉医生。"每当气管存在异物、面色青紫的患儿被父母抱着冲进手术室时，每当术后出血患者带着大剂量升压药物被推进手术室时，每当心血管大手术经过繁复的准备就绪时，无论年资高低、学识深浅、入行早晚的外科医生用焦急或征询的语气问我："麻醉师，手术可以开始了吗？"我都会用坚毅的目光和沉着的语气告诉他："可以开始了。"

振保的麻醉故事

时至今日，振保还清晰地记得19岁时坐在饭桌旁和刚刚下手术台疲惫的老振保的一段对话。"你马上就要高考了，将来有什么打算？"老振保专心地吃着饭，没有抬头，一天的手术，午饭和晚饭一起吃，显得格外香。"我想当小说家，写故事，暂时实现不了就考医学院，当医生。"振保的声音有些微弱。"胡闹！"老振保不情愿地放下筷子，桌子被无意识地拍响了，"你就安心考医学院吧。"

二十年来，振保的内心一直怀揣着两个梦想。一个是当麻醉医生，手起针落，悬壶济世；一个是当小说家，舞文弄墨，描绘众生。时间久了，当麻醉医生的想法实现了，但终日循环往复的流程，让当初华丽的梦想变成了北方寒冷冬季身上的一件裘皮，不仅可以保暖，而且让你看上去很体面；日子长了，当小说家的想法无法实现，放弃梦想其实比坚持梦想更加艰难，当初遥远的憧憬变成了汗流浃背工作之后紧贴裆间的内裤，本来是用来遮羞的，如今变得让你局促不安。振保还是决定拿起笔，记下他麻醉生涯中那些波澜不惊的小故事。

圣 诞

西方的节日让东方人大张旗鼓地操办，总有一种怪怪的味道。北方的圣诞节寒冷到穿裘皮外出都不为过。回想起来，振保记得那天是圣诞夜，他急诊夜班领班。刚刚接班就有人从急诊手术间跑过来，说来了个重患，很急。振保下意识地抓起听诊器，直奔急诊手术间。男患，52岁，因为颈椎病两小时前刚刚做完间盘核出钢板内固定术，现在引流量400mL，呼吸困难。术者很急，要求马上麻醉，振保看了一眼监护仪，心率70次/分，血压120/70mmHg，脉搏血氧饱和度96%，安慰术者说："现在问题不大，先别急。"振保让二班抽药，三班拿可视喉镜。"抽什么药？"二班询问，振保也在问自己。"罗库、丙泊酚、芬太尼。"黑白的可视喉镜推来了，"要不换彩色的？"念头只是一闪而过，振保没有作声。"诱导，诱导，诱导！"如履薄冰的时刻来到了，振保开始心跳加速。

150mg丙泊酚，20秒推完，让三班准备好，随时推罗库，二班扣面罩，振保捏球，无法通气！无法通气！麻醉医生最棘手的时刻来临了！"拿有创环甲膜切开包？"念头一闪而过，没有作声，把可视递给二班，下镜，看不清，看不清，全是黑白的水肿组织。拿彩色可视好了，但是已经来不及了，振保拍了拍二班，接过可视喉镜，脉搏血氧饱和度的声音已经开始低沉，振保用力抬了抬喉镜，好像看见了会厌。插管，病人屏气，声门紧闭，又转了转管子，声门还是闭的。好在丙泊酚的作用快，有点儿呛咳，管子进去了，接二氧化碳，有波形，振保退出战场，瘫坐在麻醉机旁边。

还好，后来有了七氟烷。

画 家

麻醉医生最担心有人在走廊拦住你问："你还记得那天那个患者吗？"

无数个按部就班的早上，振保刚要进手术间做麻醉诱导，楼下的巡回护士上楼找到他，说："终于查到你啦，我费了好大的力气，10月份你在泌尿科做了一个麻醉，患者委托我一定要查到麻醉医生是谁。"

振保心里一惊：难道出什么并发症啦？

"他画了一幅画让我转交给你，感谢你对他的帮助。"

振保想起来事情的原委了。

患者因为膀胱乳头状瘤先后接受了6次手术，因为合并脾亢，凝血异常，也就先后接受了6次全麻。术前振保询问患者，这6次麻醉有什么感觉，患者说还可以，就是每次苏醒过来都觉得憋气，喘气费力。振保跟术者沟通了一下，手术需要20分钟左右的时间，患者应该每次都是从肌松药残余的状态清醒过来的。振保笑着跟患者保证，这次不会了。振保用了点儿丙泊酚加瑞芬，放置喉罩，没用肌松药，手术后患者醒了，笑着进了麻醉恢复室（PACU）。

四个月过去了，振保收到了患者画的盛开的牡丹，一如振保接到画时的心情。

窥　胱

全麻还是半麻，这是一个问题。西方对于麻醉医生的规培是，患者拒绝是绝对禁忌。其实无论是患者本人还是术者，对于全麻还是半麻的选择，都是一知半解的。请尊重麻醉医生对麻醉方式的选择，因为他一生最为宝贵的执业经验会形成一种所谓的"直觉"，这种"直觉"对麻醉方式的决定会帮助所有人一次次闯过难关。但对于振保来说，不愿意选择全麻。振保觉得担负起一个患者把生命安全全部交付于你的职责实在是太辛苦，如果能够满足手术要求，宁愿让患者醒着，自己保持警觉。

有时候全麻还是半麻的抉择可能要冒着生命的危险。男患，56岁，诊断为膀胱肿瘤，拟行经尿道膀胱肿瘤切除术。因为半麻有时候会出现闭孔神经反射，在切除肿瘤时因为局部对闭孔神经的刺激会诱发突然的腿跳动作，有膀胱穿孔的风险，所以关于这个患者的麻醉方式，外科医生坚持要求全麻，可以避免闭孔反射。这是让振保感到两难的选择，一面是因为一个小手术而承担整个人生命安全的责任，一面是合作伙伴要求安全顺利地完成手术。当然，手术安全是第一位的，这个患者术前身体状况很好，所以最后还是选择了全麻。

短短40分钟的手术，患者发生了严重的过敏反应，患者带着泵注的肾上腺素和瑞芬被送到了PACU。患者慢慢清醒过来，肾上腺素是减量还是加量？常规的做法是慢慢减量，病情平稳了才考虑气管拔管，但是患者清醒后气管导管的刺激会加重支气管痉挛，又是两难的选择。

振保正在犹豫，患者睁开了眼睛，开始呛咳。振保加大了肾上腺素的剂量，血压、脉搏开始飙升，脉搏血氧饱和度开始下降——90%、88%、85%。所有人都在等振保的决定。"抽好肌松药，推彩色可视喉镜，准备拔管！""拔管？"所有人都疑惑。患者呛咳剧烈，面色通红，脉搏血氧饱和度继续下降——83%、80%、78%，患者面色由通红变成灰暗。"拔管！"气管导管拔出来了，患者长咳一声，舒了口气，脉搏血氧饱和度仍在下降——77%、75%、73%。"深吸气，深吸气！"患者很配合，深吸一口气，1分钟仿佛凝固，监护仪血氧饱和度低沉的声音变得越来越响亮，这是振保听过的最为美妙的音乐——85%、88%、90%。全麻还是半麻，这还是一个问题。

北方冬天的清晨格外清冷，但就是这样清冷的天气也是十分难得的，因为没有霾，可以看见低空中的乌鸦。乌鸦不像大雁排成人字往南飞，在寒冷的冬天仍然在城市的上空四处乱飞着觅食。振保夹紧裆间的内裤，裹了裹裘皮，加快了脚步奔向他人生的舞台——手术室，凛冽的北风刮到脸上有些疼，仿佛当年老振保放下筷子的响声，空中回荡着逝去的老振保的声音："有种！"

吉爷

外科医生心目当中好的麻醉医生需要满足以下标准：动静脉穿刺、硬膜外穿刺置管、气管插管一次到位，开腹手术全程肌肉松弛良好，术中收缩压始终保证三位数，心肺功能健康边缘的患者最好不送重症监护室，最好在麻醉恢复室拔除气管导管，大失血时能够输血输液力挽狂澜，低心排时能够药到病除，最好在术者到来之前完成一切麻醉操作，最好在术中不要让术者感觉到有麻醉医生的存在。而麻醉医生心目当中好的外科医生只有一条标准：担当。吉爷就是有担当的外科医生中手技最好的。

其实吉爷的故事早在他年轻的时候就在同行之间像红旗一样在风中飘扬。传得最为经典的故事是吉爷带着一个后来因为仰慕吉爷终身未嫁的实习医生抢救心跳骤停患者的病例。早年的外科医生需要在麻醉科轮转，亲自完成多数常见手术的麻醉工作。吉爷轮转的时候有一次接到急诊室紧急气管插管的求救，吉爷带着实习医生赶到现场。男患，25岁，电击伤心跳骤停，急诊室的医生已经开始心肺复苏，吉爷到了以后迅速建立人工气道，但是患者的心脏对药物反应微弱，反复的肾上腺素推注，反复室颤，反复电除颤，依旧不能恢复窦性心律。那个年代的医患关系还不像现在，吉爷年轻气盛，跟在场抢救的医生们大喊："还等什么！开胸！"在实习医生的配合下，吉爷在急诊室开胸心脏按压，最终患者得救，自己走着出院了。今天人们再谈论这个故事时，让大部分人心潮澎湃的依然是吉爷当初当机立断救人一命的高超医术，还有好多人缅怀的是那个医生被信任的年代，当然更多的人一直在打听当年和吉爷配合的实习医生到底是谁。

当然，吉爷的故事里一定也少不了在最危急的时候力挽狂澜的病例。中年时的吉爷已经功成名就，再也不需要依靠行医来解决温饱，那个时候找吉爷做手术的患者已经排到一个月以后，他的声名远播。吉爷留在人们心目当中最帅的瞬间并不是他"一把轮"把宝马停车入库时关车门的手势，而是他站在刷手池边一丝不苟地刷手时的背影。那天病例出问题时，吉爷正在刷手，准备上自己在26间的手术。29间的患者麻醉诱导后出现了状况，常规麻醉诱导以后气管插管困难，几个麻醉医生反复尝试，没有成功。这个时候患者的脉搏血氧饱和度开始下降，患者开始通气困难，29间主麻医生呼喊求助的声音已经变了声调。走廊里围满了人，但是脉搏血氧饱和度下降时发出的独特的低沉的报警声音异常刺耳，相信多数麻醉医生在寒冷的冬夜一身冷汗惊醒的时候，耳边回响的一定是这个声音。当初监护仪设计者灵机一动的贴心设计，变成了今天无数麻醉医生最为憎恨的巴甫洛夫手里的摇铃。"还等什么！切开！"吉爷在患者就要心跳骤停的时候用手术刀划开了环甲膜，建立了人工气道，患者得救了。很长一段时间里，所有的麻醉医生在手术室走廊里都会跟吉爷主动打招呼。吉爷微笑着继续刷手。

退休以后的吉爷还活跃在手术室里治病救人。年轻的麻醉医生甚至没有人相信吉爷年轻的时候也做过麻醉医生。没有人记得吉爷曾经用最原始的方法于危难之时解救过患者，甚至是麻醉医生最为拿手的气道管理和心肺复苏。但是就在吉爷离开手术室的前两个月，他还是又展示了一次。手术过程中，肿瘤侵犯了降主动脉，术者小心翼翼地把肿瘤剥离了下来，整个术野就被鲜血覆盖。患者瞬间血压骤降，心率先快后慢，转眼之间就要心跳骤停。术者立即用手按压住了出血口，丝毫不敢动。手术间的空气开始凝重，患者的血压并没有明显回升。"要不，请吉爷？"有人小声提示着。吉爷当时在另一个手术间，赶过来问明情况，征询麻醉医生的意见："还能给我10分钟吗？""我尽全力！""那还等什么！"吉爷在患者心跳骤停之前找到了血管漏口，10分钟之内缝合完毕。

据说还有一次同样的情况，不同的是在夜班急诊，降主动脉破裂，瞬间术野被鲜血覆盖，空气凝重，术者手按出血口，丝毫不敢动。"要不，请吉爷？"有人小声提示着。瞬间手术室的无影灯都增加了亮度，吸引器加大了马力。术者松开手，穿针引线，缝合血管，如有神助。患者得救了。"还等什么？"术者处理完才回答，"吉爷已经去世一年了。"从那以后，吉爷是真的走了。吉爷就是手技好的医生中最有德行的。

（本文故事虚构，谨以此文纪念中国医科大学附属第一医院神经外科创始人刘永吉教授，逝者安息，风骨永存。）

麻醉工业 4.0

什么是"工业 4.0"？

德国人首先提出了"工业 4.0"的概念，用于定义以蒸汽机、大规模流水线生产和自动化为标志的前三次工业革命之后的第四次工业革命。该理念意在通过嵌入式控制系统，实现生产技术联网互动，信息物理融合系统将制造业向智能化转型。

这个理念也可以用"智能工厂"来解释，在工厂中，数字世界与物理世界无缝融合，产品本身包含有全部生产必需的生产信息。通过信息物理融合系统，企业不仅可以识别产品、定位产品，而且可以时刻掌握产品的生产经过、实际状态以及达到目标状态的可选择路径。在"工业 4.0"时代，机器、储存系统和生产手段构成了一个相互交织的网络，在这个网络中可以进行信息的实时交互、调准，闭环靶控麻醉系统与其如出一辙。同时，信息物理融合系统还能给出各种可行方案，再根据预先设定的优化准则，将它们进行对比、评估，最终选出最佳方案，最终使生产过程高效、环保、人性化。

工业1.0：

18世纪末期始于英国的第一次工业革命，结束于19世纪中叶。这次工业革命使机械生产代替了手工劳动，经济社会以农业、手工业为基础转型到以工业以及机械制造带动经济发展的模式。

工业2.0：

第二次工业领域大变革发生在19世纪末期和20世纪初期，形成生产线生产阶段。20世纪70年代后期，随着电子工程和信息化技术充实到工业工程之中，生产实现了最优化和自动化。

工业3.0：

第三次工业革命延续第二次的成果，由机械生产完全代替人类作业标志其完成。

工业4.0：

第四次工业革命网络技术实时管理，迈向工业智能化。

人类文明的进步总是有着惊人的相似性，无论是历史的重演还是科学技术的模仿与创新。临床麻醉工作也可以粗略地归纳出四个阶段。

什么是"麻醉4.0"？

麻醉1.0：

1846年10月16日，威廉·莫顿（William Morton）在美国波士

顿麻省总院公开表演乙醚麻醉已经被业界认可为临床麻醉的开始。从此以后，麻醉学专业走进人类文明的历史。1939年，马里奥·多格拉奥蒂（Mario Dogliotti）首次提出硬膜外麻醉的概念，被誉为"现代硬膜外麻醉之父"，也应该列入早期麻醉手工业发展史册。

麻醉2.0：

1911年出现了世界上第一台具有机械通气功能的麻醉机（德尔格），麻醉医生从手工通气的僵局中解脱出来。当然，解脱出来的不仅仅是双手，更多的是从麻醉手工业向患者手术信息化处理的大脑。

麻醉3.0：

静脉麻醉药物丙泊酚和吸入麻醉药物七氟烷的出现，使麻醉诱导和苏醒更加可控，更多的手术中心演变成为流水线。

麻醉4.0：

以加拿大麻醉医生黑默林（Hemmerling TM）为代表的研究团队，于2013年发表在英国麻醉学期刊上的闭环靶控麻醉系统的介绍文章，能够由计算机系统独立完成简单手术麻醉，开启了麻醉智能化时代。

如果读到这里，你因为技术发展的相似性而震惊，或者因为笔者才疏学浅就胆敢划分麻醉时代的进程而产生鄙视，那你就误解我了，每个人都有自己心目当中的麻醉4.0。我真正想要表达的是，无论是普通民众，还是麻醉医生本身，有没有想过麻醉医生到底位于麻醉工业化的什么地位。

美国麻醉学家米勒（Miller）在中国麻醉年会的演讲的确也预测过再过五十年可能会出现的景象：要么麻醉医生统领大局，负责整个围手术期；要么人类文明当中麻醉医生这个"古老"的职业将消失，临床麻醉智能化，全部由人工智能完成。好莱坞的著名科幻影片《普罗米修斯》里，外科手术已经可以用手术仓解决，手术仓扫描患者身体，确定手术路径和方案，机器手操作完成手术。最为关键的环节——患者的麻醉，是靠打一针就完成的，甚至连现实世界中已经出现的智能化麻醉系统都没有展示一下，瞬间拉低了导演在我心目当中的排名，但那也许就是我们看不到的麻醉工业 5.0。

我有幸观摩过美国加利福尼亚大学洛杉矶分校（UCLA）罗纳德里根医学中心麻醉科印度裔麻醉医生普林斯医生（Dr.Prince）的整个麻醉过程。手术当天早上见到患者，解释手术麻醉过程，无论患者放松还是紧张，无论手术复杂还是简单，交代到最后，普林斯医生总是会面带微笑地说："I will be there always."（我会一直在你身边。）手术过程中，无论气氛紧张还是放松，术者提出的各种要求和质疑，普林斯医生的第一句话总是："I am here."（我一直在呢，放心。）

如今的中国医疗市场，手术量日益增大，麻醉和手术技术突飞猛进地发展，手术患者的年龄最小的可以是还在母亲子宫里的生命体，最大的超过百岁，麻醉技术已经让术者可以在患者心脏和颅内任意驰骋。面对风暴已经来临的麻醉工业 4.0，我想，任何的担忧和焦虑都比不上身经百战、经验丰富的麻醉医生的轻声细语——"我一直在呢，放心"更有说服力，无论是对患者、术者还是对精密的麻醉智能操作系统。

一个麻醉医生的自我修养

有责任心。

麻醉医生有别于其他任何科室的医生，只有麻醉医生能亲自站在患者旁边，通过开放的静脉通路推注药物，然后看到药物分分秒秒的作用效果。也只有麻醉医生能够了解一个药物静脉推注以后会引起患者血压和心率分分秒秒的起伏变化。如果把患者的生命体征变化比作大海航行中的暗礁，那么麻醉医生就是患者生命大船的舵手，从来不是风平浪静就可以对暗礁掉以轻心，所以，大海航行对舵手的基本要求就是时刻坚守岗位，明确自己工作的重要性。一个经验丰富的麻醉医生擅离职守造成的伤害非常大，因为术中心跳骤停的抢救第一步是——发现它！

麻醉技术的十八般武艺。

麻醉医生说到底还是需要手艺的。初春的阵阵春雷，夏日的闷热，秋季的凉爽和隆冬的严寒，四季更替需要麻醉医生日渐精进，渐渐演化"懂会熟巧精"的过程。硬膜外腔穿刺置管术、单双腔气管导管插管术、有创动静脉穿刺置管术、漂浮导管置管术、超声引导下外周神经阻滞、经胸超声心动图（TTE）、经食管超声心动图（TEE）、床旁重症超声、液体管理、血气分析、凝血功能监测、麻醉深度脑电监测、局部脑氧饱和度监测……真正能够让患者转危为安，让外科医生刮目相看，日后信任你，愿意和你合作，茶余饭后谈起的，还是你的手艺如何。

心细。

极少数患者的病情是突然变化的，大部分患者的病情变化都是悄然无息、分秒累积的。只有细心地观察术中患者生命体征的变化，防微杜渐，才能在大坝决堤之前填满所有的蚁穴。好的麻醉医生在巡视手术的过程中，走进手术间的第一感觉就能判断出患者状态、监护仪的音调、术野的颜色、患者尿量和颜色、麻醉机风箱的起伏、手术间墙壁上计时器秒表的跳动，就像经验丰富的舵手通过海浪的大小和海水的颜色就能判断出前方是否有暗礁一样，细心的麻醉医生总是在暴风骤雨来临之前做好一切防汛准备。

手巧。

手看起来巧是有条件的。其一，多练习。共同起步的医生，前六个月是能够分别出来谁的手技更好些的。有的人，天生聪慧，大脑和手的协调能力超过其他人，但是这种差距在三年以后就不会那么明显了，因为聪明人先学会了，节奏慢的人通过练习也一定会赶上，所以刚入门看起来手很笨，就只能多练习了。其二，强大的内心。危重患者血压很低，如何桡动脉穿刺一针见血？外科医生已经来了很久了，甚至搬了凳子坐在你不远处，双手交叉在胸前，不时地叹气或者踱步，你能不能心无旁骛地进行自己的操作？这个时候也许冯唐的九字箴言能够派上用场：不着急，不生气，不要脸。

沟通能力强。

美国之所以有许多华裔麻醉医生，其中一个猜想的原因是，麻醉医生和患者沟通的难度要远远小于内外科医生和患者沟通的难度。但中国不一样。目前的医疗环境，需要麻醉医生十分清晰地跟患者家属沟通好麻醉风险，因为大部分群体还是认为麻醉就是打一针，算好剂量，注射就好了，怎么会有风险呢？其实麻醉医生没有做好宣传，沟通不到位也是其中一个原因。不要奢望普通百姓会了解过多的医学知识，连同在一个医院的内科医生也认为麻醉医生打完一针就可以去喝茶了。其次是和外科医生的沟通，术中病情的变化，失血量的真实情况，是否需要暂停手术处理患者的心律失常，都是需要积极沟通的内容。当然，外科医生愿意听从你的意见的前提是在过往的合作中他见识过你精湛的手艺，而不是蹩脚的手艺。

时刻警觉。

美国麻醉医师协会的图标里只有一个单词：警觉。传说香港麻醉医师学院的座右铭是：警觉保平安。警觉与其说是麻醉医生必备素养，不如说是职业病。其实每天临床麻醉的体力劳动并不是很多，但是大多数麻醉医生下班后都会感觉身心俱疲。仔细想想，是因为只要一踏进手术间，麻醉医生不由自主地就会进入一种警觉状态。很多出租车驾驶员都有吸烟的习惯，是因为他们也需要时刻保持路面上的警觉状态，而麻醉医生只能靠自己体内分泌的激素来维持警觉状态，每天八到十个小时的警觉状态消耗的激素很难靠一夜的睡眠补充回来，何况失眠也是麻醉医生的职业病。所以，长期透支身体，导致中国麻醉医生死亡率远远超过患者围手术期死亡率。原因很简单，就是警觉的职业素养要求没有得到充分的休息补偿。

有爱好。

有爱好对麻醉医生来说十分重要，因为爱好可以让警觉的大脑处于放松状态，让身心得到休息补偿。爱好的定义不是要讨论的内容，不违法，不扰民，不损害他人利益，发呆、跑步、遛弯、听音乐、看电影、登山，什么都可以。工作是为了更好地实现爱好，爱好是为了更好地投入工作，就像电影里说的那样："只会工作不会玩让杰克成了一个傻小子。"

身体好。

保持警觉的大脑正常运作的前提是身体其他器官运作良好，身体好的评价标准也不一致。总之，第二天排好的手术麻醉还是需要你亲临现场，负责地出现在那里并展示你的十八般武艺，沟通顺畅，时刻警觉。

胆小。

最后一条不知道能引起多少麻醉医生的共鸣。今年是我从业第十八个年头，突然感觉胆子很小，瞻前顾后，各种场面，各种抢救的预案，各种可能会出现的并发症。真希望十八年后能够拍拍胸脯说，这十八年来，我的担心都是多余的。

献给所有工作在一线的麻醉医生。

当麻醉医生谈舒适化医疗，其实想说什么

首先是保命。

主动脉夹层撕裂、肝移植、破裂性腹主动脉瘤、甲状腺术后出血呼吸困难，当这些字眼通过急诊电话传到麻醉主班医生的耳朵里时，对舒适化医疗的最好诠释就是：保住患者性命。如果在接诊过程中，麻醉医生言语粗暴，神情焦虑，那他一定是比患者家属还要着急，请你见谅；如果在操作过程中，麻醉医生动作简单，局麻没有充分起效就穿刺置管，那他一定是比外科医生还要着急，请你见谅，因为他是希望你能够更加安全地经历麻醉诱导。这个时候对于舒适化医疗的要求最高，就是让患者活着接受手术治疗。

其次是安全。

如果把疾病比喻成怪兽，外科医生的眼里，只要怪兽在，就一定要打。麻醉医生更喜欢权衡打怪兽的时机和方位，喜欢把怪兽麻醉了，探查好山洞的路线再静悄悄地进去打怪兽；外科医生

往往喜欢在怪兽兴风作浪时，大张旗鼓地干一场，可有的时候，事与愿违，怪兽没有打死，躲进山洞深处，山洞的大门还被堵死，进退两难。比如心脏换瓣手术术后，又需要做双膝置换术，怎么办？换瓣术后长期口服抗凝药物，椎管内操作相对禁忌，目前的医疗环境绝对禁忌，全麻似乎是唯一的选择，但是患者右膝置换术后，全麻清醒后一过性脉搏血氧饱和度下降，外科医生望而生畏。通过使用超声引导下神经阻滞复合静脉镇静技术，骨科麻醉专业组的C教授完美地用舒适化医疗的方案让患者渡过难关。

最后才是大众津津乐道的舒适化医疗。

愈来愈多的医生和患者需要麻醉医生的医疗帮助。内科医生有创化，外科医生微创化。在外科医生开大刀的时代，麻醉医生的看家本领是复合硬膜外麻醉镇痛。如今，外科医生微创化、腔镜化，麻醉医生超声引导下神经阻滞，几乎是最为完美的伴侣。科学技术的出现从来没有什么孤独寂寞可言，你是风儿，我是沙，缠缠绵绵才是完美的医学春天。呼吸科医生的纤维支气管镜检查，循环科医生的起搏器诱发室颤，消化科医生的胃肠镜检查，如果能够有一位相知相识的麻醉医生在身边保驾护航，对于医生和患者来说都将是一件想一想都觉得极美的事情。而这些，才是刚刚开始宣传的舒适化医疗的理念，其实，麻醉医生终其一生为之奋斗的就是默默无闻的舒适化医疗。

在麻醉医生的内心深处，首先是保命，其次是安全，最后才是大家定义的狭义的舒适化医疗。

"罪恶"的完美麻醉心理

什么样的麻醉效果才堪称完美麻醉呢？业界一直没有定论。其实这个问题也不可能有一个统一的答案。当达到全麻基本的要求——无意识、无痛、肌肉松弛、消除有害反射以后，好像对麻醉医生没有提出更高的要求。当然，近几年热炒的快速康复理念、舒适化医疗、精准医疗等，提出麻醉医生应参与其中，但是并没有强行要求麻醉医生做什么。然而，做医生的匠心使然，总会让一部分医生冒着风险追求完美的麻醉效果。个人认为，天使和魔鬼从来都是并肩前行的，完美的麻醉状态离出现并发症的状态仅仅间隔一根硬膜外导管直径的距离。

我清晰地记得一例术中心跳骤停的病例。男患，56岁，因为发现巩膜黄染入院，术前诊断出壶腹部恶性肿瘤，拟行胰十二指肠切除术，普外科的经典大手术。男患平素健康，体重80kg，心肺功能良好，在五爱市场做生意，自己搬运货物没有任何问题。我接到这个病例的时候刚刚做完总住院，信心满满，又是刚刚可以独立麻醉，追求完美麻醉效果，毅然决定做全麻复合硬膜外麻醉。匠心使然，加之迷恋胸段硬膜外置管技术，麻醉方案的设计重心全部放在硬膜外置管环节，患者又是80kg的壮汉，我对穿刺成功的渴望战胜了一切对可能出现问题的担忧。因为总住院期间动手练习机会较多，所以胸段硬膜外置管过程出奇地顺利，我得意忘形，没有注意恶魔狰狞的笑容。硬膜外试验剂量，平面满意，麻醉诱导，生命体征平稳，手术开始，切皮，患者心率、血压没有任何变化，我沾沾自喜；手术开始30分钟了，为了让外科医生探查腹腔时没有变化，硬膜外追加药物；我刚刚开始独立做硬膜外复合全麻的麻醉，经验少，并没有持续泵注缩血管药物，而是模仿别人单次推注多巴胺，现在想想，假如天使站在一旁，一定蹀来蹀去。血压回升，窃喜，一切安静得让我觉得不真实，手术进行到60分钟，追求完美，硬膜外给药，低血压，继续推注多巴胺，恶魔笑了，中计！突发室颤，犹豫了3秒钟，暂停手术，抢救，心外按压，肾上腺素静推，复律，手术室里开始人来人往。C教授说，复合或者不复合硬膜外麻醉都无所谓，只是复合硬膜外麻醉以后让做麻醉的人完美麻醉的心理得到满足而已。

最近才在新版的《实用心血管麻醉学》上发现了做麻醉的外国人在教科书上的人文关怀，三条：

"维持原样原则。"

"不追求完美原则。"

"不造成伤害原则。"

哑然。

患者二。做了十年全麻复合硬膜外以后，自我感觉成熟了许多。开胸手术，术前胸段硬膜外置管，给药，测平面，满意，有创动脉监测，滴注右美托咪定镇静，预防插管反射，外科医生入室，麻醉诱导，血压、心率缓降，一切如常。放置喉镜，心率开始减慢，放置支气管导管，刚入声门，满屏的监护指标全部变成直线，毫不犹豫地在胸骨上锤击了一下，复跳，让助手继续操作，仿佛一切都没有发生，看见天使和恶魔在摔跤。

刚刚入科时，坊间流传80岁高寿的老麻醉医生的"麻醉八字箴言"，请师兄吃了一顿大餐才获知：对付，糊弄，将就，凑合。

能够带给你推背感的麻醉医生

向澳大利亚阿德莱德的麻醉医生理查德·哈瑞（Richard Harry）致敬！在这次泰国清莱13名少年足球队员的营救中，他彰显了麻醉医生的职业素养本色。

这个平日里沉默寡言的57岁麻醉医生，实际上还是一个拥有30年潜水经验的洞穴潜水高级玩家，一句话概括了澳大利亚麻醉医生的格调到底有多高。

麻醉医生大部分都是沉默寡言的狠角色。病人麻醉以后的生命体征都展示在监护仪的大屏幕上，数字会说明其麻醉的技术的高低，甚至监护仪展示生命体征提示音的高低和节奏，都会因为其麻醉的平稳而和谐悦耳。相反，蹩脚的麻醉会带来各种各样的报警声音，外科医生会第一时间询问或质疑，任何的语言交流都没有经过麻醉医生的处理后转危为安更有说服力，或者简单的一句"我在这儿，病人没有问题"，就可以让手术继续进行下去。所以麻醉医生不用过多的语言交流就能展示自己的魅力。

为什么是洞穴潜水这样的运动？这也十分符合麻醉医生的职业素养。工作日的高度紧张和戒备状态，让很多麻醉医生愿意在休息的时间彻底放松自己，但是短时间之内在紧张和放松之间切换还是很难的事情，这需要放松的形式足够具有挑战性，强烈地吸引你的注意力，使身心完全投入其中，我想，没有比洞穴潜水更适合的运动了。刚刚成为具有独立麻醉资格的医生的时候，我也曾经考虑过这项运动，后来看看装备实在是太贵了，放弃了。每次在温泉浴池泡澡的时候，我都会把头沉入水面以下多停留一段时间，找找澳大利亚麻醉医生洞穴潜水的感觉。其次，在这次营救过程中，传闻最后4名少年是全麻以后营救出来的，也有业内人士质疑是否真实，但是，从麻醉医生的职业角度出发，这件事情是完全可以实现的，而且也只有麻醉医生能够想出这个办法。大众最为熟悉的气道管理是用潜水中应用的浮浅导管，麻醉医生做的稍微复杂了一些，把这根管延长，一端插入气管声门下，气囊充气封闭导管四周，另一端接呼吸器，当然，无论是在洞穴还是在手术室，这么搞都是有生命危险的，但我还是坚信，这个57岁的老家伙不会让足球少年紧张兮兮地清醒着出来的，麻醉医生有不用你自己呼吸就能保你活着的能力。

　　还记得上大学的时候看过的一部经典电影《亡命天涯》，男主是一个精明的外科医生，运用自己的智慧逃过次次追杀，最后让反面角色得到应有的报应，剧中他有一个响亮的名字：理查德·坎博（Richard Campo）。向所有叫理查德的医生致敬！

　　俄罗斯的飞行员已经是民间极为敬仰的"战斗民族"中的精

英。传闻俄航的仪式感特别好，在每次自救和逃生宣教之后，飞机起飞，经过很短距离的滑行后立即拔升，倾斜得特别大，一定要让每一名乘客都能够安全地享受到突如其来的推背感，然后是空中飞行，飞机落地时，一定让每一名乘客都能够安全地享受到预谋已久的弹跳感，安全着陆之后自然是雷鸣般的掌声。

麻醉医生其实就是患者私人专项的手术飞行员。在辽沈大地上，有这么一群人，2018 年，是他们组建麻醉团队六十周年。他们都是医生中挑选出来的精英，经过严格的职业训练、严格的准入制度，才能独立实施麻醉；他们都和理查德一样内敛而机智，为辽沈大地各种疑难杂症合并手术指征的病人提供麻醉；他们每天工作的日常风险远远高于洞穴潜水，但是他们凭着自己的专业知识和悲悯之心，为每一个病人提供前所未有的推背感，希望看到的仅仅是手术后清醒过来的笑脸。他们就是中国医科大学附属第一医院麻醉科团队。

白塔堡纪事

过了浑河大桥沿着沈营大街一直走，不出5公里，就会感受到浓浓的城乡接合部的气息，说不好有什么巨大的差别，但是人们的衣着和精神状态，跟城里快节奏生活的人们还是有差距。大概北上广的人，飞机刚刚落地到沈阳时也会有这样的感觉，生活的节奏和视野决定了人的精气神。如果是开车，你不会有如此之大的体会，一定要骑行，穿过熙熙攘攘的人群，他们谈论什么，高兴什么，计较什么，都会了如指掌，时间久了，你就会渐渐融入他们的生活，跟他们一起喜怒哀乐。当然，他们不知道，穿过白塔河，再走5公里，拔地而起的楼群，已经开张了，而且已经完成了215例全麻手术。有一群人，在努力用和平区的技术带动白塔堡的气息，让它能够融入国际的潮流，无愧于设计师当初的构想。

法国设计师按照德国手术间设计的20个手术间，处处彰显的不是技术的精尖，而是人文的关怀，对患者，对医者，对每一个行走其间的生灵都充满了敬畏。建筑的主体是手术中心,围绕中心的是各个医技科室,然后是病房,患者从病房经过看得见风景的走廊,到达手术中心,手术中心门外的走廊是天窗,患者一定是带着阳光的照耀被接进手术间的。最为难能可贵的是,手术室中间有天井,手术结束患者苏醒过来,送出麻醉恢复室的第一眼,就能看见光,内心一定无比从容。在这种环境接受手术治疗,哪怕蹩脚一点儿的麻醉技术都能够被掩盖掉,更何况强大的技术的支撑,原本生死攸关的手术,变为白塔堡明媚阳光和舒适医疗的最好体验。

说到底,还是不能用人文关怀掩饰技术的瑕疵,真正救命的还是过硬的麻醉技术。

2008年深秋的一个急诊夜班,急诊手术忙得不可开交,外科通知会诊,早上刚刚从ICU送回去的患者,躁动。我简单了解了下病情,叮嘱二班医生,看好生命体征,没有抢救插管的指征就写好会诊记录,回来继续急诊麻醉。没有多久,二班医生回来汇报,患者脉搏血氧饱和度可以,血压高,心率快,躁动,定向力不好,怀疑术后谵妄,没有特殊处理。半夜12时10分,外科再次来电,患者呼吸心跳骤停,要求紧急气管插管。我到病房时,管床医生在做心肺复苏,患者心跳已经停止,面色青紫,我直接下喉镜,没有看见会厌,映入眼帘的是一个巨大的囊肿占领着呼吸道,勉强绕过囊肿,插管成功后,患者恢复窦性心律,刚刚收拾工具准备撤离,记得十分清楚,护士姐姐说,能不能帮忙再监护一会儿,担心心跳再停。

在这 215 例全麻手术中，有一位 85 岁的老爷爷，前列腺增生，要求手术治疗，老爷爷虽然坐着轮椅进来，但是自己腿脚麻利，可以自己翻身上手术床，回答问题声音洪亮，不像是 85 岁的年龄。为了术前防止麻醉诱导出现血流动力学的急剧变化，我们安置好有创动脉监测才开始麻醉诱导，一切都很顺利，直到下喉镜入口腔，十一年前见到过的囊肿再次展现在眼前。

其实来到白塔堡实现了多年的一个梦想，当年看到梅格瑞安主演的《天使之城》，就觉得骑赛车上班的医生是最潇洒的。在 UCLA 时，印度裔年轻的主治医生，骑着赛车来一个人完成肺移植麻醉，更是羡慕不已。

老爷爷气管切开以后送到 ICU，不知道第二天醒来会不会遗憾没有看到 PACU 门外的天井射进来的阳光。

玉门玲

病人刚刚入院，文雅就旁敲侧击地跟我提示过，想要试试全腔镜食管癌根治术。

我完全可以体会到他轻描淡写的背后，蓄含了多少沉重的努力。我也年轻过，知道年轻医生想要开展一项新技术时的心潮澎湃和压力，但是我还是低估了他的协调能力。

有些时候，人是不能和命运抗争的，你只能做好准备，等待时机，做好一切准备，精神的、体力的、压力的，反复翻看高手的手术视频，琢磨每一个步骤，设计每一个细节，预估每一个陷阱，但这些都远远不够，你真正需要的是一个得天独厚需要你治疗的患者和一个荣辱不惊渴望你成功的老者。

这两个条件同时满足的机会简直太少了，可能具备的时候你还没有留意到，或者你还没有足够成熟到认为这是一个机会，或者你意识到这曾经是一个机会，你已经没有信心了。人就是这么渐渐老去的，尤其是大部分名不见经传的术者，他们都是在自己开始头发花白、登山迷路、睡觉流口水之后，才知道自己痛失了最完美的机会。

玉老之所以知道这是一个难能可贵的机会，有两个原因。

其一，他本身就是一个优秀的术者，他太了解这个体系运作的规则和节奏了，有的时候，优秀的术者喜欢沉默寡言地看着，看着年轻人是否像自己年轻时候一样渴望，如果你连这种渴望的眼神都没有，他是不会传授给你任何东西的。欲望是人成功最起码的动力，尤其男人。

其二，玉老的儿子也是一名外科医生。他多多少少还是对文雅动了一点儿父子情。他一定渴望自己的儿子是一名优秀的术者，他一定渴望儿子的身后站着一个荣辱不惊的老者。文雅邀请他站在身后的时候，一定没有考虑父子情的事情，完全是我事后杜撰的。但是我坚信，父子情才是男人心底最温柔脆弱的情结，我也坚信，玉老是因为父子情出场的。

其实真正具备了两个条件都满足的机会，事情就成功一半了，加之文雅又邀请小门、玲姐和邢哥出场相助，成功是注定的了。

邢哥在完成了第三个重患的胃肠肿瘤根治术后，不紧不慢地跟我说："是不是该约约啦？"

"约什么？"我明知故问。

"坐坐，聊天，喝酒。"

这三个患者确实特别重。第一个女患，一年前发现腹部肿瘤，同时诊断为扩张性心肌病，当时所有的医院口径一致，不能做麻醉，需要先调整心脏。患者在家调整了整整一年，肿瘤越长越大，心脏略微好转，入院以后射血分数（EF）32%。第一次推进手术室，手术停掉了，入室心率140次/分，室早二联律。第二次，全力以赴，清醒建立中心静脉通路，稍微头低位就诱发心率140次/分，室早二联律，容量和压力的调整给麻醉医生的可调控区间极其狭窄。家属口径一致，哪儿也不去了，死也死在白塔堡。还好，肿瘤切除以后患者现在已经可以四处走动了。第二个男患，EF37%，房缺，肺高压，肥胖，入室氧分压50mmHg，老C觉得他的患者没有我的患者重，他出手了。第三个是我的患者，一个月前因为非ST段抬高心肌缺血置入第八、九个支架，还有一处狭窄90%的血管没有处理，房颤心律，老C认为这个患者猝死的概率远远高于他的患者，所以觉得我的患者重。我们各自选择彼此认为轻的患者施行麻醉，这样对彼此都是最好的安慰。

邢哥之所以知道今天患者能够平安送到ICU有两个原因。

其一，跟玉老一样，他本身也是一个优秀的术者，他也太了解这个体系运作的规则和节奏了。

其二，今天一早起来，邢哥拉开窗帘，就知道事情成功一半了，因为他知道，这两个有情怀的老男人最喜欢在大雪纷飞的周末出手，挑战极其危重的麻醉，因为忙碌了一上午后突然透过白塔堡手术室天井的窗户看到雪后湛蓝的天空，内心还是极其舒展的。男人苍老以后，除了头发花白、登山迷路、睡觉流口水以外，就是内心敏感。

其实男人苍老以后，除了刚才说的那些以外，还会想尽一切办法让自己处在一个舒服的位置。

玉老到了白塔堡的第一件事就是寻找当地最好的木匠，面试了几轮下来，考核的内容都一样，就是想象手术台的高矮，按照他自己的身高做一个手术时专用的脚凳，不提供手术台的高低尺寸，不提供自己的身高，只管做就是了，一旦踩着舒服，手术顺利了，才付账。民间自认为高手的不计其数，但都败下阵来，眼见手术室天井下就要被各种尺寸的脚凳填满。一天，玉老脱了手术服，要马克笔，众人皆疑，玉老不紧不慢，在脚凳上工工整整写下仿宋体三个字：

玉门玲。

因为爱情

　　援疆期间遇到的第一个难题就是早醒。作为研究方向是术后睡眠剥夺的硕士研究生导师，我深深地了解，早醒的危害要远远大于入睡困难。因为在新疆，接近三个小时的时差，足够跨越入睡困难的时段，但是早醒就会像一把利刃，划破无数个安静而又寂寞的早晨，然后演变为贪婪的巨兽吞噬着人类作为群居动物最本能的孤独感。还好，回来了，早醒之后能够听到老婆均匀而又规律的呼吸声，我轻轻摇醒她，说：

　　"如果有一天，我先是罹患了脑血栓，又发现肺部占位，你同意给我手术治疗吗？"

　　"真的假的？"老婆突然醒了，认真地问。

　　"我是说，如果。"

　　"滚！"老婆翻过身，片刻就重新进入了梦乡。

　　接到赵姐电话的时候，刚刚麻醉诱导给完药，我看了一眼电话，不是紧急呼救，就挂断了。诱导时间到了以后，助手插管，拔出管芯，轻轻旋转，过程十分流畅，仿佛能够看见蓝色的左侧支气管远端轻轻滑进该进的位置，接螺纹管，左侧胸腔轻轻地起伏，完美，接右侧通气，右侧胸腔轻轻地起伏，麻醉已经成功一半。

我把电话回过去的时候，赵姐跟我说，是原来保洁杨姨的老伴儿病了，想让我术前评估一下，人已经在手术室门口了。

杨姨确实面熟，一起工作过一段时间，分工不同，每次手术结束她们才走进手术间，在一旁等着，患者苏醒，离开手术室后，她们开始保洁。每天最后一台手术的时候，所有人都着急走，所以是检验麻醉质量的时候。杨姨见证过无数个3号手术间加班的夜晚等待患者苏醒的场景，每次到我的患者时，杨姨都会安慰同伴说，这个麻醉师厉害，醒得快，还不闹。以至一段时间内，我内心期盼的是加班以后最后一台，在杨姨和其他的大姐面前表演患者醒得快还不闹，是她们默默地陪伴我度过了无数个加班的夜，想想年轻的时候真的是十分简单而快乐。

这次杨姨带来的患者是她老伴儿，男，67岁，一年前脑血栓病发，目前言语交流困难，行走略微受限，高血压，冠心病。发现肺部占位，想手术治疗，杨姨只有一个要求——醒得快，还不闹。

"您知道手术的风险吧。"我诚恳地跟杨姨说。

"知道，搞不好还会脑梗。"

"所以说，目前还可以考虑保守治疗。"我说。

"我们17岁认识，今年整整相识50周年，我们是初恋。"杨姨一点儿也没有炫耀的意思，但是还没有过招，她就一指点中我的穴位，我不知道她为什么告诉我是初恋，看年纪她应该不是我公众号的粉丝。

"初恋？"我也不知道为什么问出如此愚蠢的问题，这和麻醉风险没有一点儿关系，但是暴露出我愿意接手的迹象。

"是初恋，17岁认识，早早结婚，过了一辈子，我不能扔下他，有风险也要治！"

老伴儿在一旁傻傻地笑，仿佛听懂了我们说话的内容。

"既然这么坚定地下决心，我们就冒风险试试，我也是被您二位感动了，因为爱情，这个活儿我接了。"我说得有些激动。

杨姨把我拉到一边，语重心长地说："儿子工作不好，收入不高，又刚刚有了小孙子，还是想积极治疗，让老伴儿多活几年，拉扯拉扯儿子、孙子，这不，一个月还有6000多元的退休金呢。"

术后随访杨姨老伴儿时，我下了一层楼，去看看前天手术停掉的42岁女患。

42岁女患诊断是腹部包块，一年前就发现了，想手术治疗，但是入院以后同时发现有扩张性心肌病，EF32%，所以没有麻醉医生愿意接手。

之前并没有接触患者的老公，在我的印象中，这是一个坚毅的男人，因为普通男人早就放弃了。我也做好了心理准备，他一定会绘声绘色地跟我讲述他们的恋爱史，他们一定也是初恋，而且是两小无猜、青梅竹马的那种类型，不然，没有理由让这个男人变卖家产，走遍祖国大江南北，专门按照"2017年版复旦大学最佳麻醉专科排行榜"的指引，去了排名前两位的医院，但都被拒之门外，被告知"不能麻醉，风险太大"。

"五年前在工地认识的，结婚，生孩子，过得挺好的，没想到去年病了。"男人边说，边将捋稀少的头发，很无奈。

"当时心脏也没有症状，到医院检查出来以后，就按医院医生开的药治疗，不好不坏，天天还在工地干活儿，只是肚子里的瘤子越来越大，不做手术实在是没法生活了。"男人边说，边看着躺在病床上的患者。患者平静安详地躺在病床上，坚持说："大夫，我心脏没事，真没事，你们做吧，什么结果都认可。"我示意男人跟我到走廊聊。

"你要做好最坏的打算，心脏病还是很重的，麻醉风险很大，有可能还没有手术，刚刚开始麻醉就需要抢救了。"我郑重地说。

"知道，已经做好准备了。"

"为什么这么坚持手术治疗，经济情况乐观吗？"

"不乐观，老家的房子都卖了。"

"好多家属都放弃了，您为什么这么执着？"

"说实话吗？"他问我。

"实话实说。"

"大夫，我们就想努力把病治了，恢复正常生活，正常生活你懂吗？我们已经一年没有夫妻生活了。"

手术结束的第二天早上我并没有早醒，老婆把我推醒了，她失眠了。

"你当初看上我是因为我的智慧吗？"她问。

"不是。"我闭着眼睛回答。

"那是因为我的美貌啦?"她继续问。

"也不是。"我有些不耐烦了。

"那到底是因为什么?因为爱情?"

"说实话吗?"我问。

"实话实说。"她说。

"因为你(此处删除5个字,见公众号)。"说完我沉沉地睡去,为了迎接另一个艰难的病例。

蝴蝶和潜水钟

迷迭香

克明痊愈以后每次饭后闲聊，都对没有听从麻醉医生老L的忠告而后悔不已。

克明18岁从烹饪职业高中毕业以后就开始混社会，先是给沙县小吃当水案，练就了一手好刀工，最火爆的时候，许多人都是先看完他蒙着眼睛切土豆丝的刀工表演才落座点菜。渐渐地克明就成为了艳粉街沙县小吃的招牌，每天客人络绎不绝，老板自然也不会亏待他，克明也成为所有水案里最有话语权的人。虽然彼时冯唐的《十八岁给我一个姑娘》还仅仅是腹稿，但是克明凭借着魁梧的身材和眉清目秀的长相，开始和老板娘眉来眼去。于是一次克明蒙上眼睛后表演刚刚开始，老板就偷偷把案板挪动了位置，还好，仅仅是剁掉了小拇指的最末端指节。手术是局麻做的，所以克明对麻醉医生没有留下任何印象。虽然手术费用老板全包了，但是痊愈以后，克明还是离开了艳粉街。

经过二十二年的打拼，克明40岁时已经在棋盘山拥有了自己的农家院。普通的农家菜已经很难在一条街的农家院中脱颖而出，克明凭借着自己对食材和调料的敏感天赋，搞到了一种意大利进口的迷迭香，不管是大葱炒笨鸡蛋，还是铁锅炖鱼，在不同的时间点，不同剂量的迷迭香，总能为克明带来络绎不绝的客人。临街的店铺派人偷艺，知道克明的绝技是迷迭香，于是纷纷到南二市场批发昆明的迷迭香，但是客人们尝一口就要求退钱，说是土腥味太重。一时间，克明又找到了18岁时的辉煌，事业成功的同时，日夜操劳加之暴饮暴食，克明已经患上了严重的呼吸睡眠暂停综合征。手术过程比较顺利，手术结束快要醒了，克明突发心律失常，麻醉医生老L抢救完，告诉克明下次手术麻醉前一定告诉麻醉医生他的心律失常很严重。克明没有在意，他觉得，麻醉医生的手艺，无非就是厨子里的水案而已，影响不了菜的口味，关键的东西还得是意大利的迷迭香。那是2010年的事。

2020年，是老F做麻醉的第二十二个年头。光看麻醉单，你是想象不出老F是"颜值"超高的麻醉女教授的，用药手起刀落，完全是东北爷们儿的风格，简单明快，条理清晰，快意恩仇。老F用得最拿手的还是右美，虽然大部分麻醉医生知道右美是α受体激动剂，但是，右美是作用在蓝斑核突触前膜的α受体激动剂，起到的是前馈的作用，抑制兴奋性传导，所以不管对什么样的心律失常，老F都会用右美，只不过是不同的时间、不同的剂量而已。

　　2016年，克明46岁，年久失修的身体不停地发出信号。这次克明是胆囊炎，想要手术摘除胆囊，虽然克明隐隐约约记得麻醉医生老L提醒过他，麻醉有风险，但是他还是忽略了，忽略的是已经工作了四十多年、退休返聘的老L的提醒。克明的经济实力没有问题，他去了北京的大医院，因为觉得麻醉的技艺仅仅是水案的刀工而已，所以克明仅仅提示了主刀医生上次麻醉有风险。推进手术室，全麻，抢救，手术没做，人是抢救回来了，但是麻醉医生提醒他，麻醉风险大，耐受不了手术。

　　2020年，老F接手克明的手术麻醉，并没有过多地犹豫和迟疑，第一件事是找到了十年前克明的麻醉病例，然后和老L交流麻醉方案，胸有成竹以后，再去看望克明。克明见到"颜值"出众的麻醉医生，顿时心猿意马，仿佛找到了18岁看老板娘的感觉，滔滔不绝地告诉老F，一直以为麻醉医生的手艺就像水案的刀工，但是自己错了，不同的麻醉医生一定有自己的绝活儿，就像他的意大利进口迷迭香。老F只是笑笑，安慰，真正的本事还得到手术室见。

　　克明被推进17号手术间的时候，虽然看到的是戴着N95口罩的老F，但是也抑制不住地开始心律失常。他已经分不清自己是真的有病，还是心猿意马，老F只是笑笑，加快了输液器的速度。随着一滴一滴右美剂量的增加，克明美美地睡过去了。

　　克明再醒过来的时候，如释重负，第一眼看到的是老F美美的眼睛，激动地问："你给我用的什么药？"

　　"国产的迷迭香。"老F笑笑。

天 秤

克清 2015 年被诊断为结缔组织病，并发症之一就是渐渐产生肺动脉高压，治疗没有特效药，只有应用大剂量激素。随着激素应用的增加，并发症之一就是股骨头无菌性坏死。克清怎么也不会料到两次手术会被同样是天秤座的两个麻醉医生分别完成。这也是《机餐》里的两位高手共同麻醉过的同一个女人，患病是痛苦的，但是被困在疾病的"潜水钟"里时还能和老 C、老 W 相遇，可能是不幸中的万幸。

第一次手术是 2018 年 9 月，踝部骨折，重度肺高压，实施麻醉的是老 C。

老 C 随着年龄的增长，对待麻醉的要求第一是无痛，第二是欣快。

第一，无痛。

如果说超声引导下神经阻滞是麻醉医生的水案刀工，那么老 C 已经可以蒙着眼睛切土豆丝了。老 C 已经放弃了传统的教科书命名下的神经阻滞，往往助手还没有看清楚阻滞针的真正入路，老 C 已经授意可以推药了，眼见超声下液性暗区慢慢扩大，好像离教科书讲的目标神经还有一段距离，老 C 就示意停止注射了。助手还没有反应过来，患者已经恢复到可以麻醉诱导的体位，助手刚刚要发问，手机的微信提示音就会响起，然后老 C 提示助手，扣面罩，麻醉结束回去慢慢学习，微信里的 PDF 文件是刚刚操作的最新文献。整个过程不超过三句话，老C的这三板斧，屡试不爽，新来的女研究生和进修生都会因为这个套路不厌其烦地找总住院谈话，要求只有一个：让老C带我做麻醉！

第二，欣快。

除了神经阻滞，老C特别喜欢丙泊酚。想想当年迈克尔·杰克逊因为迷恋丙泊酚而停止呼吸，可惜没有一个麻醉医生在场，不然今日我们就不用欣赏罗某人的抖胯了。老C把丙泊酚的剂量调整到最佳的血药浓度，手术刀下去的一瞬间，患者的鼾声渐起；术者缝完最后一针，患者用手揉揉眼睛，慵懒地问一句——手术做完啦？这些都是普通水案的刀工，老C的功力是，患者一定会羞涩地笑着说"做了一个梦，挺好的"。

克清有些例外，因为手术前已经反复交代了手术麻醉的风险，手术结束以后，克清醒过来并没有笑，也没做梦，而是跟老C骄傲地说："我回来了。"

第二次手术是2020年4月，股骨头无菌性坏死，重度肺高压，实施麻醉的是老W。

老W随着年龄的增长，对待麻醉的要求是简单直接，没有任何铺垫。对待接受他麻醉的女人，更是无以复加地直截了当。

女人在经历了一次麻醉之后，经历第二次麻醉，一定会有比较。克清也不例外。

第一次麻醉是老C的神经阻滞，局麻加之不同神经的阻滞，老C前前后后搞了好几针，所以克清这次已经有心理准备，弱弱地问老W："这次需要打几针？"老W不耐烦地说："什么几针？

我麻醉，从来都是打一针就完事。"克清只好听从安排，虽然她感觉老W没有老C温柔，但是话语之中能够体会到和老C一样的自信。

老W做椎管内麻醉之前，第一件事是清场，患者三方核对之后，手术参与人员留下，其他参观人员都不能在手术间。第一，椎管内麻醉的操作要求绝对无菌，第二，老W把椎管内麻醉的操作视为交响乐一般神圣：我是指挥，音乐开始了，所有人都必须静音，包括手机！

椎管麻醉操作结束以后，洗三遍手，老W会戴上耳机，循环播放柴可夫斯基的第五交响曲，消毒，铺单，再次核查患者，手术刀落下的一瞬间，患者鼾声渐起，刚刚好到达交响乐的高潮！老W会深深地沉寂在音乐的高潮里，这个时候如果有助手打断他，会被严厉地批评，老W会义正词严地说："你知不知道，这时候被打断，对患者来说，就像术中知晓一样恐怖，这种状况是绝对不允许出现的！"新来的女研究生和进修生都会因为这个状况不厌其烦地找总住院谈话，要求只有一个：缓缓再让老W带我做麻醉！

克清这次没有感到意外，因为手术前已经反复交代了手术麻醉的风险。手术结束以后，克清醒过来并没有笑，也没做梦，而是跟老W自豪地说："我又回来了。"

法国时尚杂志 ELLE 总编辑吉恩脑干中风后诱发罕见的闭锁综合征，全身瘫痪，只有左眼能够自由活动，他形容自己如同困在潜水钟里一般，身体被紧紧禁锢，无法活动，而心灵却像蝴蝶一样在广阔大地自由飞翔。身体并存各种疑难杂症需要手术的患者们，像蝴蝶一样自由飞翔着寻找术者，但是因为麻醉技术的壁垒性，他们只能苦苦地困在中山广场旁边的潜水钟里，完成手术。

这群潜水钟里的高手，每天最为享受的时刻就是下班以后在浴室里交流自己遇到的千奇百怪的病例，自己如何应用多年的麻醉经验让患者转危为安。保洁的大姐工作时间长了，也能听懂交流的大致内容，偷偷地用迷迭香和七氟醚混合的液体在浴室的镜子上写下一行字，字体是隐形的。随着每天洗澡人数的增多，水蒸气慢慢布满整个浴室，字体会渐渐清晰：

有技术我们了不起！

"70后"：抓住青春的尾巴

关于梦想

"很小的时候，爸爸妈妈曾经问我，你长大后要做什么，我一手拿着玩具，一手拿着糖果：医生、律师都不错。"

这是一首20世纪80年代的流行歌曲，歌名和曲调都忘记了，但是几句歌词记忆犹新，"70后"的大部分人是听着这首歌长大的，不知道现在是医生和律师的"70后"是否赞同歌词的内容。不管你是职场精英还能写小说也好，还是你是手机制造商只能"带货"也好，岁月已经让所有"70后"的男人日渐猥琐，可惜不是面对女人，而是面对自己。慢慢地开始吃饭以后必须剔牙；供暖前的一个月和停供后的一个月在书房里必须穿羽绒背心；儿子的身高已经超过自己，说话的时候必须仰视，已经分不清对话的双方谁是儿子，谁是老子；虽然还能骄傲地站着撒尿，但是长时间的站立和结束之后留在裤裆上的痕迹都提示——年轻时候的梦想都已经远去。

20世纪80年代初期的物质生活还没有今天这么丰富。小时候跟父母说想要打羽毛球，但没有场地，只能跑步；想要学习音乐，经济条件不允许，只能吹口哨；想要学习油画，颜料太贵，还是铅笔素描实惠。所以渐渐长大变老以后，用以杀时间的利器就剩下了跑步、吹口哨和素描，没有任何场地和经济的需求，不妨碍别人还释放自己。"70后"的男人把自己的梦想磨灭在每一个平凡的日子里，乐此不疲。

关于工作

不知道做了二十年的律师是一种什么样的人生体验，是每一个案例都能够胜券在握，还是明明知道被告无罪，还是看着他被送进牢房，而自己却无能为力。作为医生，从小学到博士，再到出国留学都是公费学到的手艺，轻易是不能放弃的，不仅仅是不能放弃，而且已经变成了生命的一部分。开始是，今天的麻醉，我能不能搞上；接着是，今天的患者，不会术中知晓了吧；然后是，这个危重的病例，能排我来做就最好了；再然后，今天晚上的夜班，我是否能够罩得住？接着，今天抢救的患者，预后应该没有问题吧？再然后，明天的两个重患，让谁麻醉会更好？

除了麻醉本身，更加关注躺在手术台上的患者手术室以外的故事。本溪深山的老农民，是卖了家里的牛才来做的手术；康平的患者，去过北京和上海，被多家手术室拒之门外；84岁的退休行长已经患有阿尔茨海默病，并不了解我在后背打针的风险和意义……但是工作的素养提示我，一定搞定这个艰难的病例，因为这就是工作赋予我生而为人的意义。

所有的职业倦怠和丧气，随着跑步和吹口哨都能够渐渐平息。如果职业生涯中的病例变成故事，码成字，在一个个温馨的夜晚，有粉丝在黑暗的房间里，伴着手机屏幕闪着的淡淡的光，读到文字后面的故事破涕而笑，这才是工作赋予你不枉此生的意义。

关于人生三大欲

食色，性也，加之孔子学说在全世界源远流传，是对人生食欲、性欲和表达欲最好的诠释。

"70后"吃什么很挑剔，在哪儿吃，和谁一起吃，更挑剔。目前为止最为满意的饭局是十分钟火候的台南胡萝卜擀面过清水，汤卤是用欣和酱油腌过两小时的澳大利亚小牛腩配翻炒八分钟的"粉太郎"西红柿，配上山东烟台的当年新蒜，再来50mL的红酒，老婆孩子在一起，没有废话，自顾自地吃得一身热汗，然后互相询问："谁刷碗？"

医生写手对性欲都格外关注，不管是别人的，还是自己的，这些都是职业素养最好的表现。如果有一天，我悄然离去，不再讨论这件事情，一定是读者病了，因为没有读出我深陷在故事里的欲望。

每次在小区院子里跑完步，吹着口哨往回走，总能看见一个拄着拐的老爷爷，白发苍苍，侃侃而谈，身边围着几个老奶奶，微笑着听老爷爷讲话，偶尔听到的词是熔断、群体免疫等。回来的第一件事情就是打开电脑码字，把想到的东西记下来，发公众号。等我老了，在院子里安安静静地晒太阳，看到年轻的异性，会出示公众号的二维码，告诉她们，我也有过多么旺盛的表达欲，只不过现在不愿意错过这美好的阳光而已。

驴肉火烧店的老板娘

最早开始超声引导中心静脉穿刺还是来源于自己的心领神会，感觉仅仅依靠超声定位，还是有所欠缺，如果能够实时看见穿刺针的横截面在血管壁的周围穿行，才是更加精准的操作，当然需要更加灵活的眼、心、手的配合。特别迷恋超声引导，实时看见椭圆的血管壁被穿刺针刺破后，规则的圆形突然被牵动，拉起裂隙，紧接着就是穿刺针针管里毫无阻力的暗红色血液的回吸，心中畅快淋漓，特别是危重患者的抢救，胸科侧卧位大出血，如果能够重复这种镜像，无疑增加了患者获救的概率。

真正把这种畅快感变现的，是美国的医保公司，麻醉医生如果实施超声引导深静脉穿刺，会多付140美元，目的是让操作可视化、精准化，给患者带来最小的损伤。西医的精髓：不造成伤害原则。

正式的超声引导穿刺技术培训，是七八年前和老W一起参加的。7月的北京，炎热而躁动，那时我们都还年轻，充满了求知欲，再恶劣的条件也无法阻挡我们学习新技术的热情。整整在北京待了一周，收获颇丰，第一次系统地了解了超声在围手术期的各种应用，第一次了解了肺部超声的影像提供的信息，可惜学过之后没有及时应用，慢慢地就把知识又还给了老师。还有一个收获，就是连续一周中午吃的都是驴肉火烧。

第一天中午的选择纯粹是误打误撞。每次和老 W 出差最惬意的就是根本不用操心吃什么，老 W 一定会精选周边最有特色、最干净、最营养的餐馆，然后一起品尝美食。可能是第一天上午讲课的内容过于精彩，老 W 下课出来带我漫无目的地走了走，顺手指着马路对面的驴肉火烧店，说："驴肉有营养，今天先随便吃一口吧。"我有些惊讶，但是还是顺从地说："好的。"

店名：小夫妻驴肉火烧店。门脸十分狭小，一扇铝合金的拉门，年久失修，已经坏掉了，店里阴暗拥挤，仅仅有 4 张桌子，16 个位置上坐满了人。一个伙计负责招呼客人点餐，点好餐的客人在门外等着，屋子里的客人吃完了，你才能进去，不管熟识的还是陌生的，必须安安静静地等待 16 个位置中的空座，听从伙计的安排。我自己出来，一定不会选择这样拥挤的环境吃饭的。吃完火烧，老板娘出来收钱，彼时还没有微信支付，都是现金交易。老板娘的话不多，先是告诉你消费的款额，然后找零，然后微笑着送客。

第一感觉，老板娘的气质是《白日焰火》里桂纶镁的角色，她不属于她身处的环境。刁亦男在《白日焰火》里起用桂纶镁是最为成功的选择。白皙、羸弱、忧郁的弱女子，寄人篱下于油腻粗俗的中年独身男老板，如果说是原始的性的张力，不如说是更为进化的权力的泛滥。灯光晦暗的环境中猥琐的男老板的一次次暗示，观众在黑暗中也想化身成为那个解救桂纶镁的痞帅男，戏剧张力喷薄而出。老板娘的人设是《白日焰火》里桂纶镁的人设，但是她是幸福地生活在小夫妻驴肉火烧店里，让所有食客为之一惊。

其次的感受是，淡雅的漂亮。眼睛和嘴唇都比桂纶镁要略夸张，比"网红"要收敛，东方女人的鼻梁，没有过分挺拔，但是能够良好地衔接眼睛到嘴唇的过渡。结账仰视时，无论她是嗔怒还是喜悦，给你的印象都是浅浅的微笑，传说中的"蒙娜丽莎的微笑"。对每一个客人都没有过分热情，也不是刻意冷漠，从来也没有放浪的大笑和高声的吆喝，每个食客都静静地等着座位，匆匆地吃，慢慢结账，而且大多数人都是50元、100元的整钱，耐心地等待着老板娘结账，久久地期盼着结账后回复老板娘的"吃好再来"，大部分男人都心满意足地拉长了声音说："好嘞！"

我和老W没有这些人粗俗，我们只是把6张100元的整钱兑换成了零钱，连续7天中午吃了驴肉火烧。我们也从来没有议论过老板娘的长相，只是最后老W跟我说："还是驴肉最有营养。"我重重地点头附和说："还真是呢！"

多年以后，我回忆自己这种感觉，隐隐地觉得应该是——贪婪。

安塔利亚的卡蒂莎

　　每次听到有人提到麻醉医生的核心技术是什么，我的第一感觉都是——羞涩。

　　第一次体验羞涩感，是因为安塔利亚的卡蒂莎。2015年年底，土耳其和俄罗斯擦枪走火，全世界的目光都聚焦在"战斗民族"的身上，两国之间的大战似乎一触即发。我们几个人是在俄罗斯飞机被击落后一周飞抵安塔利亚的，机场、酒店、景点都冷冷清清，仿佛为这几个大胆的中国人的到来做好的清场准备。负责接待我们的地导就是卡蒂莎，一位操着一口流利汉语的本地人，蓝眼睛的欧洲美女。见面相互介绍之后，卡蒂莎就给我们吃了定心丸。据说，30%的俄罗斯男人娶的都是土耳其的姑娘，数字是否准确，并没有查到相关文献，但有血缘关系是一定的，所以，不用担心。

　　卡蒂莎第二次提及自己的梦想的地点是柏吉古城的浴室遗迹。安塔利亚是土耳其重要的港口城市，罗马人战胜而归的必经之地。现在流行的土耳其浴仅仅是远古时代的名字而已，无论从科技、排场、意义以及其他方面的真实情况，都无法和远去的时代比拟。古城的浴室更多是对英雄远征回归的一种敬仰，浴室的方位、冷热水循环、给排水系统，通过卡蒂莎的解释，原本凄冷的残垣断壁瞬间恢复了往日的气息，甚至可以看到热气腾腾的浴室里英雄们展示着满是伤疤的健硕胴体，相互调侃。迈上石阶，是休息区，温度适宜，高度刚刚可以鸟瞰大海，美食和音乐都随时可取。卡蒂莎高高地站在破败的浴室残骸上给我们讲解，夕阳西下，刺眼的阳光从她的金色秀发两边洒下，我们只能用手遮挡着阳光仰视她。她说，如果时间可以倒流，一定会在浴室的尽头，和自己的英雄共同沐浴。地中海的夕阳并不是十分强烈，可是晒红了我们一行人的脸。

早些年听外科教授授课，说麻醉医生的核心技术是3根管：气管导管、硬膜外管和中心静脉导管。随着时间的推移，更多的麻醉医生开始不自信，担心自己被人工智能取代，因为随着超声和可视化技术的普及，自己已经好像没有什么核心技术了。

记得第一次和外请的经心尖TAVR术者的交流，术者简单明了表达了要求：需要麻醉医生维持好高钾高镁深麻醉的状态。我欣然领会说："没问题，这是我们的核心技术。"术者通过以前合作过的麻醉医生知道，高钾高镁深麻醉的状态是室颤阈值较高的状态，这是结果。至于方法，是麻醉医生的核心技术，是麻醉医生身经百战、反复推敲演练、仔细思考琢磨的结果，通过自己的知识和操作技术，让患者活着离开手术室。虽然了解的人很少，但是我们知道自己掌握着患者生命存活的技术，这个技术还不是核心技术，还有什么技术更核心呢？英雄的时代已经远去，战胜病魔的麻醉医生洗不了土耳其浴，在没有花洒的水龙头下冲冲凉总可以吧。

还记得和外请的肝移植术者的交流。腔静脉吻合完成后，术者要开放阻断，这个时候，寒冷的高钾保存液会随着开放突然大量进入体内，患者常常会出现心跳骤停。因为第一次合作，术者极其担忧，让我提升心律，防止心跳骤停。这个时候更好的选择是保持高钙高镁稳定的内环境，和心律的快慢关系倒不是很大，这是麻醉的核心技术，我们会在开放前，甚至在手术刚刚开始时就朝着完美内环境的目标去努力，而不是阻断开放前几分钟提高心律，对于高钾冷液的冲击，再强的心，没有完美的内环境也难以耐受。

随着药物和设备的进步，麻醉医生的技术突飞猛进，时至今日觉得更为难能可贵的感觉还是应该保持，就是看见金发碧眼的欧洲美女的感觉——羞涩。

送你一朵小红花

生活区 7 楼的鉴定技术公司比想象的要局促，毕竟还仅仅是技术鉴定，并没有对簿公堂，空间大小无所谓，主要还是双方内心的较量。

"按照流程，我们先请患者方陈述诉求，可以家属陈述，也可以由律师代为陈述。"主持人开场，医患双方分别位于房间的两侧，房间正中是主持人和相关专业专家。

"我是患者律师，下面由我来陈述患者诉求以及赔偿要求。患者刘铁军，男，56 岁，于 2020 年 12 月 22 日以颈部及右侧面部肿物两个月为主诉入院，入院诊断为口咽肿物（恶性可能性大）伴淋巴结转移，拟第二日全麻下行气管切开术。"

"我打断一下，"耳鼻喉专家突然发言，"请术者回答一下，患者几点入院？当时状态如何？预定手术方案和麻醉方式是什么？"

"患者大概是 17 点以后，由弟弟陪同，我没记错的话，患者入院状态不错，是自己走进病房的，"术者林教授回忆说，"原定是第二天全麻气管切开，看具体情况决定第二步术式。"

"后来的病程记录为什么又写预计局麻气管切开？"耳鼻喉专家继续追问。

"后来大概18点多，患者出现呼吸困难了，我们决定先局麻气管切开。"林教授回答。

"如果还有问题请大家在我陈述结束一并讨论。"律师打断专家。

"患者颈部增强CT示颈部软组织影弥漫性明显增厚，密度不均，边界不清，CT值约33~65HU，增强后见轻度不均匀强化，CT值约43~55HU，局部呈结节样改变，周围肌肉结构显示不清，脂肪间隙内亦见弥漫性密度增高影，右侧明显，鼻咽、口咽及喉腔变窄，会厌及双侧杓会厌襞受累，双侧腮腺、颌下腺显示不清，所示双侧颌面部软组织影亦见弥漫性增厚，患者19点18分给予甲强龙80mg、沐舒坦30mg静注以后，症状未见缓解，呼吸困难持续加重，紧急联系手术室麻醉科，准备全麻气管切开。"

"这个时候为什么又要全麻做手术啦？"耳鼻喉专家不依不饶，继续插问。

"患者三度吸气性呼吸困难，三凹征明显，没有办法局麻完成手术。"林教授很坦然。

"值班的麻醉医生什么意见，全麻还是局麻？"麻醉专家按捺不住，开始插问。

"请大家遵守会场秩序，等我汇报完再提问！"律师有些生气了，"患者入室后呼吸困难，耳鼻喉医生和麻醉师反复跟家属说明病情危重，家属表示理解。麻醉准备过程中，患者躁动，将麻醉师拉到身边呻吟几句后，突然意识消失，紧急抢救 1 小时 46 分，患者心脏停搏无法复苏，23 时 17 分宣布临床死亡。当天的诊治情况就是这样，目前患者已经死亡，家属提出赔偿要求，根据最新《口咽转移癌治疗国际指南》，如果手术成功，结合适当放疗，患者预期寿命 18 到 24 个月，患者目前离婚，还有残障儿子需要抚养，严格按照患者目前收入计算，共计要求院方赔偿 13.768 万元。院方认为在救治过程中没有医疗差错，医疗诊疗过程和患者死亡没有直接因果关系，拒绝赔偿，家属提请鉴定技术有限公司进行司法鉴定，"律师缓了缓，"好了，我要说的就这些，请院方汇报情况，专家提问。"

"你是当天值班的麻醉医生吗？"麻醉专家没等院方汇报，指着吴桐问。

"是我，整个过程都是我处理的。"吴桐并没有紧张。

"当时患者全麻了吗？"专家问。

"没有。"吴桐很果断。

"患者呼吸困难躁动时，跟你说什么啦？"专家追问。

"他说要憋死了，让我给药救他。"吴桐回答。

"你给药了吗？"专家接着追问。

"没有，还没来得及给药，他就没有意识了，我们开始抢救了。"吴桐回答。

"你为什么没有给药救他？"麻醉专家明知故问。

"这种气道不能给药，给药会带来灾难性后果，我没给药，没有我的责任。"吴桐很坦然。

"你和耳鼻喉科医生没做任何措施，看着患者窒息而亡？"麻醉专家继续追问。

"窒息以后我们开始抢救的，但是肿瘤晚期，气道解剖结构完全改变，我们尽力了。"吴桐继续解释。

"是谁决定的最后要求全麻气管切开？"耳鼻喉科专家接着追问。

"我们团队共同的决定。"吴桐和林教授对视了一下。

"请麻醉师吴医生详细说明一下当天的情况，其他人不要打断。"耳鼻喉科专家提出要求。

吴桐陷入了深深的沉思。

农历的年底是患者的关卡，也是医生的关卡。没有人想带病过年，而带病过不了年，一定是病入膏肓了。病入膏肓的人把命交给医生，治好了，是患者的福报，治不好，是医生的业障。农历的年底，需要累世的福报抗衡几辈的业障。

刘铁军两年前就知道自己颈右侧有一个鹌鹑蛋大小的包，不是没在意，而是实在没有闲钱看病。低保加弟弟打工资助的钱，刚刚够他和儿子的饭钱，每次吃饱饭，他都能感觉到"鹌鹑蛋"在慢慢长大，长出触手，长出更多的触手，慢慢侵蚀他，慢慢勒紧他的喉头。他知道和这个魔鬼早晚会了结，他希望再攒点儿钱，到大医院，找好医生了结它。他知道，普通人是战胜不了它的，偶尔深夜憋醒，他都能看见它狰狞的笑容和日渐粗壮的触手。

17时16分，刘铁军带着它走进耳鼻喉病房。

19时18分，甲强龙和沐舒坦让它难受地收紧。

21时03分，刘铁军在手术室挣扎，他和吴桐面面相觑，他知道，吴桐也能看到它。拿着药，吴桐在犹豫，刘铁军把吴桐抓到身边说："给药吧，你们几个的福报救不了我，给不给药我都是死，别让我难受。"

21时05分，吴桐推注了50mg丙泊酚，刘铁军不挣扎了。

21时07分，吴桐经鼻纤维支气管镜已经看到会厌。

21时08分，刘铁军血氧饱和度开始下降。

21时09分，吴桐尝试让纤维支气管镜进入声门失败。

21时11分，刘铁军发绀，心律下降，吴桐进镜成功，引导插入6.5号气管导管。

21时14分，刘铁军生命体征平稳，准备摆体位开始接受手术。

23时17分，手术结束，刘铁军带气管切开清醒过来。

43分钟后冬至。

2月4日是北方的小年，走廊里人来人往，已经有点儿过年的气氛了。杨姐听到门铃，开门，聊了一会儿，说"吴桐老师，吴老师，门口有人找。"

吴桐有些纳闷儿，没约谁。

门口是一个陌生人，微笑着，吴桐不认识，对方不说话，亮了亮腕带，戴了一个多月的腕带已经模糊不清了，隐隐约约还能看出来三个字的姓名——刘铁军。

陌生人用手挡住气管切开的造口，费力地说：

"送你一朵小红花。"

很深很浅

不爱那么多，只爱一点点，别人的爱情像海深，我的爱情浅。——李敖

麻醉的深浅，并不比爱情简单。

还是麻醉医生学徒时期，全家人春节聚会，叔叔大爷围坐，审视晚辈的工作和爱情进展。五叔问我："你怎么知道自己的病人确实是麻醉过去啦？"因为才疏学浅，我理直气壮地说："因为没有切皮反射。""什么是切皮反射？"五叔继续盘问。"就是外科医生一刀下去，患者的心律、血压没有变化。""那，你是如何判断他脑子不知道呢？"五叔继续灵魂考问。"没有切皮反射，脑子当然就不知道了。"回答完，我也觉得有些牵强。"好吧，看在过年的分上，大家喝酒吧，麻醉自己总还是知道的。"那个春节以后，我开始意识到，麻醉医生其实对自己麻醉的患者麻醉深度的判断，还是主要依赖经验，还好，时间不长，用于术中麻醉深度监测的脑电双频指数监测仪就上市了，似乎我们对麻醉深度的判

断更进一步了。

春节的灵魂考问之前，我经历过自己职业生涯的第一例患者术中知晓。

女患，43岁，体重45kg，工程师，胃癌晚期，拟行胃癌根治术。至今清晰地记得20年前的病例是因为几个明显的特征，中年消瘦女知识分子，刚刚晋级高级职称，发病。因为体重轻，所以麻醉诱导药物非常少，诱导后，进行中心静脉穿刺置管，没有开启吸入麻醉药物，所以在不顺利的穿刺过程中，静脉麻醉药物慢慢代谢、清除。术后随访的时候，患者说听见我们在手术间议论她的病情，替她惋惜，后来就不知道了。是的，我们在手术开始前，确实议论了这个话题，患者确实发生了术中知晓。

春节的灵魂考问之后，我经历了自己职业生涯的第二例患者术中知晓。

女患，55岁，双瓣窄漏，拟行体外循环下双瓣置换术。清晰地记得13年前的病例是因为几个明显的特征，多年的风湿性心脏病病史，入室，房颤心律，麻醉诱导后，心率160次/分，血压不好维持，紧急建立体外循环，手术过程虽然顺利，但是停机以后，术野广泛渗血，输注各种血液制品，血压勉强维持，最后只保留了一点儿瑞芬太尼镇痛，对于患者的预后极其担忧。一个月以后，在病房走廊，一个散步的女患者突然拽住我。"您是谭医生吧？"她问。"是我。"我并不认识她。"您忘记啦？一个月之前，我手术，您做的麻醉。"我实在想不起来了。"太感谢您了，当天手术时，我听见你们说患者的血色已经淡了，但是我一点儿也不疼。"我讪讪地赶紧打岔离开了走廊，自己知道，是瑞芬太尼让她不疼，但是术中知晓了。

从此，发誓要让所有的患者，麻醉维持期间深麻醉，避免知晓。

但是，更难的是麻醉诱导期间的麻醉深浅。

"患者病情危重，外科医生到场后麻醉，浅麻醉，时刻准备体外循环。"这个是心脏麻醉风险沟通群里心外科主治医生最经典的嘱托。作为经历过术中知晓患者的麻醉医生，我始终坚持，保证职业操守，首先是麻醉过去，然后是血流动力学的平稳，我作为麻醉医生不能让患者在浅麻醉甚至是术中知晓的前提下接受手术。其次，麻醉医生给药，麻醉的是大脑，只有达到让大脑产生麻醉作用的血药浓度，才是麻醉，如果为了血流动力学的平稳，牺牲了麻醉深度，麻醉医生是失职的。一直到一个患者的出现：麻醉诱导以后，心跳骤停，紧急建立体外循环。虽然时至今日，我还是觉得是病情而非药物的原因，但是，不得不思考的是，心脏脆弱，难道大脑也会降低对麻醉药物的需求？

后来的麻醉诱导，减少了药物的应用，联合 BIS 和喉麻管的应用，患者似乎平稳了很多，但是，问题依然在：为什么脆弱心脏的患者，大脑同样也是低活跃状态，不需要太多的药物，还是我们普通麻醉诱导的药物剂量已经偏大，还是麻醉诱导剂量在意识消失的水平对插管反射抑制是远远不够的？

再后来，看到李立环教授提出了低血压不一定是低灌注，只要心脏的氧耗和氧供平衡，患者就没问题，渐渐地，又恢复麻醉诱导药物剂量，即使血压低，也不是十分紧张地频繁推注去甲肾上腺素。

最近的几例患者，如代偿终末期的左心辅助植入术和急性心肌梗死室间隔穿孔患者的麻醉诱导都很顺利，感谢过往的患者赐予我的麻醉经验，让新近的患者得到福利，让以后的患者有更多的经验。很多，很少，都不好，不偏不倚，无过无不及，原来是中庸之道，老祖宗早就总结完了。

很久以前我们的祖先都曾经这么说，现在看看我们的青年他们在讲什么，但是要想想到底你要他们怎么做。——罗大佑

麻将社的老板娘

我拖着旅行箱背着电脑包还有六天没有清洗的肉体，直接进了文安路的社区麻将社。扑面而来的是香烟、汗脚、廉价的香水混合成的烟火气，我深吸一口，终于回到人间。

"出差完，家都没回就来啦？"老板娘远远地看见我就打招呼。

"这不是想你了吗？"我边说边找了一个三缺一的位置坐下，三个人并不是十分熟悉，但也不面生。老板娘常年穿的旗袍不知道是不是同一件的几件备用款，还是只有一件清洗得非常勤，每天仿佛都是同一件，但是整洁清新，仿佛刚刚洗过一样。

上家是个清瘦的50岁左右的女人，打了一张幺鸡，我吃了，顺手就把没用的八饼抛出去，下家马上就要了，我抬眼看看，是个老者，清瘦，看样子要有80岁了。

"手气没有以前好了呢？"老板娘非常自然地靠了过来，满满的热气，右肘抵着我的肩膀，右手夹着烟，我反感的并不是在我身边的烟气，而是她紧紧地半身贴着我敏感的左耳，左耳廓的神经末梢甚至比右手的还要丰富许多。

"我和了。"对面的小伙子似乎是健康人，精明而帅气。

"让我看看，"老板娘借口离开了我，走到小伙子身后，并没有紧贴他，讪讪地说，"和了谁也不许走，今天晚饭照常，猪肉粉条，米饭随便吃，但是没有酒，可以在这里通宵达旦玩，但是谁也不准走。"

"认识他吗？"老板娘指着帅小伙子问我。"不熟，"我回答，"我管这些帅哥都叫朋友。"

"你在哪儿呢？"老婆在电话里质问。

"我还需要继续出差七天，就没回去。"我想找一个安静的地方说话，但是知道已经晚了。

"你直接去麻将社啦？一夜未归都是在麻将社里？"老婆觉得有些不合理，但还是希望听到我更为合理的解释。

"老婆，原谅我吧。"她说她听见了我的哭声，才真正觉得震惊。

男患，84岁，清瘦，腊月二十九突发呼吸困难，在当地医院已经明确诊断，胸骨后甲状腺肿，已经侵入气道，当地医院的第一建议：赶紧转院。

今年过年值正月初一的班，电脑展开，正山小种刚刚沏好，电话就进来了，呼吸内科术者决定手术治疗，他们知道麻醉风险非常高，希望能够和麻醉科先沟通，而且留下的话是：麻醉科只要同意麻醉，手术我就能做。

麻醉风险虽高，但没有做不了的，而是患者病情危重，耐受不了麻醉，麻醉以后患者生命体征无法支撑，手术做不了就撒手人寰，病情危重，不适合麻醉手术治疗，也不存在能麻醉就能手术的问题，麻醉和手术是在一起的。

虽然在电话里解释很多，但是并不能代替亲自看看患者状态再做决定。

老爷爷怎么也不会想到大年初一会躺在医院急诊红区，监护仪的指标还可以，脉搏血氧饱和度居然是99%，呼吸稍微急促。我看了一眼患者，似曾相识，知道缘起缘灭终有一见，结局如何无法知晓，尽自己的力就好。9时35分看完患者，跟领导汇报病情，决定接患者，再次叮嘱所有家属，九死一生，没有后悔的空间和余地。

11时10分，患者进到手术间时已经丧失意识，呼吸微弱。

术者调试纤维支气管镜，我们开始面罩吸氧，脉搏血氧饱和度慢慢回升，所有参战人员全部提高警惕，是一场恶仗。

60mg丙泊酚和30mg琥珀胆碱，是在UCLA的时候威克多（Victor）告诉过我的方案，虽然我们大部分时间还是聊科研、数据统计的方法和结论的展示，但是每天上午我跟在他屁股后面看他做麻醉，也学到了好多小技巧。呼吸打停以后，正压通气，脉搏血氧饱和度上升得更喜人，已经100%了，但是我知道，时间窗非常短，自主呼吸回来之前，应该十分珍惜瞬间的有肌松时刻，把插管型喉罩放置到位才是目标。看着老爷爷比较瘦小，我决定用3号喉罩，放置很顺利，但是正压通气气道压力太高，又给60mg丙泊酚，换4号喉罩，稍微好一点儿，不是十分理想，但是自主呼吸马上就回来了，还是决定让术者先下镜看看气道的具体情况。

操作非常熟练，肿瘤暴露无遗，主气道仅仅留下2~3mm的缝隙，肿瘤嵌套导丝刚刚能够通过，自主呼吸并不能维持好理想的脉搏血氧饱和度，术者决定退出镜子，调整喉罩位置。脉搏血氧饱和度开始下降。

正压通气气道压力非常高，喉罩漏气得厉害，决定拔出喉罩直接面罩正压通气，同样是气道压力急剧上升，脉搏血氧饱和度急剧下降，面色开始青紫。

"是主气道堵塞了，赶紧下镜吧，只有一条路。"我的声音开始嘶哑。

"喉罩，插上喉罩再下镜？"术者征询我。

"已经来不及了，赶紧下镜开通气道吧。"

术者的操作十分熟练，沿着完全堵塞的气道壁，根据第一次探查的缝隙通过嵌套导丝，仅仅是2mm左右直径的肿块脱落，老爷爷突然长吸一口气，回来了。

12时46分，送患者回去之前，我又看看他，仿佛一切都没有发生。"有什么不舒服的感觉吗？"我问，他摇摇头，没说话，轻轻地抬起右手，我以为他要竖起大拇指赞扬我，但是竖起大拇指之后，他并没有停止，而是悠闲地继续展开了食指，带着手势和微笑离开了26号手术间。

女患，53岁，冠心病。

2021 年 4 月，因为冠心病发作，循环医生介入治疗，血管内超声提示左主干（LM）最小管腔 3.25mm²，LM 正常段 5.07 × 5.44mm²，这对于支架放置来说比较困难，容易脱落，患者及家属坚持放入支架治疗。

2021 年 10 月，冠心病再次发展，一度因为血压低、心率慢，只能置入主动脉内球囊反搏（IABP）进行治疗，对于出现狭窄的冠脉球囊进行扩张。

2022 年 2 月，因为主动脉瓣重度反流，冠脉多支病变入住心脏外科，准备手术治疗。

面对重患，我们每一次都是新手。

主动脉重度反流和冠心病的麻醉处理原则是相反的。主动脉重度关闭不全要求维持适当快的心率，以期舒张期稍短，减轻大量的反流；冠心病要求维持适当慢的心率，以期舒张期稍长，冠脉能够在舒张期得到更多灌注；而两者唯一共同的要求是，血压不能低。

患者入室就开始心绞痛发展，我们轻微镇静，心率、血压轻微下降，患者入睡，ST 段明显改善，一切似乎平静。

开始有创监测和各种准备，外科医生就位。

患者从睡梦中惊醒，胸痛剧烈，不能平卧，要求立即坐位，开始端坐呼吸，濒死感，脉搏血氧饱和度开始下降，紧急麻醉诱导，给药，消毒，意识消失后平卧位，血压急剧下降，心率走低，气管插管，心外按压，开胸，全量肝素，心内按压，建立体外循环，血压最低 40mmHg，心脏几近停搏，11 分钟开始体外循环，并行，转机，换瓣，搭桥，开放升主动脉，心跳复跳，停机，止血，下IABP，返回病房。

我去随访的时候，她已经清醒了，气管切开，戴着呼吸机，目光游离，但是还是应该能够认出我来，毕竟我穿着藏青色手术服，和外科医生还是有区别的。"感觉怎么样？"我知道自己是出于客套。她面无表情，没有痛苦也没有喜乐，似曾相识，知道缘起缘灭终有一见，但这明显不是她想要的结局。我刚要走，她动动上肢，吸引我的注意力，我看到她右手慢慢抬起，缓缓竖起中指，僵持在空中，我听着监护仪规律的心跳声，对她微笑着竖起大拇指，远远地看去，更像幺鸡。

我推醒了睡梦中的老婆，她怔怔地看着我，眼角还有泪痕。

"做梦你出差结束就去麻将社了。"她说。

"哪个麻将社？"我问。

"就是你总去的社区的那个，"她解释，"还梦见你和麻将社的老板娘好了，但是觉得不合理，麻将社不是封了吗？"

"还有一个问题，"我好奇地问，"麻将社的老板娘长啥样？"

爱与哀愁

产科副主任走过生活区的拐角正好和我迎面，因为是晚班，我只是象征性地问了一句："今晚还有待产的吗？"

"应该没有了，周末愉快！"她笑笑，算作对彼此的安慰。

过了没有一个小时，电话就进来了："有一个100kg的产妇，破水了，您看看有个准备。"

我本来想把两个普通的手术麻醉交接班，但是想想，还是等等看。

1999年10月1日，是我刚刚从事麻醉工作的第一个假期。刚刚入门，充满了好奇，尤其是硬膜外穿刺技术，不复杂，但是技术含量高，需要有悟性，手巧，当然更需要不断练习。当时带我入门的是麻醉医生杨老师，他是站着实施硬膜外穿刺的，患者摆好体位，他手持穿刺针，穿刺针入皮以后，他并不像其他老医生那样，双眼凝视操作的双手，屏息操作；他双腿分开站位，中心后移，头后仰，闭目，一手轻扶患者后背，一手慢慢进针，呼吸匀称，心神全部集中在握穿刺针的手上，手、心、意慢慢体会着穿刺针在患者后背的穿刺路径，皮肤、皮下、棘上韧带、棘间韧带，到达黄韧带时，他会微微舒口气，然后轻微收缩颞下颌关节，每次我看到他咬肌收缩，就知道，穿刺针刺破黄韧带，到硬膜外腔了。他会满意地笑笑，这个时候才会第一次看穿刺针，试验负压，置管。在老杨身边学徒的三年里，他的硬膜外麻醉没有一次是效果不好的。后来技术进步，腰麻联合硬膜外麻醉技术被大力开展，掩盖了许多并不成功的硬膜外麻醉。再后来，我到了沈阳，专攻心胸麻醉，虽然是所谓的高新技术，但是至今也无法模仿和超越老杨的单纯硬膜外麻醉，特别是他穿刺黄韧带成功以后轻微收缩颞下颌关节的动作，是一个工匠对他专业技术最牛的炫耀，我也从未复制出来过。

1999年10月1日，老杨带我做了6例剖宫产麻醉，我自己穿刺成功了5例，其中1例体重98kg。我手持穿刺针，进入患者皮下以后，仿佛进入了汪洋大海，不知道自己行驶在何方，进针越深越害怕，迷失了方向就意味着穿破硬脊膜，我放弃了。老杨戴上手套，气定神闲，穿刺针在皮下轻轻地滑动，找到棘上韧带，开始发力，闭目仰望天空，微微舒口气，收缩颞下颌关节，然后脱手套，离开了。

夜间8时58分，择期妇科倒数第三台手术患者气管导管刚刚固定好，电话就响了："100kg产妇无痛分娩，您可以过来一下吗？"

产妇因为宫缩，已经没有办法配合摆出标准的硬膜外穿刺体位，监护仪因为产妇的血压高在不停地报警，胎心监护的声音在夜间既是希望，又是催促；硬膜外消毒的铺巾并无法遮盖混合着羊水和血液的污物，现场一片狼藉，产妇不停地呻吟，住院医已经完成了硬膜外穿刺，他一定经历了穿刺针在汪洋大海的探索，胆战心惊地到达目的地了。慢慢置管，阻塞，没办法置管，宫缩又开始了，监护仪报警，产妇扭动身躯，呻吟，甚至可以看到宫缩引起的胎儿扭动，这个时间点对麻醉医生来说是不适合做硬膜外穿刺这种需要心神安宁的操作的。我戴上手套，开始回忆1999年10月1日最后一例剖宫产时老杨的动作，穿刺针在皮下轻轻地滑动。

"你们产房的超声以后可以常规放旁边，时代进步了，像这种产妇，我们穿刺前可以定位看看，现在有了超声以后，我们可以不用像老医生一样仅仅凭手感操作了。"我在硬膜外给药成功镇痛以后，教育在场的所有人。产妇笑着说："谢谢你。"

我坚信所有人都没有发现我穿刺成功时轻微的咬牙动作和眼角边流露出来的1999年的喜悦。

11分钟的哀愁

从业第二十三年的时候，开始琢磨，究竟心跳骤停以后，什么可以指导我们判断患者的神经功能的预后。

无法忘怀的病例总会反复提起，《麻将社的老板娘》提到的女患，在诱导后心跳骤停到开始体外循环，整整11分钟。

术者在手术结束，心脏成功复跳以后，用戴着头灯和显微镜的眼神看着我，说："患者能醒过来吗？"

"应该问题不大，"我的声音平和，听不出把握十足还是没有信心，虽然头灯十分耀眼，显微镜遮住了术者直视我的目光，但是我可以体会到放大镜后面的指责，"我们全程的 BIS 监测，脑电活动一直有记录，没有爆发抑制，也没有脑电极值，应该预后不错。"

"BIS 对心跳骤停以后神经预测有文章吗？"术者的语气开始缓和。

"目前还没有一样的，我们的将是第一篇。"我笑笑。

33 分钟的哀愁

老王从 ICU 回到普通病房以后，完全没有人能够相信他是术中心肺复苏了 33 分钟的患者。我去随访的私心是，他是否灵魂出窍，是否像犹他大学以往的麻醉科主任提到的患者在手术室的上空凝视着医务人员抢救自己的肉体。

然而，没有，什么记忆都没有，说明我们抢救的时候麻醉深度是恰到好处的，或者是太深了，困住了灵魂。

老王只是反复强调，自己好像要疯了。后来老王也有过几次躁狂型的谵妄发作，没有太多的并发症就顺利出院了。

33 分钟的心肺复苏，虽然当时是窦性心律送到 ICU，但是对脑功能的预判没有任何信心，后来患者 48 小时后拔管，没有任何神经系统并发症，我往回查查病志，看到抢救的 33 分钟期间 3 次血气的氧分压分别是：

274mmHg，164mmHg，314mmHg。

别样的麻醉日记

脱泵卷心菜手术麻醉 1

不停跳冠状动脉–主动脉多支搭桥手术（Off—pump coronary artery bypass grafting，脱泵卷心菜手术 CABG）对患者的心脏、外科医生的手技、麻醉医生的麻醉管理都有极高的要求。没有做过这个手术的麻醉，就无法体会麻醉技艺的醉心之处；反之，一台成功的脱泵卷心菜手术，是患者心脏、外科医生和麻醉医生共同完成的一部起承转合的交响乐。

如今还清晰地记得我的第一例这种手术的麻醉经历。女患，68 岁，身高 156cm，体重 54kg。这种身材的患者得冠心病是老天开的一个大玩笑，但是还是有诱因的，帮助儿子带孙子累坏了心脏，儿子孝顺，执意要求给母亲做冠脉搭桥手术。术中的演奏杂乱无章，患者心脏软弱无力，我把血管活性药物用到了最大量，但也仅仅是勉强跟上外科医生的最强音。心脏刚刚放平，室颤，心内按压、除颤、勉强复跳，持续低血压，紧急安装 IABP，拍片确定 IABP 位置（彼时还没有 TEE），发现单肺通气，仿佛看见手术室上空各种妖魔鬼怪狰狞地笑着，术前气管导管位置没有问题，因为手术最强音演奏时，需要头低脚高位，气管导管静悄悄地滑到一侧支气管。后来患者预后不错，我也开始查阅各种文献指南，慢慢知道，女患，高龄，血管纤细，身材矮小，容易插管过深，这是很难演奏的乐章。

处处留心国内外专家学者讲座，有关冠脉搭桥手术麻醉管理的更是如饥似渴地学习。有一天到沈阳小河沿旧货市场，居然发现了一本油印的小册子，赫然写着：

脱泵卷心菜手术麻醉精要。

如获至宝，细细研读。

读书，即必须学习，知书达理。

a.体温保护；b.个性化麻醉用药；c.肝素化保证紧急转机；d.硝酸甘油、右美、七氟烷、胰岛素；e.监测5导联心电图；f.熟悉手术步骤；g.保证充分静脉容量；h.有人适合用去甲肾上腺素，有人适合用肾上腺素；i.血钾4.0mmol/L以上，镁剂每小时0.5g。

每一条都小心奉行，最愉悦的就是，不管是农夫、记者、工人、官员，当他们的心脏在外科医生手里来回搬动时都依然如少年一样坚挺，我双手交叉胸前，听到的乐章是《众神走进殿堂》。

参考文献：《麻省总医院临床麻醉手册》第5版。

脱泵卷心菜手术麻醉2

不停跳冠状动脉-主动脉多支搭桥手术对患者的心脏、外科医生的手技、麻醉医生的麻醉管理都有极高的要求。每次在心脏就要停止跳动的转瞬间，我都仿佛看见一张狰狞的脸在手术间的上空盘旋，外科医生加快打结的节奏，我反复尝试推各种药物。血压回升，缺血抬高的ST段慢慢回降，阴云慢慢散去，灌注师更加悠闲地用管道钳敲打着已经备好的体外循环管道，气泡慢慢流动，一切又恢复平静。

男，80岁，以"间断胸痛20余年，加重3天"为主诉入院。患者20年前无明显诱因出现胸闷、牙疼，伴一过性视物不清，就诊于当地医院，完善心电图提示"急性心肌梗死"，对症治疗好转后出院。出院后间断出现心前区疼痛，多由劳累及情绪激动诱发，休息或服用硝酸酯类药物约数分钟可缓解。3天前上述症状加重，发作较前频繁，疼痛性质较前剧烈，持续时间较前延长，口服救心丸、康忻5到10分钟左右好转。1天前发现双下肢水肿，就诊于我院急诊，完善相关检查：血清肌钙蛋白-I：4.338ng/mL。提示急性心肌梗死，对症给予扩冠、营养心肌、抗血小板聚集等治疗。糖尿病病史20余年，口服中药降糖治疗，未常规监测血糖。脑梗病史10余年。

入院心电图：II、III、aVF导联T波低平，III、aVF导联病理性Q波。

初步诊断：急性非ST段抬高心肌梗死（killip II级）陈旧性心肌梗死、糖尿病、肾功能不全、陈旧脑梗。

男人活到80岁要比女人活到80岁艰难得多，男人喜欢的各种社会活动都没有延年益寿的功效，一个活到80岁还有勇气接受CABG手术的老男人顿时让我肃然起敬。陈旧的脑梗死留下轻微的一侧上肢活动不灵，虽然疾病缠身，但是老男人思维敏捷，简单交流得知，年轻时求学，渐渐走上领导岗位，早年是主管工业卫生的卫生处处长。虽然一侧肢体活动不灵，但是坚持要求自己慢慢上到手术台，不需要任何人搀扶。安慰之后就是日常的各种准备，与其说是患者的准备，不如说是我自己的准备；与其说是患者入室之后开始的准备，不如说是手术前一天接到通知就开始的准备。

"大战"的前夜我喜欢和家人共进晚餐，不饥不饱，56mL的干红刚刚好，清醒不醉又可以帮助安然入睡。和家人闲聊的过程中，第二天"大战"患者的特殊情况偶尔会反复闪屏两次，比如CABG、80岁、脑梗死，然后会自动忽略。9时47分准时上床，看闲书，没有爱恨情仇，没有战争与杀戮，主要以舒缓的纪实科普为主。10时26分困意袭来，安眠。

早上6时闹钟叫醒，起床，洗漱；6时23分发动汽车；6时48分停在5楼停车场靠北第二个停车位；6时52分至7时11分享用一份5.8元的早餐，当日患者特殊情况会闪屏一次，比如CABG、80岁、脑梗死，再次自动忽略；7时25分换好手术服准备交班；7时35分进入手术间，核对患者姓名。当日患者特殊情况：CABG，80岁，脑梗死。

5.8元的早餐包括一碗粥，一个鸡蛋，一盘青菜，一块腐乳，一个小脆皮糖饼。所有CABG手术准备的药物都一样：去甲肾上腺素、肾上腺素、去氧肾上腺素、硝酸甘油。

抽药的注射器型号固定，所有注射泵摆放位置不变，静脉持续输注药物顺序不变，IABP推进手术室备用角落不变，术者不变，唯一改变的就是患者的病情和出现在危急时刻的狰狞的脸。

80岁的老男人到最后一个吻合口吻合时，心跳缓慢，血压走低，隐隐感觉到还是刚才那个倔强的不用搀扶的汉子。我推注了一次去甲肾上腺素，扶了他一把，心跳有力，血压回升，灌注师悠闲地用管道钳敲打着已经备好的体外循环管道，气泡慢慢流动，一切又恢复平静。

男，59岁，以"发作性胸痛2个月余"为主诉入院。患者于2个月前无明显诱因出现心前区刺痛，伴头大汗、坐立不安，无放射痛，无气短，持续1小时后自行缓解，未系统诊治。此后上述症状反复发作，持续数分钟即缓解。半月前发作一次，持续1个小时左右，就诊于外院，完善冠脉CT提示：LAD近段多发钙化斑块，狭窄40%~50%；LCX近段及中段多发钙化斑块，狭窄约40%；RCA近段及远段多发钙化斑块，狭窄50%~60%。外院给予红花及异舒吉等静点治疗，自觉无明显好转。3天前再发一次心前区刺痛，夜间疼醒，伴乏力，头大汗，今为求进一步诊治入我院。病来无视物模糊，无头晕、头痛，无发热、寒战，无咳嗽、咳痰，无胸闷及气短，无恶心及呕吐，无腹痛、腹泻，无尿频、尿急及尿痛，无双下肢水肿，饮食及睡眠可，精神及体力佳，二便正常，近期体重无明显改变。既往史：否认高血压，糖尿病病史。

相貌堂堂的59岁男人，左主干病变。上周有一个58岁同样左主干的男人在手术前夜病发离世。所以在接到这个病历的前夜，我同样是56mL的干红，9时47分准时上床，10时26分困意袭来，安眠。第二天6时起床，洗漱；6时23分发动汽车；6时48分停在五楼停车场靠北第二个停车位；6时52分至7时11分享用一份5.8元的早餐；7时25分换好手术服准备交班；7时35分进入手术间核对患者姓名。当日患者特殊情况：CABG，59岁，左主干。

同样的5.8元的早餐包括一碗粥，一个鸡蛋，一盘青菜，一块腐乳，一个小脆皮糖饼。手术准备的药物依旧是去甲肾上腺素、肾上腺素、去氧肾上腺素、硝酸甘油。

抽药的注射器型号固定，所有注射泵摆放位置不变，静脉持续输注药物顺序不变，IABP推进手术室备用角落不变，术者不变。

刚刚开始准备第一个血管吻合，患者心电图ST段慢慢抬高，血压下降，我看见狰狞的脸，看见这个 59 岁的男人渐行渐远。通知术者，情况不好，术者加快吻合速度，加快打结节奏，但是没有建立体外循环的打算。这是对麻醉医生和 59 岁心脏莫大的信任，但是我瞬间感觉早餐的内容单一，回天乏力，硝酸甘油和去氧肾上腺素反复交替推注，见效！血压回升，心跳有力，灌注师悠闲地用管道钳敲打着已经备好的体外循环管道，气泡慢慢流动，一切又恢复平静。

臣服，敬畏，以不变应万变。

脱泵卷心菜手术麻醉 3

国家七部委的21号文件（《关于印发加强和完善麻醉医疗服务意见的通知》）一发下来，我就迫不及待地跑到医院门口的复印社。

"老板，来一份彩打，特别是印章的红色，一定要鲜艳的红色，红头文件的那种红色，不能有一点儿含糊的红色。"我的语气特别郑重。

"知道了，就要一份是吧，7张15块钱，开发票吗？"老板毫无生气地回答。

"不用开发票，报不了，回去给老婆看的。"我微笑着解释，有些猥琐，但是老板根本就没理我，开始埋头工作了。

回到家，赶紧先扫地，然后把煮面条的水烧上，开始拖地，估计老婆到家的时候面条刚好煮熟，地也可以拖干净了，然后可以理直气壮地把文件拿出来了。

老婆到家以后，看看情绪还可以，我先把面端上来，然后把

21号文件往桌子上重重地一摔。"吃完看看，国家七部委第一次联合发文，麻醉医生的地位提高是指日可待了！"

"工资涨啦？"老婆头也没抬，大口吃面，看来今天的味道比较满意。

"没有。"我声音小了。

"不用加班啦？"老婆的声音大了。

"短期之内可能解决不了，但是指日可待了！"我底气足了。

"彩打花了多少钱？"面条快吃完了。

"15块。"

"从你下个月的零花钱里扣，自己记住了啊，"吃完她把碗推到一边，"面条的味道还是不错的。"

我赶紧把碗洗干净，说："你看看，希波克拉底誓言都因为中国麻醉医生猝死率太高修改了，说是医生首先要保证自己的健康，年底能不能让我出去度个假，放松一下？"

"行，每个月的零花钱再多留500块，自己攒好了度假的钱就不允许多留了。还有，自己要严格要求自己。"

辛辛苦苦攒了一年的零花钱，终于实现了自己的三亚之旅，但是客房爆满，半夜到达酒店，房间的客人刚刚退房，保洁还没有收拾干净，我实在是太累了，就让保洁简单收拾一下，能睡觉就可以了。

第二天一早，推开阳台的门，终于见到了久违的大海和灿烂的阳光，还有一本黑白打印的书，赶紧联系前台。前台答复，之前的客人曾经是俄罗斯总统随行的保健人员，说是留在房间的东西都是不要的了。

我翻翻内容，好像比较实用。

心肌血管重建术麻醉诱导和维持概要。

1. 麻醉诱导要精心控制血流动力学参数（避免心动过速和低血压），尤其是患者伴随左主干和前降支近端病变应该更加小心。

2. 对于大部分患者而言应该实施尽早拔管的快通道麻醉方案。

3. 鉴于大量证据证明吸入麻醉剂预处理保护作用，麻醉方案中应该考虑应用。避免应用笑气预防气体栓塞。

4. 不增加心肌氧需求的前提下保证冠脉灌注压（去氧肾上腺素、硝酸甘油，避免心动过速）。

5. 除了不停跳搭桥手术以外，都需要抗纤溶治疗（氨基乙酸或者氨甲环酸）。抑肽酶美国已经不应用。

6. 在分离左乳内动脉时考虑小潮气量通气，不额外加PEEP。

7. 夹闭左乳内动脉远端时给予肝素防止血栓形成。外科医生在乳内动脉内逆行注射罂粟碱时经常会带来低血压。

8. 体外循环下完成搭桥手术需要滴定肝素(300~400 IU/kg)。ACT大于480秒或者保证肝素水平大于2.5U/mL。

脱泵卷心菜手术麻醉概要。

1. 要求标准监测，包括有创直接动脉压和开放中心静脉。

2. 左室功能低下或者二尖瓣反流患者考虑应用漂浮导管。

3. 除非有明确的禁忌，推荐所有不停跳搭桥患者应用术中TEE。

4. 应用加温设备保证体温在正常范围。

5.肝素的剂量参考外科医生或者本单位习惯。

6.不停跳搭桥患者同样需要设计早拔管的快通道麻醉方案。

7.椎管内麻醉技术作为基本麻醉方法用于术后镇痛。当然需要谨慎把握绝对禁忌症，比如抗血小板治疗。

8.心脏不同位置的摆放和固定器的应用会带来血流动力学不稳定。血流动力学的平稳可以通过体位调整、容量治疗和血管活性药物的应用来实现。体外循环湿备。

看完以后觉得信心满满，骄傲地给老婆发了个微信：

2019年，努力！奋斗！

参考文献：《卡普兰心脏麻醉学第七版：关注心脏手术和非心脏手术》（kaplan's cardiac anesthesia: for cardiac and noncardiac Surgery 7thedition）

脱泵卷心菜手术麻醉 4

《灵魂藏在血液里》的齐夏操，是我职业生涯中第一例脱泵卷心菜手术麻醉，患者术中室颤，给我留下难以磨灭的阴影，以至从 2008 年以来，对每一例脱泵卷心菜手术的麻醉，我都如履薄冰，如临深渊。每一位患者都仿佛是齐夏操的重新再来，每一次心脏搬起的瞬间，我都会做好随时除颤的准备，就像学习游泳的少年呛过第一口水后每次换气都不敢呼吸，刚刚学习自行车的孩童摔倒以后不敢轻易加速。

男患，65 岁，175cm，80kg，10 年前重体力工作后出现心前区疼痛伴心悸，休息后可缓解。此后症状间断出现，均由活动诱发，休息后皆可缓解，未系统诊治。患者 1 个月前散步时再次出现心前区疼痛，伴头晕、头痛，休息后无明显缓解，就诊于某医院，行冠脉 CTA 提示：左主干病变，三支病变。心脏彩超提示：主动脉瓣狭窄（轻度）并关闭不全（轻度），肺动脉瓣狭窄（轻度）并关闭不全（轻度），三尖瓣反流（轻度）。给予阿托伐他汀、阿司匹林、美托洛尔、异舒吉等药物治疗后症状缓解。7天前患者就诊于某医院行冠脉造影检查，提示冠脉阻塞。患者为求手术治疗就诊于我院。患者病来无发热，无恶心呕吐，睡眠较差，饮食正常，二便正常。

辗转各家医院就诊的患者，一定是下不了手术治疗的决心。最后决定躺在手术台上把性命交给医生，一定是濒死感战胜了对手术的恐惧。左主干的患者，入室心率120次/分，血压190/110mmHg，我仿佛又看到了死神狰狞的笑容。自从买了李立环教授的心脏麻醉实践的书，我就一口气全读完了，虽然其是和循证医学背道而驰的完全个人经验，完全是老医生的真实世界、真实患者的实战经验。但是，这是货真价实的处理方案，谁又敢拍着胸脯说老医生的经验不重要，医学是完全的科学？按照李教授的经验，我给了这个患者200ug的舒芬太尼，持续泵注了接近1mg的舒芬太尼，我甚至可以想象得出来，吸毒的人在毒瘾发作的时候，一定也会体验到冠脉痉挛的濒死感，他们自行静脉推注200ug的芬太尼，呼吸抑制而亡，而对于躺在手术台上的患者来说，在麻醉医生推注以后，体验到的仅仅是罂粟碱的快感。这个重体力劳动的老男人，当天下午就脱机了，迎来了他全新的冠脉血供。

女患，65岁，155cm，48kg，患者于12年前突然出现心前区疼痛，为持续性闷痛，气短，出汗，恶心、呕吐，就诊于当地医院，心电图检查诊断为心肌梗死，给予相应药物治疗（具体药物不详），症状缓解，恢复良好，此后一直遵医嘱口服阿司匹林、波立维至今。近1个月患者劳累后出现前胸后背疼痛，伴左侧肢体麻木，舌下含服速效救心丸5粒，休息30分钟以上可缓解，今为进一步治疗收入院。病来前胸后背疼痛，伴左侧肢体麻木，气短、心慌、头痛、头涨，右侧颈部疼痛剧烈，左侧颈部疼痛较轻，无发热、咳嗽、咳痰，无夜间憋醒，饮食少，睡眠可，小便正常，大便困难，使用药物可缓解，近期体重无明显变化。

严重的三支病变，只有一支血管是通畅的，女性，低体重，这些危险因素全有。一助甚至于开胸以后的第一件事是把体外循环的管道全部摆放好，随时准备转机。术中心肌缺血严重的时候，尝试了一点儿地尔硫卓扩冠，效果不错，没有室颤，没有转机，平静得没有留下特殊印象。

女患，62岁，169cm，60kg，患者4年前排便后出现胸痛，约1小时后可缓解，于老年病医院诊断为冠心病，住院治疗，未见明显好转，出院后次日再次出现胸痛，于中心医院诊断为心梗并住院治疗，此后病情稍有好转，患者仍间断出现胸痛，含硝酸甘油后可缓解。来我院就诊前一晚9时左右患者出现前胸后背针刺样疼痛，且含硝酸甘油未缓解，遂于我院急诊就诊，今为求进一步诊治转入我科就诊，目前患者胸痛症状有所缓解，病来无头晕、头痛，无发热，无咳嗽、咳痰，无恶心及呕吐，无腹痛、腹泻，无尿频、尿急及尿痛，无双下肢水肿，无夜间憋醒，饮食及睡眠一般，精神及体力一般，大便干燥，小便正常，近期体重无明显改变。

手术过程：患者清醒入室，仰卧位留置左侧桡动脉、股动脉测压管及右颈静脉穿刺管，全麻完成后，气管插管。仰卧位，消毒铺无菌单。取双下肢大隐静脉，对大隐静脉进行修剪，结扎残端备用。取胸骨正中切口逐层开胸，劈开胸骨打开心包。全身肝素化后，游离左侧乳内动脉，结扎残端。固定显露前降支，切开中段置入2.0#分流栓，将乳内动脉与前降支行端侧吻合。侧壁钳阻断部分升主动脉，两条大隐静脉远心端分别与升主动脉行端侧吻合。松开侧壁钳。显露后降支近段，切开可见动脉内膜明显增厚，斑块形成，小心剥离内膜斑块，患者血压不稳，全量肝素化，于升主动脉、右房插管建立体外循环，心脏跳动下辅助循环。继续仔细剥离后降支近段增厚的病变内膜组织，取出约3cm长内膜组织。取一条大隐静脉近心端修剪，将其与剥脱内膜厚的冠脉端侧吻合。显露OM支，取另一段大隐静脉近心端与OM支行端侧吻合，续贯对角支（侧侧吻合）。心脏房颤，20J同步电复律一次，转复为窦性心律。顺利停用体外循环，拔除体外循环管道，鱼精蛋白中和肝素，检查无活动出血，右室表面缝合临时起搏导线2枚，留置胸骨后引流管2枚，钢丝固定胸骨，逐层关胸术终。术毕血压129/68mmHg，心率76次/分，窦性心律，脉搏血氧饱和度100%。带气管插管返病房ICU。

虽然时间过去了十二年，有时突然觉得场景恍惚，好像回到了15号手术间，患者还是齐夏操，汇集各种危险因素，搬动心脏，室颤，除颤，转机，完成手术，心跳无力，IABP，循环往复。

职业生涯的第二十一年，越来越珍惜周末的休息时光，喜欢K11购物中心临近地铁站的咖啡，香气四溢，9.9元一杯的拿铁，口感醇厚，然后在沈水湾公园跑5公里，贪婪地吸吸东北没有夹杂霾的空气，默念月光宝盒的咒语，回到最开始齐夏操的身边，给药，血压回升，皆大欢喜，灌注师悠闲地敲打着体外循环的管道，贴壁的气泡慢慢升起，又是一个慵懒的工作日中午，吃完午饭，可以靠着体外循环准备车，偷偷地小憩一会儿……

脱泵卷心菜手术麻醉5

当所有的职业都能够满足人们基本生活需求的欲望时，人们开始寻求非物质欲望的满足，而非物质欲望的满足，对于每个人来说都千差万别。但是，作为心灵助手类私教，我的市场广阔，客源充足，从来不愁没有顾客，每天的时间表都排满，甚至午夜时分，顾客同样络绎不绝。而我需要做的事情只有一件——保持在线的绿灯一直闪烁，在顾客提出询问意见的时候，设置好Python软件的回复功能："您说得没错，我在听，您请接着说。"这样，源源不断的数字化现金就会不断充值进我的账户。我帮助人们找到最难能可贵的内心体验——职业欢喜。

每次搭乘超音速胶囊电梯时，总能和老爷爷擦肩而过。我们同住156层胶囊公寓，我住156-1，老爷爷住156-3，他慈眉善目，头发和眉毛都是雪白的，仿佛二十年前痊愈的白化病患者。当然，心灵助手证书最基本的要求是必须修完七年医学本科，所以对于最基本的躯体疾病，我了如指掌。如果要用弗洛伊德、荣格、阿德勒来比喻老爷爷的话，我更愿意说他比较像弗洛伊德，当然，仅仅从肤色上，已经无法判断他是白种人还是黄种人，五官的结构是典型的亚洲人种，但是眉毛和胡子雪白，让人无法猜测。毕竟203层的建筑胶囊群体，人种和性别都十分容易混淆。

每天固定到胶囊露天地带暴露于紫外线下二十分钟，根据当地的经纬度计算，这十五天，14时37分至14时57分是紫外线最强烈的时间段。对于我这种40岁单身终日以咖啡续命的中年女性，哪怕是少一分钟的紫外线，维生素D的转换率就会下降20%，接踵而来的就是各种长骨的变形和骨折，所以，这十五天的紫外线，对我尤其重要。而每天同样的时间点，老爷爷都会站在阳光里，对我示以微笑，透过他的微笑，我坚信，他有同样的医学背景。

和陌生人聊天是可耻的。

和心灵助手私教聊天，会根据前一个服务客户的时间长短，决定预付款的多少。

我从来没有过要主动和老爷爷聊天的欲望，直到第十二天，同步的十一天相同剂量的紫外线接收量，使我坚信不疑，老爷爷喝咖啡，早醒类型失眠，至于他是否和我一样是医学科班出身，我又不太有把握，因为躯体助手私教同样可以制订出具有相同剂量的紫外线计划。唯一让我好奇的是：他是医生吗？

"您老是医生吗？"我笑笑问。

"我的故事是免费的，只要你愿意听。"老爷爷同样笑笑。

"您是心灵助手还是躯体助手？"我问。

"我是麻醉医生。"

"这个职业已经消失了十年了，目前人类的所有手术和麻醉都是由机器人完成的，只有少数发达国家的元首才能体验到麻醉医生实施的麻醉。"我感慨地说。

"是的，我退休前非常喜欢自己的工作，甚至到了迷恋的程度，也是因为在手术室终日不见阳光，才修炼出今天的白发。"老爷爷微笑着，让我看他手里的照片。

"这张照片是患者刚刚推进手术室的状态，血压高，心率快，2导心电图ST段-2.2，提示心肌缺血严重。当时手术室的气氛非常凝重，所有人都开始忙碌起来，灌注师加紧了体外循环机器的准备，管道钳敲打着体外循环的管道，连管道中细微的气泡都被敲打得沿着管道壁迅速逃窜，知道号角已经吹响了。巡回护士和洗手护士加紧了器械的清点，她们知道，紧急体外循环的时候，一个器械都不能递错。管床医生守候在患者旁边，目光凝重而焦虑，对麻醉医生说：'赶紧麻！'"

"太有意思了，早年的手术还有这么惊心动魄的过程，这些现在已经是机器人按程序操作了。"

"这张照片是麻醉医生接手患者，给了患者镇静药物，进行桡动脉穿刺置管，得到有创的直接动脉压力，可以看到，患者血压和心率都下降，心电图ST段-1.3，患者的心肌缺血缓解了，说明我们的处理是有效的。"

"目前机器人系统会根据患者状态给予不同药物，完全闭环把控，精准调控，应该输入的也是您这个年龄段的老医生的临床经验程序。"我解释。

"这张照片是患者麻醉以后，进行机械通气和中心静脉穿刺，患者的心肌缺血在麻醉以后缓解了很多，手术室的气氛轻松了许多，但是麻醉医生的神经一直还是紧绷着的。对了，看看下一张照片，是我用的麻醉药物和古老的注射器。"

"现在所有的有创操作都是机器人在射线或者超声引导下完成的。"我提示。

"这张照片是在处理前降支，著名的'寡妇支'血管的情况，患者的心肌缺血加重，术者加紧缝合，灌注师随时准备递管道，体外循环。对了，再给你展示一下，人类古老的手动搭桥手术器械，现在只能在博物馆里看见了。"

"这张照片是搭桥结束以后患者的状态，一个危重的冠心病患者得救了。"

"老爷爷，忘了告诉您了，我们现在甚至已经没有这个术式了，对于器官满意度下降超过33%，我们就会选择器官移植，现在人类已经可以移植任何器官，但是心灵助手奇缺，人们每天都在惶惶不可终日，每天都在犹豫要不要换掉那个器官，让自己的躯体活得更长久，已经很难快乐起来了。"

"是的，我身上的器官也换了几个，但是这些照片我还留着。"老爷爷说。

"这些古董照片留着有什么用？"我问。

"用来保持我最难能可贵的内心体验——欢喜。"

我看看表，刚刚好二十分钟：2061年5月19日，14时57分。

15号手术间日常

2005年新病房大楼启用，三、四楼是手术室，共有35个手术间。百级净化的手术室在四楼走廊的尽头，崎岖而隐蔽，初来乍到的人很难找到。15号手术间是四个百级净化手术间的第二个，宽敞明亮，是心脏外科的第一手术间。每天一早7时30分都会有一个住院调整了很长时间才能够接受手术治疗的危重患者准时被推进15号；反之，住院时间很短就能排到15号手术间的患者，死亡率一定是用小时计算的。患者从病房推进手术室，离开家人的瞬间，躺在转运车上，第一感觉是进入了灯火通明的术区，人来人往，仿佛熙熙攘攘的市场，穿过走廊，右转，进入15号手术间。麻醉医生接手后第一件事情就是应用药物镇静，鼓励患者信念坚强，因为出了15号就是污物廊，背阴，潮湿，工作人员也很少走动，仿佛另一个世界，15号就在中间，一念地狱，一念天堂。

女患，39岁，胸闷气短8年，双下肢水肿5年，加重1个月入院。20年前当地医院行二尖瓣置换术，6年前发现三尖瓣关闭不全，近3年发现三尖瓣重度反流。她有一个18岁的女儿和一个40岁的男朋友。也就是说，19岁换二尖瓣，然后结婚生子，然后离异，然后找到生命中的真爱，三尖瓣发病，又躺在手术台上。麻醉诱导和维持的细节已经记不清楚了，但是那天是体外循环没有停跳的状态下三尖瓣置换，术者切开右房，看到关闭不全的三尖瓣在吞吐，用极短的时间就重新换上了崭新的机械瓣。第二天的情形印象深刻，她在监护室半卧位，完全恢复了，笑着跟我挥挥手，我回以微笑，愿她安好，此生不再相见。

男患，59岁，突发剑突下疼痛两个月入院。11年前患者因为右侧肺癌行右肺上叶切除术。11年来安然无恙。两个月前没有明显诱因突发剑突下疼痛入当地医院，发现左冠前降支中段100%堵塞，行支架治疗，症状缓解。1个月前复查发现，左室心尖部室壁瘤及血栓形成，要求手术治疗。春节是在病房度过的。同样忘记了许多麻醉诱导和维持的细节，但是麻醉后心功能差，加大血管活性药物的剂量才能勉强维持循环，乳酸一直持续走高，体外循环，勉强停机，乳酸继续飙升，过了周末送其他患者时他已经搬出监护室了，已经忘记了他的长相。

男患，35岁，房地产公司一线销售人员。8年前因为冠心病在我院行支架植入术治疗，植入6枚支架，病情好转。同一年，其父亲在我院行冠脉搭桥术，同一个术者，不可能是我麻醉的，那时在美国。这次他因为冠心病、心梗、房颤、三尖瓣关闭不全接受手术，手术顺利。在监护室看见了，我报以微笑，他抱怨说我插的气管导管醒的时候太难受了。笑笑，长相和职业记住了，但是买房子估计没有折扣了，插管太难受。

男患，65岁，冠心病，右侧大脑中动脉完全闭塞，右侧颈内动脉90%狭窄。同期行右侧颈动脉内膜剥脱术和冠脉搭桥术。术前心律失常，必是一场恶战。搭前降就勉强，搭对角血压持续走低，提醒术者，一级戒备，众目睽睽下突发室速，连除颤仪，给药，充电，心脏放平，恢复窦性心律，血压回升，休息3分钟，继续心脏扭曲位搭钝缘，一级戒备，平安无事。术后在监护室看见老爷子一脸木然，从未相识，互不相欠。

我经常穿梭在15号的走廊、手术间、污物室，靠着仅有的一点儿麻醉手艺认真地扮演好自己的角色，谨记一位神经外科的术者的名言："好的麻醉医生从来不会让术者感受到他的存在。"但15号不行，麻醉医生还要会摇床，摆渡各种顽强、倔强、辛劳、木讷的灵魂，走好自己的路，互不相欠，再不相见。

机餐1

病后痊愈，如获重生。

女患，63岁，右肺下叶占位，要求不插管保留自主呼吸麻醉下行右肺下叶切除术。常年吸烟史的印迹就是深褐色的牙斑。牙齿是一个诚实的器官，"70后"饱受四环素的侵害，张口说话或者微笑就会暴露年少时生活在城市，体弱多病，这些人如今已经年奔50岁。再回到患者，第一次遇到患者的要求是麻醉慢慢打。麻醉的科普还是任重而道远的任务，想让生活在东北农村的老太太了解超声引导下椎旁神经阻滞复合双腔支气管插管全身麻醉还是很困难的，更何况是不插管保留自主呼吸麻醉，但是老太太的要求很简单，麻醉慢点儿打。事后回想，我还是太自信了，应该仔细琢磨她的诉求，任何的医疗技术都无法逾越患者自身的感受，经历过几例术前极度紧张的患者，过程都极其艰难。患者诱导前稍有咳嗽，肺功能勉强，还是按照保留自主呼吸的原定方案诱导，一次置入封堵器和喉罩联合体，到位，略有漏气，感觉勉强，纤维支气管镜定位封堵器，满意，固定，翻身摆体位，消毒，铺单，三方核查，培养自主呼吸，切皮，准备进入胸腔。没有自主呼吸，启动封堵器，单肺正压通气，气道压升高，喉罩漏气严重，脉搏血氧饱和度下降，血压偏低，通知外科医生暂停手术，改为双肺通气。指标慢慢缓解，呼末二氧化碳的波形有斜坡，勉强，终于想起来老太太的诉求，麻醉慢慢打，果断决定，改成单腔管加封堵器。还好，后来都顺利，所有的诉求都不是凭空提出来的。

男患，47岁，主动脉瓣重度关闭不全，主动脉根部扩展，要求行David手术。患者是年富力强的轧钢厂工人，五官端正，身材匀称，躺在手术床上没有丝毫的紧张表现，多么希望他能够结束这场劫难之后获得重生，陪伴他的妻儿走完他的余生。一切按部就班，只是手术时间稍微比往常长了几十分钟。开放升主动脉，没有丝毫复跳的迹象，加大药物剂量，20J除颤，没有反应，30J除颤，没有反应，接人工起搏器，起搏心律，调整，停机，难以维持血压，继续转机，调整，停机，勉强停机，加大药物剂量，血压勉强，最具有诅咒性的语言"心脏涨"，止血，关胸，送回。当晚8时室颤，抢救，置入IABP，床旁透析。患者清醒，尿量增加，他的诉求应该不仅仅是活下来那么简单，但是终于有了能活下来的希望。3天以后拔除气管导管，可以和家人交流了，一定给家人带来了莫大的希望，但是IABP一直没有撤。第9天，腹胀，多脏器功能衰竭，凌晨2时去世。

男患，43岁，餐后恶心呕吐腹泻，加重3天为主诉入院。3

天前，和家人一起进食韭菜炒虾仁，自诉同时饮一瓶啤酒后出现腹胀，次日腹泻，呕吐数次，未在意。后连续3日持续水样便，进食少，纳差，低烧，精神紧张，要求行全面体检。入院后停止应用一切抗生素，医嘱停止临床工作，卧床休息2天，控制饮食，停止思考有关患者的任何问题。按医嘱执行后见成形大便，病后痊愈，如获重生。

欲望满足之时即是偿还的开始，死亡还是痊愈，都是重生。

机餐2

老 W 和老 C 是多年来麻醉科我十分敬佩的两个男人。目前为止，我还是认为最性感的男人就是专业技术极其精湛的男人，而老 W 和老 C 对麻醉技术的痴迷已经远远超过了他们喜欢女人的程度。

老 C 性情温和，对于麻醉技术实践性极强。任何麻醉新技术，只要是文献上能够查到的，老 C 都会积极实践、体会、总结。每每此时，我都会紧紧跟在老 C 身后学习，我知道只有这样才能有机会和老 C 聊天，做完麻醉在办公室和老 C 喝茶聊对新技术的感受是人生一大幸事，是男人和男人之间才能摩擦出来的快感。掌握一项新的麻醉技术能让老 C 欣喜若狂，新技术能够换来病人全麻清醒后长时间的笑脸。老 C 对自己麻醉过的病人的感受甚至超过对与自己相处过的女人的感受，病人术后稍有不适的表情会让老 C 郁闷很长时间，找出原因，矫正，调整，直至完美。

老 W 性情不随和，对于麻醉技术理论性极强。任何麻醉新技术，老W都是理论先行，对于即将操作的神经阻滞，一定要把神经、血管的解剖了然于胸，然后是讲授，一定要有美女学员的聆听才能让老W发挥到极致。最后是传授，相对而言，老W更注重于新技术的传授和在传授过程中对于学员手法和心理的打击，这种打击有的时候是毁灭性的，不分男女。老W一般不看中文的教科书，所有的解剖图谱都是英文原版的，所以老W在讲解时常常不知道中文翻译怎么说，学员也常常一脸羞涩和懵懂。我猜想能入老W法眼的女人也是极其曼妙的，别的无所谓，一定要一口纯正的伦敦腔。

男人的脾性一定是由他的吃喝决定的。

老C吃得很简单，没有过分的挑剔，是麻醉科普通得不能再普通的中年男人的餐食。不知道早餐是否偷偷加食海参，午餐极其简单，营养餐厅标配的一荤一素。老C对喝的也不强求，红茶绿茶，有啥喝啥。突然有一段时间老C开始"辟谷"，中午只喝酸奶或者只吃一个苹果。我也总是紧紧地跟在老C的身后讨教麻醉技术之外的养生之道，苦苦哀求了一个月，老C终于透露，学中医的男同学给的方子，过午不食谷，246mL酸奶和278g苹果交替一个月，身体变年轻。

老W吃喝都很精致。最喜欢和老W一起各地走，不用带脑子，只带嘴和胃就可以。餐食一定要听老W安排，不一定是最可口的，一定是当地最有特色的，而且营养价值极高。几顿饭下来，就觉得身体状态恢复得像年轻时一样，走在异乡的路上，不断地打望美女，老男人春心荡漾。跟着老W学喝茶，普洱、正山小种，一路走来，感觉自己喝出一点儿味道了，想跟老W交流，老W已经开始喝白茶了。

麻醉手艺的高低也是男人脾性的体现，正是老C和老W这样的灵魂传承着麻醉科的文化，极致而不苛刻，自由而不散漫，羞涩地笑着完成社会的担当。在他们面前，我唯一能够做到的就是坦白地承认，自己是个好色之徒。

麻醉日常 1

1.男患，41岁，心脏外科手术。

以"胸闷、气短10天"为主诉入院。现病史：患者10天前自感胸闷、气短、乏力，遂就诊于当地医院，为求进一步诊治转入我院。我科门诊检查，心脏超声提示：主动脉瓣病变，先天二叶式畸形可能性大，主动脉瓣狭窄（轻—中度），主动脉瓣关闭不全（重度），升主动脉增宽，左心大，肺动脉高压（重度），心包积液（少量）。患者病来精神状态良好，饮食可，睡眠质量差，大小便正常。患者无高血压、糖尿病病史。

既往史：既往有乙肝病史，无结核病史。

体格检查：双肺听诊呼吸音粗，闻及少量湿啰音。心率：92次/分，心律齐，胸骨左缘第三肋间闻及4/6级舒张期隆隆样杂音。双侧桡动脉搏动强弱正常、对称，脉律规则。双股动脉搏动好，无血管杂音，双足背动脉搏动良好。双下肢无浮肿。

拟行手术：Wheat 式。

手术经过：手术进展顺利，复跳，体外循环调整，逐渐停机，心脏渐渐有力，所有人都露出笑脸。不仅是手术顺利，而且是早下班的节奏。TEE再次确认，因为术前感染性心内膜炎，瓣周组织脆弱，出现异常血流，术者当机立断，重新肝素化，重新转机，重新停跳，重新加固瓣周，手术间瞬间悄然无声，不知道结局。

重新复跳，重新调整，逐渐停机，心脏渐渐有力，所有人又都露出笑脸，TEE再次确认，没有问题。

这个41岁的男人有一个16岁的儿子，离异多年，自己带着儿子过，麻醉诱导前反复求证：自己的病是不是常见病，问题不大吧，没有什么风险吧。他实在是觉得自己太年轻，最后一句话是：我不甘心。

术后第2天，小剂量肾上腺素，去甲肾上腺素，米力农辅助循环。现双鼻道吸氧。夜间对症予以补钾、利尿、止疼等治疗。对症予以输蛋白补液、抗炎、营养支持治疗。不久后他应该可以见到儿子了。

2.女患，84岁，心脏内科手术。

以"阵发性胸痛1年，气短20天"为主诉入院。患者1年前出现胸骨后疼痛。2017年10月于我院诊断为急性心肌梗死，行冠脉造影置入支架2枚。1个月出现双下肢痛风就诊于某中医院，20天前患者出现气短，腹部及双下肢水肿。于外院行静脉推注速尿40mg，日2次，症状无缓解。今为求进一步诊治入我院。病来无视物模糊，无头晕、头痛，无发热、寒战，无咳嗽、咳痰，无胸闷及气短，无恶心及呕吐，无腹痛、腹泻，无尿频、尿急及尿痛，无双下肢水肿，无夜间憋醒，饮食及睡眠可，精神及体力欠佳，二便正常，近期体重无明显改变。高血压40年，最高压为200/110mmHg。

既往史：否认糖尿病病史。

初步诊断：冠心病，陈旧性心肌梗死，冠脉造影及PCI术后，缺血性心肌病，心功能不全（3级），重度贫血，肺内感染，痛风。

拟行术式：经股动脉主动脉瓣置换术（TAVI）。

这个84岁的老奶奶性格乐观开朗，这也是她长寿的秘诀。麻醉诱导前清醒建立有创动静脉监测，老奶奶无可奈何地说："有点儿疼，都交给你们了，放心做吧。"术中发现双侧股动脉几近堵塞，完成经导管主动脉瓣球囊扩张术。

3.男患，27岁，胸外科手术。

以"刺激性咳嗽20天"为主诉入院。现病史：患者20天无明显诱因出现刺激性干咳伴前胸后背痛，于澳大利亚行肺CT检查提示：左胸内巨大占位，穿刺结果为非成熟畸胎瘤。于当地医院治疗4天后回国。于我院行肺CT检查提示：左侧胸腔内团块影，大小约为10.4cm×12.4cm×14.2cm。现患者为求进一步治疗来我院。患者病来无呼吸困难，面部及头部肿胀，颈静脉怒张。既往史：否认高血压、冠心病、糖尿病病史。辅助检查：2018年6月1日我院肺3D-CT提示"左侧胸腔内巨大占位性病变，胸膜来源的孤立性纤维瘤？请结合临床及其他检查，左肺膨胀不良"。

拟行手术：开胸探查术。

实际实施：肿瘤切除术，左全肺切除术。

术后第一天脱机，拔出气管导管。

41岁男患第二次脱离体外循环时，心跳无力，麻醉医生轻轻地按压注射泵，加大强心剂的剂量，心跳有力了；84岁的老奶奶，诱发快速心率后，血压迟迟没有回升，麻醉医生提醒心脏内科医生，停掉起搏器，恢复老奶奶的自主心律，血压慢慢恢复；27岁的小伙子，肿瘤巨大，广泛渗血，需要容量补充，左全肺切除又需要限制液体，麻醉医生在两难选择之间精心调整。除了家属，这3个患者的身后还有一位背微驼的麻醉医生在每一个失眠早醒的清晨，为他们的康复和缓解而欣然地又沉睡过去，养精蓄锐，迎接下一个挑战。

麻醉日常 2

1.左室流出道系统梗阻病例 1。

女，49 岁，以"体检行超声检查发现右肾上腺肿物 3 年，增大 8 天"为主诉入院。

患者 3 年前体检行超声检查提示：右肾上腺肿物，无头痛、头迷，无劳累后四肢无力，无夜间尿频、尿急、尿痛及血尿，患者未予治疗，8 天前复查发现肿物较之前增大，现为求进一步治疗来我院。病来精神状态可，饮食睡眠可，大便正常，体重无变化。

心脏超声提示：

二维测值：升主动脉 32mm，室间隔厚度 11~20mm，左室舒末内径 45mm，左室缩末内径 27mm，左室后壁厚度 13mm，右室内径 18mm，肺动脉内径 26mm。多普勒（Doppler）测值：各瓣口前向血流峰速度，二尖瓣——E 峰 1.0m/s、A 峰 0.4m/s，三尖瓣——E 峰 0.5m/s、A 峰 0.4 m/s，主动脉瓣 2.0m/s，肺动脉瓣 1.2m/s。心功能测值：左室舒末容积 82mL，左室缩末容积 28mL，每搏量

54mL，射血分数66%。左室心肌不均匀肥厚，以室间隔显著，最厚处位于后侧壁中间段，达20mm，心尖部心肌最厚处13~15mm，心肌回声略粗乱、增强，左室壁向心运动尚可，其余室壁心肌略增厚。左房明显增大，左室腔几何形变，左室心腔中部血流加快，左室心尖部心腔略圆钝，左室流出道内径约10mm，多普勒探及该处收缩中晚期血流加速，峰速6.6m/s，峰值压差约175mmHg，平均压差约67mmHg。二尖瓣前叶收缩期前移，瓣叶回声略增强，多普勒探及中心性中度反流。主动脉瓣右、无冠瓣限局性增厚，回声增强，开放良好，关闭时未探及反流。心包腔内可见极少量液性暗区，舒张期右室下壁下方约2~3mm。

诊断为肥厚型心肌病（混合型）、左室流出道梗阻（中—重度），全麻体外循环下行左室流出道疏通术（Morrow术）。入室后，病人仰卧位，由麻醉医师行桡动脉及颈内静脉穿刺并留置导管。气管插管全麻成功后，肩胛间垫高。常规消毒铺无菌巾。行胸骨正中切口，逐层切开，电锯劈开胸骨，纵行切开心包，全身肝素化测定ACT达标后，经升主动脉、上下腔静脉插管建立体外循环，二氧化碳排气，并行循环，阻断上下腔静脉，切开右房及房间隔，灌注停搏液后，切开升主动脉，经主动脉瓣探查，室间隔肥厚，左室流出道梗阻，用尖刀切除大约1cm厚、2cm长肥厚室间隔心肌，疏通左室流出道，探查主动脉瓣叶对合良好，缝合升主动脉切口，经右房房间隔探查二尖瓣，注水试验，二尖瓣微量反流，缝合房间隔及右房切口，复温排气开放循环后除颤复律，辅助循环后，顺利停用体外循环。术中经食管超声示左室流出道无梗阻，室水平无分流，二尖瓣SAM征消失，二尖瓣主动脉瓣微量反流。鱼精蛋白中和肝素后，常规撤去体外循环管道。创面严密止血，检查心脏各切口无出血后，留置胸骨后及心包腔内引流管各1根，留置心外膜临时起搏导线2根，检查器械纱布无误后，钢丝固定胸骨常规关胸。术毕心率80次/分，起搏心律，血压131/72mmHg，带气管插管返病房ICU，术后注意观察心率、血压、引流量变化。

2.左室流出道系统梗阻病例2。

女，78岁，以"胸闷、心悸、气短3个月余，加重2个月余"为主诉入院。

患者3个多月前无明显诱因出现胸闷、心悸、气短，阵发性喘憋，伴咳白色泡沫痰，近2个月上述症状加重，便黑便，其间于当地医院住院治疗，给予扩冠、强心、利尿等对症治疗，略见好转出院。出院后再次出现心慌、气短症状，曾呕吐一次，呕吐为胃内容物。现为求进一步诊治收入院，病来无胸痛、咯血，无发热、盗汗，周身乏力，进食可，睡眠欠佳，便黑便。

既往史：风心病史60年，高血压病史10余年，最高150/80mmHg，未规律口服药物控制血压；否认糖尿病史。

辅助检查：肺部CT平扫，双肺间质性改变。右肺微小结节，随诊观察。双肺陈旧病变，局限性气肿。纵隔淋巴结肿大。右侧胸腔积液。经胸心脏三维超声：主动脉瓣病变，主动脉瓣狭窄（重度），升主动脉增宽，左室心肌限局肥厚，左房大二尖瓣退行性变，左室舒张功能减低（Ⅲ级），静息状态下左室整体收缩功能正常。冠状动脉CTA：左侧冠状动脉主干起始部局限性钙化斑块，管腔轻微狭窄；左前降支起始部及中段混合斑块及钙化斑块，管腔轻微狭窄；第二对角支近段钙化斑块，局部管腔遮蔽；左回旋支近段小钙化斑块影，管腔轻微狭窄；右侧冠状动脉近段小钙化斑块及混合斑块影，管腔轻中度狭窄。主动脉瓣及二尖瓣钙化，升主动脉管径增宽。请结合临床及相关检查。

初步诊断：风湿性心脏病，主动脉瓣狭窄（重度），外周动脉粥样硬化，冠状动脉粥样硬化，心律失常，完全性右束支传导阻滞，心功能不全（III级），贫血，高血压1级（很高危）。

全麻下行经皮主动脉置换术，术时2小时，入晶体1600mL，胶体500mL，尿量550mL。术后因高龄、心功能差转入ICU行进一步治疗，给予患者呼吸机辅助通气，维持患者呼吸及氧合状态。密切监测患者生命体征，监测凝血、心脏指标变化。次日晨心功能稳定，已拔除气管插管。

3.左室流出道系统梗阻病例3。

女，16岁，以"劳累后胸痛伴气短2年，加重15天"为主诉入院。

现病史：患者2年前劳累后出现心前区闷痛，伴气短，休息后缓解，就诊于我院门诊，诊断为主动脉瓣狭窄，未系统诊治。6个月前，上述症状再次出现，并伴有咳嗽。15天前上述症状再次出现，就诊于我院门诊，诊断为主动脉瓣狭窄，主动脉弓窄后扩张。今为求手术入我科。病来无蹲踞现象，无夜间憋醒，饮食及睡眠可，精神及体力佳，二便正常，近期体重无明显改变。

初步诊断：二叶式主动脉瓣畸形，主动脉瓣狭窄（中度），降主动脉限局缩窄。

患者清醒入室，仰卧位留置动脉测压管及深静脉穿刺管，全麻完成后，气管插管，消毒铺无菌单。解剖右下肢股动脉，股动脉纤细直径约6mm，取8号人工直血管与股动脉端侧吻合。正中开胸，劈开胸骨打开心包。全身肝素化后，股动脉—人工血管处插管及上下腔静脉插管建立体外循环，并行降温，32℃阻断主动脉。主动脉根部顺行灌注心脏停跳液，术野灌注二氧化碳，冰屑局部降温。心脏停跳满意后，切开后壁心包，游离降主动脉，侧壁钳部分阻断降主动脉，取14号人工直血管，一端与降主动脉行端侧吻合，另一端C形绕过心底至升主动脉处。于切开主动脉根部，显露主动脉瓣，见主动脉瓣呈二叶O形，交联融合钙化，瓣口狭窄。切除病瓣，植入17号Regent机械瓣。缝合主动脉横切口，将14号人工直血管于主动脉行端侧吻合。开放升主动脉，心脏复跳，自主心律慢，约30次/分，右室表面留置起搏导线2枚。鱼精蛋白中和肝素，撤除体外循环。留置左侧胸引管1枚，心包引流管2根，创面彻底止血，逐层关胸术毕。患者起搏心律，心率80次/分，血压100/60mmHg。带起管插管安返病房。

这3个病例是我觉得可以用来定义左室流出道系统梗阻最生动的教材，无巧不成书，恰恰是一周之内遇到的患者，祖师爷眷顾，赐予灵感总结，是目前为止自认为麻醉风险系数极高的一组病症。麻醉医生只有清醒地认识它、征服它，才能让患者转危为安，不然就会在外科（内科）医生出手之前循环崩塌，等同于麻醉诱导后无法通气，是坊间传闻的"麻醉致死"的双煞。

左室流出道系统梗阻，分别出现在三个位置：左室流出道、主动脉瓣以及狭窄的降主动脉。危险级别按叙述顺序和解剖顺序递降。多数医生的概念是，系统狭窄导致心脏每搏量下降，患者出现低血压进而心肌缺血。其实真正的流体动力学是每搏量下降后，舒张期的舒张压下降剧烈，而冠脉在舒张期依赖舒张压得以灌注，麻醉诱导后麻醉药物的扩血管作用，其一导致舒张压降低，其二扩血管作用反射性心律加快导致舒张期缩短，下一次心脏每搏量储备不足，下一次射血减少，低血压和快心率的双重魔咒反复，患者走上不归路。所以麻醉诱导的目标是高舒张压、慢心率，最符合的药物是去氧肾上腺素。舒张压的理想目标是不低于患者清醒状态，心率的理想状态是不低于40次/分。

相信细推医理的震撼会强于任何故事。坊间传闻我的太爷是修理摩托车的手艺人，车在门口开过，他就能从声音判断出车发生故障的部位。后来我调查家谱，知道这个传闻一定是族人以讹传讹，因为太爷的时代没有摩托车，也没有拖拉机，可能会有驴拉的木板车，远远地能够从驴的叫声中分辨出是公驴还是母驴，还是比较靠谱的推断。敬佩江湖传闻中的这些手艺人。

春分 四个大血管和一个二尖瓣

每个人都想超越平凡的生活，其实平凡的生活自有它独特的魅力，超越它需要付出不平凡的代价。

男患，51岁，以"咯血5个月，加重10余天"为主诉入院。患者5个月前，还在田地间辛勤地劳作，从他平躺着时很长的身躯可以判断，这是一个纯体力劳动的汉子，突然之间出现咯血，后来回忆血量有400~500mL。在当地医院治疗以后有所缓解，后就诊我院门诊行肺CT显示：主动脉弓局部外突，邻近肺野内团片影与主动脉弓分界不清，未明确诊断，患者自行回家偶尔服用云南白药，未系统诊治，此后间断性痰中带血，10余天前再次出现咯血，约100mL，颜色鲜红，伴胸闷及气短，诊断为主动脉弓部瘤，拟行人工血管置换术。

不幸的是这个疾病，万幸的是，破裂的瘤体被周围的肺组织慢慢包裹，瘤体内的压力稍高，就会引起咯血。曾经流传在坊间的病例，同样的主诉，同样的疾病，麻醉以后，麻醉医生下喉镜，被满视野的鲜血震撼住了，瘤体破裂，鲜血瞬间充满整个气道，患者被自己的鲜血活活淹死。

没有听说这个病例还不会害怕，听说以后胆战心惊。

深麻醉，轻操作，尽人事，插管，固定，纤维支气管镜探查，隆突周围还是有丝丝的血迹，万幸。然后是开胸，体外循环，深低温，停循环，加针加线密密缝合，开放，复跳，停机，关胸。

已经可以在走廊里散步了。

第二个还是男患，55岁，以"患者胸背痛6天"为主诉入院。患者6天前突发后背剧烈疼痛2分钟，后蔓延至前胸疼痛。于当地医院诊断为心梗，按照心梗治疗3天后未见好转并出现腹部疼痛。3月6日于当地医院行腹部彩超检查，显示腹主动脉血管破裂伴血栓形成，为求进一步治疗于3月7日来我院急诊入院，行胸腹主动脉CTA提示主动脉夹层，为求手术入我科。病来饮食、二便尚可，疼痛剧烈，影响睡眠，精神萎靡。既往吸烟、饮酒40余年。

一个瘦弱的农民，寡言少语，皮肤黝黑，肌肉发达，每日辛勤劳作之后靠烟酒缓解周身的疲倦，不承想自己会有病，第一次躺在手术台上就接受如此高端的手术，超越了自己以往平凡的生活。还好，都顺利。

第三个还是男患，41岁，以"胸痛9小时"为主诉入院。患者于病日凌晨2时突发夜间憋醒，伴胸背部疼痛及腰酸腿麻。胸痛无法自行缓解，双下肢麻木感约于40分钟后自行缓解。入我院急诊，行胸腹部大血管 CTA 示：主动脉夹层 Stanford A 型。拟行人工血管置换术。事业有成的销售经理，频繁的应酬换取业绩的飙升，躺在手术台上已经十分坦然了，不害怕，也不紧张，一切都交给医生了。这是他第二次做手术，第一次是鼾症手术，麻醉诱导之前才问出来的病史，所有的药物都要推注完毕了，心头一紧，渐渐呼吸停止，脉搏血氧饱和度开始下降，辅助通气，呼气末二氧化碳波形没有显示，焦虑，等待，雪白的波形慢慢长高，全世界最美丽的图案。

估计搬出监护室，他就会放弃销售的工作，回家种田放牛，继续平凡的生活。

第四个是女性，65 岁，以"胸痛 1 天"为主诉入院。30 天前无明显诱因出现牙痛，无气短，休息后自行缓解，入当地医院行心电图及胸腹部大血管 CTA 检查，结果示：主动脉夹层 Stanford A 型。患者 2010 年因为降主动脉夹层在我院行人工血管支架置入术，这次是第二次手术。入室以后血压偏低，患者主述恶心、腰酸。

12 年前，同样的病例，同样的主诉，同样的女患，从病床抬到手术床的瞬间，意识消失，心跳骤停，死在手术台上，这个医生号称最安全的地方，到底是没有坚持到最后一步。之所以印象如此清晰，是因为那个患者是我人生当中第一次被安排大血管手术的麻醉，第一例。

平稳过床，监护，建立各种监护，麻醉诱导，插管，都顺利。下 TEE，麻醉机报警，气道压力 40cmH$_2$O，没有任何其他操作，拔出 TEE，气道压力 20cmH$_2$O，再次插入 TEE，气道压力 40cmH$_2$O，提醒术者，瘤体可能压迫气道和食管了。草木皆兵。二次手术，开胸想快都不可能，所有人都希望我提出的假设是错误的。胸腔勉强打开了，满视野没有心脏，全部是怒张的瘤体，没有獠牙的红色怪兽展现在面前，还好，手术团队是最强的打怪兽团队，手术顺利。

之前以为再重的二尖瓣狭窄都不会放在心上。这个患者术前超声股静脉的波动已经超过了股动脉，三尖瓣重度反流。第五例，女患，65 岁，以"晕厥 19 年，胸闷气短 7 年，加重 1 个月"为主诉入院。患者 19 年前无明显诱因出现晕厥，意识不清伴尿失禁，约 10 分钟后被唤醒，未诊治，18 年前上述情况再次出现，未诊治。7 年前出现胸闷气短，伴活动耐量下降，就诊于当地医院诊断为心脏瓣膜病，给予药物对症治疗后好转，此后上述症状反复出现，1 个月前上述症状明显加重，日常活动不能耐受，伴面部水肿，就诊于当地医院行对症治疗，为求手术入我院。反反复复将近 20 年的病史，麻醉诱导以后，想尽一切办法维持的原有平衡还是打乱了，静脉压力持续走高，动脉压力锐减，循环几近崩塌，快速开胸，建立体外循环。

还没有出监护室。

昼夜等分的节气还会飘雪，春天还要等待，在等待中度过每一个充实而繁忙的日子，何尝不是一种绚丽的美。

芒种 震撼灵魂的质疑

领了结婚证仅仅七天，我就告别老婆只身到沈阳攻读麻醉学的硕士研究生，年轻气盛，并未尝试过离别的苦，以至再次相见，夫妻二人抱头痛哭。哭过之后是热情似火的缠绵，老婆突然一把推开我，郑重其事地问："你到底跟没跟前任暧昧过？"

我刹那间体会到竖脊肌阻滞的效果，从T5横突一股清流沿筋膜间隙传导，所有的激情都会瞬间阻滞掉。

面对这种震撼灵魂的质疑，我的第一反应是：难道真的是我做错了什么？是动作过于娴熟还是过于生疏？是节奏过于轻快还是过于缓慢？是情绪过于激动还是过于懒散？是手法过于谨慎还是过于自信？

女患，54岁，清醒入室，仰卧位留置右侧桡动脉、左侧股动脉测压管，深静脉穿刺植入三腔中心静脉导管及透析管，全麻完成后，气管插管，消毒铺无菌单。取胸骨正中切口逐层开胸，电锯切开胸骨，人字形切开心包，见少量淡黄色心包积液。全身肝素化后，于升主动脉及上下腔插管建立体外循环，并行降温，32℃阻断升主动脉，切开主动脉左右冠状动脉口灌注心脏停跳液，术野灌注二氧化碳，冰屑局部降温。停跳满意后，切开右房及房间隔，二尖瓣钙化严重，瓣口狭窄，切除病变瓣膜，生理盐水冲洗干净，间断U字带垫片缝合12针，置入25号双叶机械瓣。主动脉瓣瓣叶钙化严重，重度反流。切除病变瓣膜，置入19号进口双叶Regent机械瓣，瓣叶启闭正常，充分排气后，缝合房间隔及升主动脉，开放升主动脉。自动复跳，缝合右房，窦性心律，心率70次/分，于右心室表面留置起搏导线2枚，充分辅助循环后停机，术中食管超声示瓣叶启闭正常，无瓣周漏。给予鱼精蛋白中和肝素后，监护仪提示静脉压增高，12mmHg增高至28mmHg，给予持续肾上腺素静脉泵入，食管超声示各室壁运动良好，各瓣膜启闭正常，无异常，撤除体外插管。检查心脏切口无出血，反复创面彻底止血，温盐水冲洗干净，留置心包胸骨后引流管2枚，逐层关胸，术毕。患者血压120/70mmHg，带气管插管，安返病房。中心静脉压（CVP）仍然较高。

第二天，6时32分。

患者从手术室转入监护室后，呼吸机辅助通气，肾上腺素、去甲肾上腺素辅助循环。米力农持续泵入。心电监护示：心率60次/分，血压104/47mmHg，末梢100%，中心静脉压25mmHg。管床医生交代患者CVP高考虑可能和鱼精蛋白过敏有关，给予甲强龙静脉注射。患者晚9时左右，血压降低，最低至收缩压80mmHg，给予纠正酸中毒，补充白蛋白、血浆及红细胞。调整血管活性药物用量后血压逐渐稳定，收缩压波动于90~100mmHg。患者麻醉初醒后呕吐，为暗红色血性溶液，急检胃内容物潜血，给予持续胃肠减压。患者凌晨2时出现躁动，呼吸机不耐受，给予艾贝宁浅镇静。此后患者血压多次出现波动，最低收缩压80mmHg，给予补充液体量，调整血管活性药物。目前心电监护示：心率120次/分，中心静脉血压120/75mmHg，中心静脉压31mmHg，末梢100%。血气分析：PH7.55 PO_2 209mmHg，PCO_2 28mmHg。入液量5190mL，出液量1670mL。

10时16分。

患者呼吸机辅助通气，神志清，末梢暖，四肢活动良好，双肺听诊呼吸音清，双上肢可见花斑，昨日尿量1750mL。患者目前心电监护示：仍有静脉压高，中心静脉压19~25mmHg，考虑上腔静脉有穿刺管，经上腔静脉输液可导致上腔静脉相对狭窄，考虑联系麻醉科给予穿右下肢股静脉穿刺，经下腔静脉输液体。给予利尿、强心等治疗，减少心脏容量，同时给予小剂量血管活性药物辅助循环，给予补液、输蛋白、抗炎等治疗，患者病情危重，密切观察患者病情变化。

11时10分。

患者11时01分突发房颤，给予同步电复律后，开始引流增多，累计约1160mL，为暗红色血性液体，血压下降，心电监护示：血压57/35mmHg，房颤心律，心率144次/分。患者神志欠清，口唇发白，立即给予冰囊脑保护，较大剂量血管活性药物辅助循环，但血压未见明显上升，引流量未见减少。考虑胸腔内活动性出血可能性大，向家属交代病情及开胸探查必要性，在家属知情同意并签字确认后，将患者推入手术室行床旁开胸探查术。

15时39分。

患者在全麻下行开胸探查止血、上腔静脉破裂修补术。入室后，病人仰卧位，静脉给予诱导麻醉，消毒铺无菌巾。沿原胸骨正中切口，逐层切开，剪断拆除钢丝，牵开胸骨，见胸骨后及心包腔内有大量不凝血。探查心脏，见上腔静脉与无名静脉交界处前壁有一个0.2mm破口，有活动性出血。左手按压出血点，4-0滑线带垫片荷包缝合2针。反复冲洗胸部切口、胸骨后、心包腔创面，未见活动性出血，创面散在渗血点电刀止血，反复检查心脏各切口、创面无明显渗血后，各吻合口喷涂生物蛋白胶，留置胸骨后引流管2枚。检查器械纱布无误后，钢丝固定胸骨关胸。术中逐渐减少血管活性药物，血压115/58mmHg，带气管插管返病房ICU，术后注意观察心率、血压、引流量变化。术中共输血20单位，血浆600mL。

患者通知二开的时候我还在做当天的麻醉，后来说是前一天我麻醉的患者透析管穿破上腔静脉出血了，我连忙去看术野，果然能够看见透析管的尖端，瞬间开始自责。

面对这种震撼灵魂的质疑，我的第一反应是：难道真的是我做错了什么？是动作过于娴熟还是过于生疏？是节奏过于轻快还是过于缓慢？是情绪过于激动还是过于懒散？是手法过于谨慎还是过于自信？

虽然那个时候已经有一种后背发凉的感觉，但是因为没有开展竖脊肌神经阻滞，无法准确地描述当时的感受。

两年时间慢慢过去。

男患，69岁，清醒入手术室，留置左侧桡动脉、股动脉、中心静脉置管及透析管，全麻气管插管后，留置导尿。肩胛垫高，常规消毒铺巾。正中切口开胸，完整切除纵隔占位，大小约7cm×5cm，纵隔肿物与无名静脉关系紧密，切除时有无名静脉损伤，应用5-0线修复无名静脉。人形切开心包。ACT达标后，经上下腔、主动脉插管建立体外循环，并行降温，32℃阻断升主动脉，顺行灌注心脏停跳液，心脏停跳满意，心表敷冰屑，阻断上下腔，切开右房，房间隔探查二尖瓣P3腱索断裂，切除P3部分腱索，折叠缝合，沿二尖瓣瓣环U字缝合12针，置入28号Medtronic成形环，注水实验无反流。缝合房间隔，充分排气，32℃开放循环。心脏自动复跳，留置心室起搏导线2枚。辅助循环，鱼精蛋白中和肝素，撤除体外循环管道，创面仔细止血，留置心包胸骨后引流2枚，逐层关胸，术毕，心率59次/分，血压124/64mmHg。因为术中有无名静脉修复过程，术后CVP较高，我回忆起两年前的患者，强烈建议术中改为股静脉置管，所有液体及药物均由股静脉输注。

术后第3天，患者神清、末梢暖，持续面罩吸氧。小剂量血管活性药物静脉泵入辅助循环。日间出现快速房颤，给予可达龙、艾络静脉泵入，西地兰静脉泵入，心律转为窦性心律（心率72次/分）。

我到监护室随访时，大爷已经完全正常了，呼吸有些急促，我关切地问："大爷，您感觉怎么样？"

大爷艰难地摘下面罩，声音微弱，几乎听不清，从嘴形判断，好像在问我："你到底跟没跟前任暧昧过？"

白露·秋分

周五，13号手术间，大主任不在家，是坊间传闻引发术中心跳骤停的三大危险因素。

换完洗手衣，我看着衣柜中仅能看见头的镜子把碎发塞进帽子里。50岁女人的脸，用再多的护肤品也掩饰不了岁月的更迭，但我坚信，眼神还是一如既往，好在无论患者还是术者，只能看见麻醉医生的眼睛。

"新买的洗手衣好像有些瘦。"老同学C教授边换衣服边跟我说。

"说我还是说你自己？"我明知故问。

"当然说的是你，我的衣服从来都是肥的。"C教授有些得意。我俩同年入学，她是六年制英文班，我是五年制，早毕业一年，当年都受到盛老的影响，义无反顾地选择了麻醉专业。一转眼，工作快三十年了，脑海里每天都是《阿甘正传》里丹中尉祖祖辈辈战死沙场的场面。不同的是，丹中尉的祖祖辈辈都是一个演员饰演的，面孔都是一样的，只不过服饰不一样；而我每天麻醉的患者的服饰都是一样的，面孔不一样。当然还有一个最大的区别：我要保证每一个不一样的面孔活着被推出手术间。

"看看你的屁股，都能看出臀形了。"C教授继续挑衅，说完走出更衣室，去交班了。"你知道七部委联合发布了21号文件吗？"她边走边问我。

"什么21号？"我不耐烦地问，"我今天13号手术间。"

"今天周几？"

"周五！"我担心有人抢答。

"主任不在家。"走廊里有一个幸灾乐祸的声音，随后就是长时间的寂静，静得让人可以听见呼吸声。

13号手术间一共两台胸科手术。

重点是第二台，患者既往冠心病、糖尿病病史，PCI术后，所有的重心都倾向第二台。

第一台的患者是青年女性，37岁，左肺上叶肿物，术前已经有病理诊断，腺癌。术者交流起来十分流畅，直接切除左肺上叶，加淋巴结清扫术，因为肿物侵袭支气管，组织周围粘连较重，所以直接开胸手术，放弃了胸腔镜微创手术。

37岁的年轻妈妈入室以后充满了对手术间的好奇，因为所有人都知道她的病情，所以对她格外关照。她进来第一件事就是握着我的手，说我像她远房的表姐，然后撒娇说："好姐姐，我最怕疼了，生孩子的时候用的无痛分娩，效果不错，这次手术就拜托您了。"

"一会儿我们还要在后背先打一针，放一个细的小导管，和上次无痛分娩一样，手术以后还可以继续输注局麻药，减轻刀口的疼痛。"我已经有些把她当成自己的女儿一样了。

"好的，都听您的。"她出奇地镇静，应该不是因为心理素质的强大，而是缺乏对于病魔残忍的认知。

首先是硬膜外穿刺，置管，顺利，患者平躺，右美托咪定慢慢地从静脉一滴一滴进入她的血管，她渐渐安静入睡了。有创动脉穿刺置管，有回血，置管不顺利，我紧紧地按着穿刺点，防止穿破的动脉出现血肿，她已经有轻微的鼾声了，全然不知发生了什么。住院医生又递给我一根蓝色的22G穿刺针，我们已经配合得很默契了，没有任何交流就知道下一步应该怎么做。穿刺、置管、回血，顺利，长长地舒了一口气，准备麻醉诱导。

C教授在32号手术间，第一台手术是输尿管导管取出术，局麻监护。C教授看看患者，37岁，女性，输尿管导管置入后一个月，伴感染，生命体征平稳，交代好住院医生注意事项，C教授就返回办公室，开始撰写2019年的国家自然科学基金标书了。C教授曾经打趣地说，在大学的医院里没有国家自然科学基金项目，就抬不起头。

住院医生问我这个患者为什么没有选择右侧35号的双腔管，而是选择单腔管加封堵器。我耐心地解释，她身高只有1.5m，而我们的35号的双腔管是按照人体的平均身高设计的，所以右肺上叶的开口对位会很困难，术中氧饱和度很难维持在理想的水平。

手术开始了，单肺通气，纤维支气管镜下，封堵器淡蓝色的套囊刚刚好把左肺封堵好，术中进入胸腔，左肺上叶暴露出来了，肿瘤生长得很快，支气管根部能够看见更加鲜红的肿物团块，术者慢慢分离，剥茧抽丝，小心谨慎。

静脉分离得很清楚了，支气管暴露的长度也完全够切除的，就剩下动脉的分离，有一个肿大的淋巴结紧紧地和血管粘连在一起。

手术间的空气很凝重，37岁，还是值得冒风险试试的年龄。

动脉破裂，术野被鲜红的动脉血淹没，术者被迫用手压住血管，抬头跟我说："喊人吧，求救！"

我和住院医生一面加压输液，一面按压手术间控制面板上的红色报警键，走廊里手术间上方的报警灯马上闪烁红光，发出刺耳的报警声。

"哪个手术间？"

"13号，13号。"

"今天周几？"

"周五！周五？"

"快喊大主任！"

"主任出差了！"

"这是第四个了！心跳停了吗？"

"心跳停了吗？"

走廊里瞬间人来人往。

32间的患者局麻完成不了手术，术者要求改全麻。C教授看了看患者，说："患者虽然年轻，但是只要我诱导给药了，我就要负责，全麻也是有风险的。"

"全麻吧，手术局麻做不了，出事我负责。"术者不耐烦地说。

32间37岁女患全麻。

13号手术间顿时人满为患。心脏外科大主任戴着头灯和显微镜出场，不是因为高傲而旁若无人，而是显微镜实在只能看清眼睛到术野距离的空间，至于房间里是哪个术者和麻醉医生，都无所谓了。紧张的同时我还是略微把裤子往下拽了拽，一旦显微镜的放大作用看清了50岁女人的臀形，也是极为尴尬的事情。

团队出场，血止住了，这是为什么偏远地区的老百姓信任这个百年老店——综合实力强大。

32号手术间的患者到麻醉恢复室就开始打寒战。

请示C教授后，给了50mg曲马多。略微好转。

15分钟以后，患者血压65/40mmHg，心率125次/分。

同时呼叫C教授和术者。

术者看看说："手术没问题，C教授，你诱导的你负责，估计是感染加重了。"

C教授指挥着PACU的护士开始抢救。

给药，插管，穿动脉，最难的是在PACU的床上给患者穿中心静脉，床低，头远，弯腰弓背对于C教授来说都无所谓，关键是这种穿刺姿势，再宽大的洗手衣，再瘦小的身材，远远地也能暴露出臀形，何况外科医生有的是拿着显微镜看人的。

12时5分，我和C教授没有耽误一分钟共进午餐的时间，坐在一起共进午餐，分享病例。

"13号还有一台？"她又挑衅。

"手术停了。"我严肃地说。

"为什么停掉的？"

"术者来例假了。"我没有好气儿，C教授的饭差点儿喷出来。

"接下来是什么节气啦？"她边笑边打岔。

"上一个节气是什么？"

"白露吧。"

"白露过后是秋分，"我夹了一块充满激素和抗生素的凉拌鸡肝给C教授，"吃这个预防感染。"

好在无论患者还是术者，只能看见麻醉医生的眼睛。

寒露·霜降

寒　露

在迎接生命当中第七十二个寒露节气的时候，我并不是感觉到瑟瑟发抖了才开始添加棉衣，正像我的手术经验告诉我，电钩继续分离下去就会划破支气管动脉一样，为了预防感冒，我穿棉衣的时间已经比年轻人提早了两周。年轻人也无法理解为什么我还一直奋斗在手术一线，每周保证至少五台胸腔镜下肺叶切除术，他们甚至天真地以为我还是为了名利。其实，活到我这个年纪，做手术已经是我活着必不可少的一项内容了，从22岁毕业做一名胸外科医生至今五十年，只有每天规律地打开一个胸腔，切除一个带有病变的肺叶，哪怕是一个肺叶的局部切除，才能保证我身体各种机能的协调运转。离开了手术，我将终日呆若木鸡，很快死去，这一点我比谁都清楚。

当然我也会偶尔放空自己，坐在三亚亚龙湾某度假酒店1203

房间的露台上，远远地看着海浪慢慢涌向沙滩，然后消失，了无痕迹。阳光刚刚好，温暖明亮而不灼灼逼人，喝着格鲁吉亚的红酒，抽着巴西的雪茄，脑海中浮现的不是五十年来亲近过的肉体，而是五十年来愧对的病体。说愧对，可能自责的成分有些夸大，至少重新经历，结局可能不同。

第一个患者是我刚刚晋级副教授不久。那时的我年轻气盛，浑身有使不完的力气，因为刚刚带组手术，所以什么都敢尝试，越是没有做过的手术，心情越是激动，当然，犯错误的机会也越大，这是后来我才慢慢明白过来的道理。清楚地记得，患者的介绍人是职工食堂的唐姐。虽然大家都喊她唐姐，但是她的实际年龄谁也说不清。每天清晨到食堂用餐，唐姐都会有意无意地给我留一份香酥饼，然后用眼睛直直地盯着我放进我的餐盘。我知道，我到的时间，香酥饼早已经卖光了，但是，每天早上，我都会不出意料地吃到预留好的香酥饼。直到有一天，唐姐说她农村的妹妹食管裂孔疝，问我找谁做手术好，我当然义不容辞地说："我做，没问题。"后来我才明白，吃人家的嘴短，吃人家预留的，迟早是要还的。食管裂孔疝可以开腹做，也可以开胸做，但是开胸有些牵强，何况这个手术我只是当助手做过两例，并没有独立操刀的经验，但是想想每天早上的香酥饼，我还是接了这个活儿。

手术的事情，我不信任任何一个人，如果可能，每件事情我都愿意亲力亲为。第一关是麻醉。手术室的麻醉师，我信任的屈指可数。每一台手术我都争取让患者清醒时见到我，与其说是对患者的心理安慰，不如说是我对麻醉的不信任。麻醉师让我最反感的一件事情就是把双腔管左右搞反，然后拔出来重新插，再反，再插，反反复复，没有人注意我在一旁不耐烦的表情。我也清楚地记得，唐姐的妹妹就是左侧的双腔管插到右侧，反复调，增加了感染的概率，如果麻醉一次成功，患者最后的结局可能会不一样。

麻醉成功，摆好体位，消毒，铺单，核对，单肺通气，进入胸腔，一切都有条不紊。暴露病变位置，裂孔疝并不严重，稍微松解，加强固定就可以结束手术。我甚至有些得意，想着今后的香酥饼，止血钳分离的尺度逐渐放大，鲜血突如其来地涌出术野，加大吸引力度，出血还是比较猛，我开始大针脚地缝合，这个时候，没有办法顾及太多，加紧缝合，先止住血是王道。大刀阔斧地几针下去，血止住了。

手术当天还算顺利，但是患者从麻醉恢复室出去的时候就一直不精神，如果当天苏醒得再好些，结局可能还会不一样。第二天，患者开始血压低，心率快，胸腔引流量很少，但是患者腹胀得厉害，后来请普外科会诊，说是腹腔有大量积液，需要开腹探查，好在我当机立断，患者开腹后发现有脾破裂，做了脾切除术。后来患者因为脾切除术后腹腔有粘连，终身未孕。那段时间，我经常借酒消愁。

遇到第二个患者时，我已经晋级教授好多年，随着岁月的变迁，已经成熟老练许多，酒也戒掉了，手术只做常规的术式，不冒风险，心态已经和年轻时无法相提并论。因为是食管癌研究所所长，所以我有自己的专职司机，这个患者就是司机的老家邻居，找我做食管癌根治术。

同样，手术的事情，我还是不信任任何一个人，如果可能，每件事情我还是愿意亲力亲为。第一关是麻醉。手术室的麻醉师，我信任的还是屈指可数。每一台手术我还是争取让患者清醒时见到我，与其说是对患者的心理安慰，不如说是我对麻醉的不信任。麻醉师让我最反感的一件事情就是把双腔管左右搞反，然后拔出来重新插，再反，再插，反反复复，没有人注意我在一旁不耐烦的表情。我也清楚地记得，司机的邻居就是左侧的双腔管插到右侧，反复调，增加了感染的概率，如果麻醉一次成功，患者最后的结局可能会不一样。

麻醉成功，摆好体位，消毒，铺单，核对，单肺通气，进入胸腔，一切都有条不紊。暴露病变位置，能够切除，切开膈肌，游离食管下段和胃，一切顺利。游离食管上段，止血钳分离的尺度逐渐放大，鲜血突如其来地涌出术野，加大吸引力度，出血还是比较猛，我开始大针脚地缝合，这个时候，没有办法顾及太多，加紧缝合，先止住血是王道。大刀阔斧地几针下去，血止住了。

手术当天还算顺利，但是患者从麻醉恢复室出去的时候就一直不精神，如果当天苏醒得再好些，结局可能还会不一样。第二天，患者开始血压低，心率快，胸腔引流大量清亮液体，没有太在意。第三天，还是大量清亮液体，估计是乳糜管漏了。

第四天开胸结扎乳糜管，患者状态一度好转，后来每况愈下，司机开车把他送回了老家。从此以后，我开始放纵自己。

在三亚迎接生命当中第七十二个寒露节气的时候我才明白，男人一生当中喝进去的酒是恒定的，如果还有机会选择，我愿意做一个插管一次到位的麻醉师。

霜　降

老陈第一次给我打电话的时候，我给挂了。熟悉我的人都知道，每天7时45分开始，就不要给我打电话，麻醉诱导，分分钟患者呼吸就没有了，气管插管，一挑喉心跳就可能停，没有哪件事情不是要命的，没有时间听电话。

那天的患者还真是不顺利。女患，82岁，右肺上叶占位，身高151cm，插左侧双腔管，每次都进右侧，反反复复试，还是不行，后来改单腔管阻塞器，单肺效果不错，才给老陈回的电话。老陈说是在三亚度假，问我干啥呢。我说做麻醉呢。他说都72岁了，还干麻醉呢。我说不干麻醉也不会别的，再说，一大家子人，年底度假的费用还没着落，说到底，还是差钱。老陈说，想起几十年前的病例，女患，二开多亏我抢救及时，捡回一条命。我说忘了。老陈说，就是食堂唐姐的妹妹。我说自己年轻时从来不吃早饭，不去食堂，也不认识唐姐。

下午老陈又来电话，我又挂了。双侧胸腔镜肺叶部分切除，正打硬膜外呢，失之毫厘，谬以千里，老了，眼睛也花，手也抖，还好，靠年轻时留下的手感，闭着眼睛也能搞进去。

老陈说，还得谢谢我，司机的老邻居，两次开胸都是我麻醉的。一听老陈就是喝多了，我问他哪个司机，他说自己的司机。他年轻时从来没有过司机啊。我说，麻醉的病人太多了，记不起来了，好好度假吧，我麻醉呢。老陈就把电话挂了。

过了一会儿老陈又打电话，说是如果有来生，咱俩换换如何。我说："不换，你的活儿，我干不了。"

寒露和霜降区别真的很大，在东北，寒露可以嘚瑟，霜降就必须穿秋裤了。

大雪

时至今日，还让我引以为豪的是每次都能在大雪前后除颤成功。

至今还能清晰地记得他术前焦虑的眼神。50岁左右，有吸烟史，男性，是我自己心目中的术中心跳骤停三大危险因素，而他占全了。更让人焦虑的是，他的不稳定心绞痛病史，术前一月心绞痛还在频繁发作，虽然这个月病情稳定了，但是越是临近手术日，他越紧张，毕竟这一个月的等待、准备，都是为了手术这一天。影像学资料支持肺癌的诊断，所有人的意见都是统一的，冒风险也要手术治疗。

我推开病房房门的一瞬间，映入眼帘的是祥和的一家人，妻子和女儿正陪伴着患者共进晚餐。自我介绍后，全家人放下了餐食，准备详细和我交流，显然这一家人知道麻醉医生在这场战役中举足轻重的作用，但是我并不希望是这样的。我宁愿这一家人对麻醉医生的工作一无所知，表现得木讷和冷淡，我例行公事访视结束后就匆匆离开，不用背负太多的希望和期许，可以在术前一晚睡个安稳觉，第二天精神饱满地上战场。遇到这样的家人，无形中会增加自己的压力，因为除了完成整个手术高难度的麻醉管理，还要让了解麻醉工作的家人不失望，无形中会把麻醉方案和细节在脑海中反复预演，这样前半夜的时光很快就过去了。

　　快要离开病房的时候，他执意要送我到走廊，语重心长地说："医生，我不能倒下，我是家里的顶梁柱，明天就拜托您了。"我能体会到他大手的握力，传达给我的是满满的力量和压力。我并没有回握他的手，只是微笑着说："放心，今天晚上好好休息，明天我一直都在。"我并没有承诺什么，因为我知道，第二天必是一场硬仗，我唯一能够保证的事情就是——一直都在。

　　第二天他被推进手术室，我并没有安慰他，也没有任何交流，而是直接滴定了一点儿咪达唑仑和舒芬太尼。3分钟后，监护仪的声音提示，他已经进入了镇静状态。我走到他身旁，简单解释了下桡动脉穿刺和椎旁阻滞的过程，他已经很淡漠了，一切都按照预案在进行。但是我并没有丝毫放松，因为暴风骤雨随时可能出现。有创操作完成得都很顺利，我和他的心情都舒缓了一些。

　　第二关，麻醉诱导。外科医生已经就位，核查患者身份，麻醉诱导开始，我习惯性地把听诊器挂在双肩，测试M氏喉镜的光源，仿佛各舱门预位，依托咪酯、顺式阿曲库铵、利多卡因、舒芬太尼，给药，加油，起飞。3分钟后，他的血压、心率、呼吸全部都在掌控之中，他已经安然入睡，保护性反射消失，从这一刻起，他的生理性命完全移交到我手上。可视喉镜窥视声门，插入双腔管，听诊，支气管插管到位，纤维支气管镜再次确认深度，满意。开启吸入麻醉药，药物浓度的数字在监护仪上不断攀升，脑电双频指数缓慢下降、稳定，再次三方核查。外科医生手握柳叶刀说："可以开始了吗?"并没有抬头看我。我用镊子夹住患侧的气管导管，开始单肺通气。"可以开始了。"我回答，也深知，战役打响了。

开始出现的心律失常我并没有在意，偶发的，我安慰自己。后来出现的心律失常和电刀的使用有明确的相关性，我提示术者。"就一点儿粘连，我分离结束马上就好。"术者边说边操作。电刀刚刚再次工作，心电图提示室颤，有创动脉血压直线，呼气末二氧化碳分压逐渐走低。"患者室颤，立即暂停手术，开始抢救!"后来巡回护士回忆，我好像早有准备，声音不是很高，但很有力。

抢救的过程还是有些忙乱，因为室颤还是出乎所有人的意料，我所能做的，就是在那里，一直守候在那里。我并没有预料到室颤的发生，虽然他术前焦虑的眼神、加压的握力反复提示我什么，但是我还只是站在那里，希望手术平安顺利，我能做的就是一直守候在那里。当然一旦发生室颤，我会发声、给药、除颤，我坚信不是我的声音和抢救技术震慑了死神，真正让他重新复跳的还是他自己生生不息活着的决心和意志。

在恢复室苏醒过后，他紧紧地握着我的手，虚弱地说："谢谢你。"仿佛知道发生过什么，我欣慰地笑笑说："要谢你自己，战役结束了，咱俩都可以好好休息一下了。"

她的术前记忆是模糊的，甚至是缺失的。但是她很乐观，这一点给我留下了深刻的印象。女患，62岁，术前没有任何其他疾病，体检发现左肺上叶磨玻璃影，本院护士的姐姐，热情开朗，要做椎旁阻滞之前还很娇嗔地问我："大夫，到底疼不疼啊？""肯定疼，但是不打这一针手术后会更疼。"我解释的时候有些不耐烦。"好吧，听你的，打针的时候一定要轻一点儿啊。"

我并没有回应，凸震曲面超声探头定位，155cm的身高，肋间隙很窄，探头来回滑动，两个肋间只有1cm的间隙，隐隐约约能够看到横突。胸膜的显影倒是很清楚，随着呼吸轻微地滑动，虽然她表现得有些紧张，但是通过超声图像看见她均匀稳定的呼吸节律，我知道她是有备而来的。局麻，她呻吟了一声，局麻针显像良好，我暗喜，阻滞应该不难。换10cm超声引导阻滞针，进针，顺利，马上就要到达椎旁间隙里，针尖没有显影，手感是触到了肋骨，她又呻吟了一声。"您坚持下，马上就好。"我有些愧疚，没有一针到位，稍微调整一下进针角度，针尖还是没有显影，但是手感已经越过肋骨，到达椎旁间隙了，给药，胸膜下压明显，胸膜的牵拉让她心率变慢，我从侧面能够看到她开始的笑容消失了，开始紧张、屏气。"马上就好，坚持下。"我鼓励她。助手很快就把15mL罗哌卡因推注完毕，超声图像提示药液扩散得很好，我慢慢拔针，她又恢复了笑容。"一点儿都不疼。"她很勉强地说。

动脉穿刺置管，诱导前右美托咪定滴注，她开始慢慢进入镇静状态。因为是健康患者，所以一切按部就班，行云流水，只是重复每天都要做的工作。虽然枯燥，但是我并不希望这种枯燥的流程被任何意外打乱，因为任何打断这个流水过程的情节都是对生命体征的挑战，宁愿枯燥，不愿有任何节外生枝的环节。

核查、单肺、开刀，胸腔镜的镜头进入胸腔，看见两个静息的肺叶默默地随着健侧肺的运动略有起伏，病灶就在左肺上叶，已经可以看到了，这就预示着手术很快可以结束，所有人都不用加班了。手术间的氛围顿时轻松起来，连电刀电凝的声音都仿佛有了节律，欢快了许多。"心包旁边有一点儿粘连，我需要处理一下。"我听到了相似的话语。

"室颤，手术暂停，开胸，准备抢救！"我的声音不大，很镇定，与其说是抢救的经验，不如说是她乐观的心态一直伴我左右。给药、除颤，没有反应，切口还是没有完全扩大，外科医生的手还没有进到胸腔，我的手在侧卧位的胸前按压着，直接动脉压 30mmHg，一条直线。还是有一点儿灌注！继续给药、除颤，没有反应，切口已经扩大，手进到胸腔，直接心脏按压，动脉压 35mmHg，一条直线。给药、除颤，回来了，心率 130 次/分。瞬间围了一屋子人，回来了，大家都散了。

椎旁阻滞 2 针，动脉穿刺 1 针，一共 3 针，我都没有放慢速度。她的回应是轻微的呻吟，然后报以微笑，术中除颤 3 次，她的心跳回来了。我宁愿她是在无声地责怪我，还好回来了，原谅了我。我能做的就是，一直守候在那里，等着她回来。

大雪过后才是真正的寒冷，但是还是比一冬无雪要好很多。

寒冷到了极致，春天就要来了。我一直都在那里，默默地等待着春天的到来，等待着春意盎然的生机。

大寒·和解

每年在大寒节气左右都希望自己能够登一次山，挑战严寒，挑战自己。今年沈阳的天气目前还没有大寒的感觉，但是每次登山之后膝关节的隐隐作痛都在提示自己，中年干枯的膝关节已经配不上高傲的心气。这一次尤甚。

这一次登山是自己出行，没有家人陪伴，只有"驴友"的团队，所以并没有像以往一样教育儿子一定要紧紧地跟住第一梯队的"驴友"，不掉队，才可以有休息的机会。每一次登山都会教育儿子，落下了，就很难追赶，因为你刚刚赶上前队，人家已经休息好了，又启程了，每次你都是气喘吁吁地疲于奔命。这一次，刚刚开始我就没有刻意留在第一梯队，走在中间，慢慢地开始体力不支，好在人比较多，并没有在意。一直按照自己的节奏前行，慢慢地，有经验的"老驴"都超过了我，我终于落在了队伍的最后。好在手里的手机里有这次登山的轨迹图，相信自己的智商，还是没有着急。从阴面的山脊沿着前人的足迹慢慢转换到阳面的山脊，脚印消失了，似有似无。接着走下去，手机提示已经偏离轨迹100米，并不是特别在意，还好，领队的手机接通了，指点一下，看看轨迹和定位的位置比较一下就可以了。位置在轨迹右面，向左返回即可。正在高兴时，脚下踩空，滑落在山坡中央，站起来看看，瞬间天气转阴，辨别不出方向。看看手机的轨迹，往哪个方向走定位的箭头都不动，山谷里没有信号了，很久没有的无助和恐惧慢慢袭来。

腊月初九，周一，一早上没接患者，说是等主任决定是否停手术后再说。患者腊月初八晚上病情加重，已经心梗了。

男患，63岁，以"胸前区不适1年，加重5天"为主诉入院。患者于1年前劳累后出现胸前区不适，无气短，服用硝酸甘油片后自行缓解，未系统诊治。此后上述症状反复发作，多由劳累及情绪激动诱发，休息或服用硝酸酯类药物数分钟可缓解。2个月前，入住当地医院，行冠脉支架置入术，置入支架1枚。出院后仍时有胸前区不适。近5天来上述症状加重，发作较前频繁，持续时间较前延长，活动耐力减低，今为求进一步诊治入我院。准备行冠脉搭桥手术。

每一次手术前看看患者的病史，虽然寥寥几句，但是都是他最终最无奈和最坚定的选择，面对目前最好3%的死亡率，谁有其他的选择也不会希望自己成为那3个人，可是谁又能有把握自己是那幸运的97个人呢？

一家人在心脏外科的病房度过腊八节会是什么样的心境？晚餐前后夫妻争吵，本来就脆弱的心脏，冠脉缺血，肌钙蛋白慢慢攀升，死神的脚步越来越近，已经有无数个先例，左主干病变的患者，死在术前一天，那个夜晚会是多么难熬，无助和恐惧慢慢袭来，希望就在天明，最终还是没有和自己和解，悄然无声地消失在这个世界。

患者状态还可以，手术照常做。这就意味着两件事情。第一，患者还有希望。第二，麻醉将更加棘手，心梗以后的不停跳搭桥手术，接到任务时就会肾上腺素飙升，不要说是实战。

一切如常，接到患者，镇静、穿刺、诱导、开胸，前降搭好以后，所有人都松了口气，觉得患者应该得救了。右冠的吻合体位刚刚摆好，血压持续下降，对血管活性药物没有反应，开始出现各种心律失常。"马上就要室颤了！"我提示术者。手术间的气氛瞬间凝固，死神并没有走远。

腊月十一，患者一早就接进来了，没有任何停手术或者换手术的悬念。从某种程度上讲，我更倾向于处理腊月初九的患者，其仅仅是心脏问题，问题处理起来比较集中，而这例患者，不仅冠脉三支病变，而且有哮喘病史。

男患，65岁，20年前劳累后出现胸痛，显压榨样，放射至双上肢麻木感，无气短，服用"消心痛"后自行缓解，未系统诊治。此后上述症状反复发作，多由劳累及情绪激动诱发，休息或服用硝酸酯类药物数分钟可缓解。近2个月来上述症状加重，发作较前频繁，疼痛性质较前剧烈，持续时间较前延长，活动耐力减低，于当地医院行冠脉造影示冠心病，左主干病变，今为求进一步诊治入我院。病来饮食及睡眠较差，精神及体力一般，大便干燥，近期体重无明显改变。既往史：2015年诊断为哮喘，2018年哮喘再次发作并导致呼吸衰竭入院；双肾结石，胆管结石。

这个男人比我想象得还要瘦，退休五年的钳工，已经被冠心病折磨了20年，好好坏坏，可想而知，他在哮喘发作的时候是多么无助，心肺一起锁紧，好在前两次他都挺过来了。而这次，手术全麻需要气管插管，对于原本哮喘静默的肺脏来说，无外乎用木棍反复在山洞口敲打唤醒洞里沉睡的狮子，狮子一旦觉醒，是要出人命的。麻醉诱导后气管插管如果诱发哮喘，对于这个患者来说，也是要出人命的。

入室镇静，穿刺，激素，他自己常用的治疗哮喘的喷雾剂，都搞定以后，开始麻醉诱导，面罩通气，气道压力开始慢慢走高。我开始屏住呼吸，自己的肾上腺素开始飙升，犹豫不决是否给患者应用肾上腺素，虽然能够缓解他的哮喘，但是会诱发心肌缺血，对于这个患者来说，是两难的境地。

腊月十二的患者，提前一周就在医务部的主持下多学科会诊了，没有什么悬念，肯定做。

女患，77岁，以"反复心前区疼痛2年，伴气短2个月"为主诉入院。患者于2年前劳累后出现胸痛，无后背部疼痛，左上肢麻木感，无气短，休息数分钟后自行缓解，未系统诊治。患者此后上述症状反复发作，多由劳累及情绪激动诱发，休息或服用硝酸酯类药物数分钟可缓解。患者1年前因肺炎在我院住院期间发现"主动脉瓣狭窄"，当时转至心脏外科建议开胸手术治疗，家属及患者拒绝开胸。近2个月来患者有发热、咳嗽、气短等症状，在某中医药大学诊断为肺炎，住院治疗（11、12月份各一次）。患者现无发热，咳嗽减轻，但仍有气短，平卧位有呼吸困难，今为求进一步诊治入我院。

2017年12月12日冠脉造影及左心导管检查示：主动脉瓣重度狭窄，冠脉造影均示左主干及右冠病变。手术指征：主动脉瓣重度狭窄诊断明确，本次合并心肌梗死，冠脉CTA及1年前冠脉造影均示左主干及右冠病变，EF35%，STS积分9.2分，为外科手术高危。CTA及超声示：主动脉窦解剖适合经皮主动脉瓣置换术。

患者的疾病在没有TAVI手术之前只有两个选择：等死或者开胸。患者终于在有生之年等到了TAVI手术的开展。

后来想想，还是腊月初九的患者病情是最轻的。

左主干和主动脉瓣重度窄的患者的麻醉原则是一样的，维持较慢的心率和较高的血压，与去氧肾上腺素的药理作用不谋而合，所以屡试不爽，每次都能让患者转危为安。而这个老奶奶，诱导以后，血压开始走低，心率开始减慢，并不太适合用去氧肾上腺素，血压继续降低的话，就没有机会抢救了。介入手术室人满为患，都在交流手术方案，并没有注意到麻醉诱导以后一反常态的危机。

山谷里的云彩飘过去了，隐隐约约能够看到山谷的底端有耕种的田地，最让我兴奋的是，还听到了狗叫。我雀跃着从山坡中央一蹓而下，看到了袅袅的炊烟，瞬间决定不再攀登了，走向大路，内心和自己和解了。

手机有信号了，腊月初九和十一的患者搬出监护室了，腊月十二的老奶奶已经可以在美小护的搀扶下站在床边拍照留念了。

　　期望春节之前不要再冷了，但这仿佛又不是沈阳大寒节气应该有的温度，该下的雪，迟早都会下的。

Free Solo（徒手攀岩）

经过将近半年的磨合，我已经能够清晰地跟贝拉表达自己的意愿，听懂她的建议。尽管如此，贝拉也不知道每天傍晚我把车开出去的原因，我只是简单地跟她说兜兜风，回来已经是深夜，她也入睡了，所以并不知道我每天回来的确切时间。

从贝拉家出来右拐，直接就能上高速公路，夜风习习，全速狂奔，两个小时左右就能到达酋长岩山下。每次都是天色渐暗，残阳洒在身上，感到无比温暖。每次攀爬之前，我的心率都会加快，虽然装备齐全，安全系数很高，而且酋长岩上已经留下了前人无数的标记点，只要我体力允许，就不会出现意外的情况。但是，每一次练习都是为了最激动人心的那一次，所以，每一次攀爬我都会尽量少地依赖装备。往往在三个小时左右时，一个极其细微的变化就会让我从崖面跌落，飘荡在半空中，任由思绪停滞，心率和血压反而极其平稳。我才能收拾好疲惫的身躯和舒畅的心灵，一路狂奔开回洛杉矶，静悄悄地把车开进车库，仿佛一切都没有发生。

女患，22岁，以"气短5天"为主诉入院。患者5天前无明显诱因出现气短，休息后可缓解，就诊于当地医院行肺CT检查提示纵隔肿物，今为求进一步治疗就诊于我院，病来无头晕、头痛，无发热、咳嗽，无咳痰，无恶心及呕吐，无腹痛、腹泻，无尿频、尿急及尿痛，无双下肢水肿，无夜间憋醒，饮食及睡眠可，精神及体力一般，二便正常，近期体重无明显改变。胸部CT（2019年3月8日）：前上纵隔可见最大截面范围约113mm×4.9mm混杂密度影，CT值16~38Hu，病灶边界不清，于纵隔内浸润性生长，于临近大血管结构分界不清。诊断提示：前上纵隔占位性病变。

病情进展得非常快，从发现肿瘤开始，症状就不断加重，不间断的咳嗽变成了连续的咳嗽。虽然推进手术室时是微笑的，但是不断剧烈的咳嗽已经让微笑的面容变得扭曲，仿佛胸腔的病魔不断地压迫，想要挣扎出体外。

侧卧位完成所有有创监测，小姑娘配合得不错，清醒导尿，消毒，铺单，外科医生刷手，消毒，体外循环湿备，一切准备就绪。咳嗽越来越剧烈，开始麻醉诱导。

岩面上甚至都留好了前人的固定装备，我只要把自己的固定钩衔接上，绳索传过去，理论上就是安全的。但是有一次，有一个固定钉是松动的，整个身体贴着岩面滑落了一段，脸上留下了印记，还好，是在贝拉白内障手术之前。

循环和气道都没有变化太大，沿着前人的足迹，诱导顺利，刚刚在身下垫好体位垫，静脉压上升到40mmHg，颜面的颜色开始变得青紫，恢复麻醉诱导体位，压力稍微下降，加快进程，开胸，暴力侵袭心脏血管和双侧肺叶的肿瘤，麻醉的风险结束了。

男患，36岁，以"心前区疼痛5个月，加重1个月"为主诉入院。患者于5个月前劳累后出现胸痛，无后背部疼痛及左上肢麻木感，无气短，休息后自行缓解，未系统诊治。此后上述症状反复发作，多由劳累及情绪激动诱发，休息数分钟可缓解。近一个月来上述症状明显加重，发作较前频繁，疼痛性质较前剧烈，持续时间较前延长，活动耐力减低，休息后无明显好转。今为求进一步诊治入我院。病来无视物模糊，无头晕、头痛，无发热、寒战，无咳嗽、咳痰，无胸闷及气短，无恶心及呕吐，无腹痛、腹泻，无尿频、尿急及尿痛，无双下肢水肿，无夜间憋醒，饮食及睡眠可，精神及体力佳，二便正常，近期体重无明显改变。

超声提示：左室心肌节段性变薄，运动异常，左心大，左室舒张功能减低，射血分数36%。

患者入室心率133次/分，血压125/100mmHg。最可怕的不是低射血分数，最可怕的是舒张功能低下，心室在快速地蠕动，勉强保证身高183cm、体重107kg的人的血供。

手术台上半卧位，清醒完成所有有创监测，心功能已经开始走低，大汗淋漓，外科医生导尿，刷手，准备消毒，濒死感开始出现，麻醉诱导，给药。

最后一次没有带任何装备，回国前，想要征服一下酋长岩。

从室颤到建立体外循环仅仅7分钟，BIS值一直在40左右，坚信脑功能没有问题，但是一直室颤的心肌会恢复成什么样子，没有人知道。

当他躺在监护室里靠 IABP 和 ECMO 维持循环的时候，大脑已经完全清醒了，四肢也可以活动，像极了我最后一次征服酋长岩的徒手攀岩，从高空坠落以后再苏醒，又重生，那一年正好 36 岁。

为什么白塔堡没有地铁站还人满为患

老Y喜欢看地图是在美国领教的。他早我一个月到达洛杉矶，先住在贝拉家，一个月以后，我们交接，贝拉同意了，因为贝拉对于房客的基本要求是男性、医生、会用除草机。如果贝拉再限定一条，会用麻醉机，我们两个人也都是符合的。

至今记忆犹新的是，刚刚走出洛杉矶国际机场，茫茫的陌生感迎面扑来之时，突然有人在背后轻轻地喊："小谭，小谭。"我回头一看，是老Y，差点儿热泪盈眶。刚刚到贝拉家，老Y就掏出他破旧不堪的地图，给我指了指UCLA的位置，从此两点一线整整一年。

碰巧我们又第一批进驻白塔堡，生活区的保洁还没结束，老Y就拿出地图给我看："你看看这是SJ医院的三个院区，有什么特点？"不知道，我蒙在鼓里。"都有地铁站。你再看看白塔堡，没有地铁站！"

病例一。

男患，73岁，术前脑梗病史，轻度失语，诊断为结肠癌，拟行开腹探查术。麻醉诱导后，发现巨大会厌囊肿，主麻医生尝试3次没有完成气管插管，紧急呼叫主任，主任出手完成气管插管，术后患者送ICU。

我之所以清晰地记得这个患者，因为当时是2008年，我刚刚完成总住院的工作，担任夜班急诊领班没有多久。当天晚上的急诊手术特别多，外科病房来电话，要求急会诊，患者刚刚从ICU转回来，躁动不安。我简单听了听病史，交代二班医生，还是怀疑术后谵妄，会诊描述好生命体征，没有特殊处理。二班医生回来后汇报，患者躁动，脉搏血氧饱和度90%，还没有到我们必须插管抢救的地步。

半夜12时，外科病房再次来电，患者心跳停止，请求紧急气管插管。我感觉事情不妙，紧急赶到病房，大家已经在心脏按压，患者脸色青紫。我跳到床头，推头，下喉镜，第一次看见巨大的会厌囊肿展现在眼前，如果不是心跳停止的患者，如何插管还真是特别棘手的问题。好在插管成功，患者心跳恢复，又重新转回ICU。

病例二。

十一年来我再也没有见过会厌囊肿。男患，80岁，诊断为前列腺增生，拟行经尿道前列腺切除术。随着手术量的增大，泌尿外科医生已经不愿再花时间去等待麻醉医生进行椎管内穿刺操作，加之有的患者术中闭孔反射特别强烈，越来越多的泌尿外科手术都在全麻下完成了。常规的麻醉诱导以后，又看见了十一年前的会厌囊肿，当时紧张到没敢第一时间拍照，而是尝试了各种角度成功插管以后才留下照片。然后我给泌尿外科医生讲了十一年前的故事，泌尿外科医生紧急联系医务部，主院区耳鼻喉科总住院会诊。鉴于当时的情况，只能泌尿外科医生完成手术以后进行气管切开，保证患者苏醒以后的气道安全。

病例三。

事隔几天，再次看到会厌囊肿，开始怀疑白塔堡。患者成年男性，左肺上叶GGO，拟行肺叶切除术，术前没有任何呼吸道症状，麻醉诱导以后看见会厌囊肿，双腔管勉强完成，交代风险。患者完成手术后，彻底清醒拔管，没有呼吸道症状。白塔堡启动耳鼻喉科进驻计划。

病例四。

事情又回到原点。男患，56岁，直肠癌，拟行开腹探查术，麻醉诱导以后，看到了会厌囊肿。这次已经十分从容了，插管，给外科医生讲十一年前的故事和耳鼻喉科进驻缘由，耳鼻喉科会诊，同期完成手术。术后患者在PACU清醒，所有的事情都像没有发生一样。故事如果在这里结束，该是多么完美。

患者术后8天因为并发症需要再次全麻。

"感谢你们上次两个手术都完成了。"患者女儿并没有抱怨。

"不客气，你父亲是第一个享受到一期解决所有问题的，我们也没有想到会再次麻醉，其实是帮助了我们自己。我们一直坚信，帮助别人就是帮助自己。"

　　"只是……"患者女儿有些犹豫。

　　"有什么疑虑，您尽管提。"

　　"只是白塔堡为什么没有地铁站？"

白塔堡的日与夜

老 C 在手术室入口和我擦肩而过时，随口说，听说主瓣重度窄的患者要二开。"真假？"我虽然表面镇定，但是心里知道，如果二开，可能真的凶多吉少了。这也不是我和亚楠最初想要的结果。

患者，69 岁，自述间歇性餐后左下腹不适伴便血 1 年余，色鲜红覆于大便表面，未给予重视及治疗，7 个月前因慢性心衰于 SJ 医院就诊，并住院治疗，其间行全腹 CT 检查示：直肠乙状结肠交界处肠壁增厚，周围脂肪间隙模糊伴多发增大淋巴结影。腹膜后多发小淋巴结影。检查意见：直肠乙状结肠交界处占位性病变，周围淋巴结肿大。建议完善肠镜检查，明确诊断，必要时可行手术治疗。考虑患者心脏功能不佳，检查风险极大，遂拒绝进一步治疗，并于 SJ 医院出院。其间患者出现便次增多，便血量增加，便量减少，并伴有腹胀，腹胀于便后可缓解，未给予治疗。3 周前再次因心衰急到医院就诊，并完善检查，考虑患者心衰、直肠占位病变导致贫血可能大，建议外科处理。今为求进一步诊治，遂来我科门诊就诊，门诊以直肠占位性病变收入我科。患者病来时精神状况良好，睡眠尚可，食欲减退，大便2~3次/日，为暗红色细便，小便正常，体重近2个月下降约9kg。

亚楠把病史发给我，说："哥，能麻醉吗？"

"心脏原发病是什么？"我问。

"主动脉瓣重度狭窄。"

我沉默了好长时间回复："亚楠，是这样，主动脉瓣重度狭窄是可以导致患者猝死的心脏瓣膜病。五年前，我们医院还没有开展TAVR手术，对这种患者也同样进行麻醉、手术，只是外科疾病根治以后，时间不长，患者就会因为心脏的问题离世。所以说，整个治疗过程还是不尽如人意的。但现在不一样了，循环内科医生可以通过微创的技术，先行TAVR手术，然后患者再进行肠道手术，既可以保证围手术期的安全，又可以延长预期寿命，还是应该先做TAVR，是最佳治疗方案。"

亚楠回复了一个兰花指。

"患者目前诊断为直肠癌、主动脉瓣重度狭窄，考虑手术及麻醉风险极大，随时有猝死可能，经各科室会诊，结合会诊意见，遂转入心内科行瓣膜置换，其间给予抗凝治疗后，患者便血量增大，血红蛋白56g/L，无法继续行瓣膜置换手术，遂转回我科治疗。"

没有几天，又收到亚楠的微信："哥，患者又转回来了，贫血，麻醉风险更高了。"

"今日向患者家属详细交代患者目前病情，目前诊断为直肠癌伴出血、主动脉瓣重度狭窄、冠心病等。手术风险极大，麻醉风险极高，随时可能猝死，术前已请各相关科室会诊，均已执行。重点向家属强调手术风险大，猝死风险高，可能出现'人财两空'，但患者目前肿瘤病变持续出血，保守治疗后无效，危及生命，家属经慎重考虑后坚决要求手术治疗，愿意承担一切相关风险。"

然后是手术室里的一场硬仗。

"2022 年 10 月 24 日，全身麻醉下行腹腔镜下直肠高位前切除术，手术时间 1.5 个小时，术后因患者基础疾病较多，转入 ICU 围手术期治疗。患者昨日术后转入我科，给予患者抗感染、预防应激性溃疡治疗，气管插管接呼吸机辅助通气治疗。昨夜停用镇静镇痛后，患者神志转清，四肢肌力正常，予以停用机械通气，拔除经口气管插管。今晨停用镇静后，患者神志清楚，配合遵嘱动作，现于双鼻道吸氧中，氧流量 4L/min，呼吸状态平稳。现监护仪示：心率 81 次/分，血压 120/75mmHg，末梢血氧饱和度 100%。"

顺利出 ICU。

"今日一般情况良好。昨夜述血压偏高。昨日颅脑 CT 平扫，检查所见：颅外高密度异物致颅内存在放射状伪影；双侧基底节区及侧脑室旁、左侧丘脑可见斑点状及小条片状稍低密度影，双半卵圆中心及侧脑室旁脑白质密度略减低，余小脑、脑干未见异常密度改变。双侧脑室、脑沟、脑裂、脑池略增宽加深。中线结构居中。检查意见：脑内多发缺血腔梗灶。脑白质疏松。老年性脑改变。已请神经内科会诊，暂无特殊处置，余治疗同前，密观患者病情。"

神经系统轻微并发症。

"盆腔引流管引出粪样物质，闻之粪臭味明显，患者吻合口瘘可能性大，建议行横结肠双腔造口术，但目前病情较重，二次手术及麻醉可能加重诱发心脏病情，围手术期风险极大，极有可能发生恶性心律失常、心跳骤停、猝死等相关心脑血管意外。且患者年老体弱基础疾病极多，吻合口不除外出现经久不愈，术后不除外再次发生吻合口瘘，致腹腔感染，严重时危及生命，需再次手术，手术难度极大，风险极高。术后并发症发生率极高，且术后需入ICU长期观察治疗，费用不可估计，随时有发生心脑血管意外及猝死的可能，极易出现九死一生、人财两空的可能。若不行手术治疗，目前术后吻合口瘘状态，短期内可能无法好转，短期内可能因吻合口瘘感染，出血严重时可危及生命，且吻合口瘘可能于短期内恶化加重感染，导致病情延误，严重影响生存期。家属对上述情况表示理解，坚决要求暂不行手术治疗，要求保守治疗，并愿意承担相关风险。"

另一大关，吻合口瘘。

"目前患者经口半流食，今日向家属交代相关病情，目前患者引流未见明显异常液体引出，已向肠腔内注射美兰染色剂，引流管未见明显蓝色染色剂流出，且患者目前排气、排便正常，临床考虑患者吻合口愈合可能大，但患者基础疾病多，末梢循环障碍，不排除再次发生吻合口瘘之可能，建议患者继续留院观察。家属表示理解，拒绝继续留院观察，并要求出院，预约明日出院。"

四月份医院闭环管理，长值班。每天夕阳西下，我和负责空调维修的师傅都会到四楼顶的天台放风。他点燃一根烟递给我，我犹豫了一下，拒绝了，笑笑说："不要了，戒了十几年了。"然后他指着不远处的碧霞宫说："你看袅袅升起的烟，是不是香火？""应该不是吧，"我说，"你一个修理空调机器的，怎么这么多的联想？"他说："你麻醉病人的时候，考虑过他灵魂的感受吗？"我连忙又指着碧霞宫说："那应该是他们做饭的烟火吧。"

"哥，明天那个患者，我想比量比量双袖切，包括动脉的袖，但是如果条件不行，我就直接切全肺了，但要真行我就有可能吻合肺动脉。我寻思您那边儿帮我看看，到时候肝素给2500还是多少，就别还得中和，预防血栓形成就行。您看到时候帮我也出出主意，到时候帮我看一看。"这是文雅在手术前一天发的语音，手术方案是胸腔镜辅助下，左肺下叶切除术，预计应用肝素。

颜清，63岁，体重100kg，男患，职业：军人出身，转业为司机。

主诉：发现左肺上叶中心型鳞癌1.5年。

现病史：患者于2021年5月无明显诱因出现咳嗽、咳痰（白色黏痰，每日少于100mL），活动后气短、发热，吸气时出现针扎样疼痛。于当地医院排除结核感染后行抗炎治疗，咳嗽、咳痰、发热等症状好转，仍出现吸气时刺痛。2021年6月11日于我院行肺增强 CT 提示：左肺上叶中心型占位病变。

2021 年 6 月 29 日，患者于我院介入科行肺穿刺活检，病理提示（肺）鳞状细胞癌。后于胸外科门诊就诊，考虑目前纵隔淋巴结位置高，淋巴结过大，暂无手术机会，可行新辅助治疗。向患者及家属充分交代治疗风险，于 2021 年 7 月 22 日始行化疗联合免疫方案治疗。

2021 年 8 月 17 日，患者第二周期应用替雷利珠单抗时出现过敏反应，因此第二周期暂停免疫治疗。于 2021 年 8 月 25 日行白蛋白紫杉醇联合卡铂第二周期化疗。二周期评效：疾病缓解。共完成五周期，末次化疗时间：2021 年 12 月 9 日。

2022 年 1 月行气管镜检查。后间断复查，暂未接受手术治疗。近一个月偶有轻微胸痛，目前为求手术入我科。现患者精神状态可，体力可，饮食睡眠可，无头晕、头疼，无胸闷、心慌，无发热，无周身疼痛，大小便正常，近期体重未见明显变化。

我已经没有更多地描写麻醉惊心动魄的细节的欲望了，相对于患者到底是做左肺下叶切除，动脉和支气管双袖切，还是直接左全肺，跟患者的预后比起来，是术前预留硬膜外导管镇痛还是术中单次双点椎旁神经阻滞更好，已经显得非常微不足道了。

但是术中剧烈波动的血流动力学变化，我会不断地提示文雅，先让患者活着，然后是治病，最后才是舒服地度过围手术期。

一直到胸腔镜探查后改为大切口，文雅还是一直在尝试保留左肺上叶。在分离肿瘤和血管的时候，插入右侧的支气管插管会提拉漏气，患者的血氧饱和度维持得比较艰难，掀起肿瘤组织处理血管的时候，又会压迫心脏和大血管，血压低迷。

"许主任是什么意见？"我提示文雅。

"主任的意见是左全肺。"文雅放慢了节奏，但是能够体会出他的不甘心，他想让这个体重100kg的老司机既能够根治性地切除肿瘤，又能够最大限度地保留肺功能。我在旁边默默地看着，知道他是想和死神较量。

术后第七天的午后，我又看到了颜清，除了说话稍微有些气促，他已经恢复了老司机的满面红光。

"还是麻醉师的出场费低些，手术室里，我唯一见到的医生就是你。"颜清开玩笑说。

"我的任务是先把你麻醉好，然后让你活着，最后让你舒服地醒过来。文雅的团队才是真正给你治病的，他们在我准备好了时出场，手术完成了，你还没醒过来，他们就去准备下一个患者了，只有麻醉医生是全程守护的。"

颜清对于术中我们一起和死神的博弈没有任何的记忆，左全肺切除的手术也欣然接受。他的要求是，能够自己慢慢溜达到车库，开车回家。

碧霞宫在沈营大街和新运河路的交会处，浑南院区在白塔一街和创新路的交会处，中间隔着一条白塔街，碧霞宫比浑南院区靠北，浑南院区比碧霞宫偏东。每每晨曦日出，浑南院区的手术中心要比碧霞宫早一点儿看到新一天的朝阳。不管是阴天下雨，还是朝阳的光芒万丈，这群怀揣着仁爱的灵魂，都会忙忙碌碌地

摆渡着患病的躯体，去治愈，去帮助，去安慰，去细细体会那袅
袅升起的人间烟火。

地下铁

喜欢乘坐地铁的每一个微小的细节，可能是一天紧张的麻醉工作结束以后，看着健康鲜活的人群从身边擦肩而过，我暂时不用担心他们的射血分数，觉得人间还是值得的。随着安检以后的人流走到地铁站的玻璃门旁边，听着由远及近的地铁到达声音，一个个陌生而又仿佛熟悉的面孔从面前的车厢一闪而过，随着风速的降低，机车停了下来，车门缓缓打开，人流进进出出。虽然每个人都有自己的目的地，但是这一刻我们相遇，擦肩而过，仿佛曾经相识，又却从未相见。每一次都有一种错觉：这人不会是我麻醉过的吧。每一个被我麻醉过的患者，就像地铁站擦肩而过的乘客，我都希望他健康而快乐地到达自己的目的地，仅仅是相遇而已。

怀远门

男，50岁。主诉：胸痛12年，胸闷气短2周。病史：患者于

12年前无明显诱因突发胸痛，伴有后背部及左上肢疼痛，无麻木感，无气短，就诊于某医院，诊断为冠心病心肌梗死并植入支架3枚。此后上述症状好转，无发作。近2周来，患者出现胸闷气短，活动后有胸痛，夜间有憋醒，不能平卧，活动耐力减低，今为求进一步诊治入我院。

既往史：高血压10余年，最高170/100mmHg，平素口服依那普利降压，血压控制在120/80mmHg。糖尿病20余年，平素口服二甲双胍加皮下注射胰岛素控制血糖，血糖控制不佳。

心彩超：左室舒末容积186mL，左室缩末容积114mL，每搏量72mL。

射血分数：39%。

这是四个男人中射血分数最高的，也是手术过程最为顺利的一个。怀远门是登高望远之处，这一站的乘客有的疲惫，有的焦虑。对于50岁的男人来说，不是反复发作的疾病，不会轻易就医，胸痛，夜间有憋醒，不能平卧，活动耐力减低，实在没有选择才会躺在手术台上。我甚至已经忘记了他的长相，一如每天匆匆擦肩而过的乘客，但是印象中入室以后十分平静，从他平静的面孔上，仿佛能够看到一颗强大的心脏，在脱泵卷心菜手术中没有太多的惊险过程，术后第二天脱机，匆匆赶往下一站。

中　街

男，51岁。主诉：心前区疼痛伴大汗13年，加重3个月。

244

现病史：患者于 2006 年因剧烈运动突发心前区疼痛，当地医院诊断为冠脉痉挛，对症治疗后出院；2009 年，患者晨起后突发心前区疼痛，伴大汗，持续且不缓解，当地医院诊断为急性心肌梗死，急诊行 PCI，植入支架 2 枚；其后患者偶有心前区疼痛症状，休息可缓解，未系统治疗且不规律服药；3 个月前，自觉症状频繁且加重，伴活动耐量降低。冠脉造影示：冠脉多支多处狭窄。

既往史：高血压病 10 余年，最高 150/120mmHg，目前未系统服药，血压控制可。

初步诊断：冠心病、不稳定心绞痛、PCI 术后、心脏瓣膜病、二尖瓣反流（中度）、心功能不全（Ⅲ级）、高血压 3 级（很高危）。

射血分数：34%。

壮硕的中年男人，因为是本院职工的亲属，所以手术当天一如中街一样热闹，人来人往，关照有加，但是所有人还是捏了一把汗，毕竟射血分数很低，一旦出现紧急情况，让家属看着抢救，想想都是一件极其尴尬的事情。还好，体外循环下完成手术，对麻醉医生的要求不是特别高，术后顺利。小插曲是术后突发房颤，在监护室住了几天才痊愈。

东中街

男，57 岁，以"胸闷、胸痛 1 年余，加重 3 天"为主诉入院。

患者于1年前劳累后出现胸痛，无后背部疼痛，有左上肢麻木感，休息数分钟后自行缓解，就诊于我院急诊，具体治疗不详，症状好转后出院。2个月前再次出现上述症状，就诊于某医院，具体治疗不详，效果不佳，3天前上述症状再次加重，自服硝酸甘油、丹参滴丸后症状缓解，今为求进一步诊治入我院。病来无视物模糊，无头晕、头痛，无发热、寒战，无咳嗽、咳痰，无腹痛、腹泻，无尿频、尿急及尿痛，无双下肢水肿，无夜间憋醒，饮食及睡眠可，精神及体力可，二便正常，近期体重无明显改变。

糖尿病病史20余年。

射血分数：30%。

患者冠状动脉搭桥术后第二天，二次开胸止血术后第一天，IABP置入术后接班时，患者经面罩持续吸氧中，氧流量5L/min，神清，末梢暖，四肢肌力正常。血气：氧分压163mmHg，二氧化碳分压34mmHg，乳酸0.9mmol/L，血钾4.2mmol/L。心电监护仪示：心率94次/分，血压128/58mmHg，末梢氧饱和度100%。现经呼吸机辅助通气中。22时15分，患者突发房颤，最快心率为126次/分，并伴有血压下降，血压最低99/52mmHg（股动脉血压），请示上级医师，给予可达龙冲击量（75mL/h，20min，同时连接心脏起搏器，起搏60次/分），未复律，心率波动于120次/分左右，同时给予白蛋白扩容、调整血管活性药物剂量（多巴胺由3ug/min/kg调至5ug/min/kg，正肾由3ug/min/kg调至5ug/min/kg），血压维持于（104~107）/（57~60）mmHg。23时12分，患者于饮水后突发室颤，意识不清，予以紧急胸外心脏按压，150J非同步电复律，心律转复，为窦性心律，心率88次/分；23时30分，再次出现房颤，最快心率102次/分，予以可达龙持续静泵控制心律。凌晨4时09分，再次出现室颤，予以紧急胸外心脏按压，150J非同步电复律，心律转复，为窦性心律，血压146/68mmHg。考虑患者目前不能除外心脏电风暴，随时有血压再次降低的可能，出现灌注不足等风险，予以置入IABP，过程顺利，反搏压为101mmHg。联系麻醉科紧急气管插管，插管后仍多次出现室颤，均予以紧急除颤，复律成功。现心电监护示心率60次/分，窦性心律，脉搏血氧饱和度100%，血压145/44mmHg，中心静脉压13cmH$_2$O，末梢氧饱和度100%。血气分析：氧分压123mmHg，二氧化碳分压22mmHg，乳酸1.7mmol/L，血钾4.4mmol/L。持续可达龙、爱络静泵控制心律/心率，患者目前病情危重，密切观察病情变化。

射血分数最低的，还好，结局不错，最后安全搬出监护室，off-pump CABG，手术过程还是很顺利，但是预后一波三折，上车的时候就写着两个字"很重"。匆匆消失在下车的人群中，虽然下车了，外套上一大串的英文，翻译过来是"依然很重"。

滂江街

男，36岁。主诉：以"心前区疼痛5个月，加重1个月"为主诉入院。

现病史：于5个月前劳累后出现胸痛，无后背部疼痛及左上肢麻木感，无气短，休息后自行缓解，未系统诊治。此后上述症状反复发作，多由劳累及情绪激动诱发，休息数分钟可缓解。近1个月来上述症状明显加重，发作较前频繁，疼痛性质较前剧烈，持续时间较前延长，活动耐力减低，休息后无明显好转。今为求进一步诊治入我院。病来无视物模糊，无头晕、头痛，无发热、寒战，无咳嗽、咳痰，无胸闷及气短，无恶心及呕吐，无腹痛、腹泻，无尿频、尿急及尿痛，无双下肢水肿，无夜间憋醒，饮食及睡眠可，精神及体力佳，二便正常，近期体重无明显改变。

射血分数：31%。

患者目前诊断为冠心病，不稳定心绞痛，为行冠脉搭桥、ECMO置入术、IABP置入术术后第一天。现呼吸机辅助通气中；中等剂量正负肾辅助循环，IABP反搏压115mmHg，患者术前心彩超及床旁超声提示心功能极差，术后患者心功能未见明显改善，循环不稳定，持续IABP、ECMO维持循环中，血压维持尚可，术后行床旁超声及结合患者目前相关指标，目前心功能极差，不能除外IABP及ECMO长期应用。

术后第五天，深夜23时患者突发室颤，给予心外按压后，150J非同步电除颤后复律，23时15分，患者再次室颤，150J非同步电除颤不能转律，给予心外按压，暂停鼻饲，给予可达龙150mg静推，利多100mg静推，重曹静点纠正酸中毒，调整ECMO流量至5.3L/min，增加ECMO通气量及氧流量。床旁彩超见心室颤动，未见心包积液。给予临时起搏器应用，增加血管活性药物用量，间断给予肾上腺素、多巴胺、去甲肾上腺素静脉推注，再次增加 ECMO 流量至 6L/min。持续胸外按压，间断多次 200J 非同步电除颤不能复律，气管插管内可吸出大量粉红色泡沫痰。后酸中毒逐渐纠正，0 时 17 分心律仍为持续心室颤动，向患者家属交代病情后患者家属要求停用一切药物及机械辅助设备，患者于 2 时 05 分临床死亡。

最后一站：黎明广场。

灵魂藏在血液里

刘春花的绿色手术申请单从电脑屏幕上弹出时，我并没有过分地留意，经典的CABG手术，如果说稍微有些停顿的话，是她的年龄，76岁，这个对于CABG手术来说，还是有挑战的。顺着手术通知单往后慢慢拉出来，体重35kg，我有些怀疑，调出体温单，体重确实是35kg。高龄、女患、瘦小，这些都是CABG术中室颤和术后30天高死亡率的危险因素。记忆又像手术通知单一样，拉回到12年前。

齐夏操，女，68岁，身高154cm，体重记忆模糊了。那是2008年，我当完总住院，进心脏麻醉组后第一例CABG手术麻醉，没有助手，从麻醉诱导结束到中午吃饭，我的麻醉记录单一个字都没来得及写。想想这两个小时我都经历了些什么，以致多年以后我还重复的梦境，就是CABG手术中间患者突然醒了，自己拔出气管导管，怒视着术者和自己敞开的胸腔。

2018年，刘春花开始无明显诱因出现心前区刺痛，休息1到

2分钟缓解，未系统诊治。此后上述症状反复发作，并伴有后背部酸胀感疼痛，双上肢麻木感，无气短，休息数分钟后自行缓解。

2周来上述症状加重，发作较前频繁，疼痛性质较前剧烈，有濒死感，持续时间较前延长，活动耐力减低，服用硝酸酯类药物约20分钟可缓解，于当地医院对症治疗，冠状动脉造影检查示"三支病变"（具体不详），未行介入治疗。今为进一步诊治就诊我院。住在深山里的刘春花，如果不是濒死感反复发作，是不会答应儿子进城看病的。

入院检查后，转入心脏外科，拟行CABG手术。

术前凌晨3时，刘春花濒死感加重，心电图提示短阵房速，频发室早二、三联律，对症治疗后，向患者家属交代病情极危重。

刘春花早7时30分入室以后反而十分平静了，也许是凌晨开始的折腾，已经让她筋疲力尽了，也许是对症的药物起效了。对于我的提问，她很淡漠，她淡漠的表情让我更加莫名地紧张。因为我知道，她是把所有生的希望都托付给8号OR了。我和麻醉助手对视了一下，示意助手去交代病情，助手很坦然地要求我出场，助手的坦然让我明确地接受事实，这是一场硬仗。

穿刺，给药，诱导，喷喉，插管，再穿刺，每天重复的节奏，并没有因为刘春花的病情危重而带来丝毫的阻碍，但是，我知道，危机四伏。

术者出场时，ST段开始深深地压低，我知道，刘春花等得有些不耐烦了。前降搭桥开通以后，ST段几分钟就恢复了，8号OR的气氛马上轻松了许多，主动脉半夹闭，开始吻合血管近心端，ST段完全正常了。还有3个远端吻合：第1个还可以，ST段开始压低；第2个，ST段已经深深地压低了，血压开始难以维持，心脏放平，患者、术者、麻醉、灌注师、护士都在等待，ST段稍微恢复；第3个吻合刚刚开始，扭曲的心脏越跳越慢，可以清晰地看到局部心肌开始变得暗红、青紫，血压持续走低，对药物没有反应，全量肝素，紧急建立体外循环，转机。

术者在紧急建立体外循环时大喊："腔房管，快递给我腔房管！"

并行以后几分钟吻合就结束了，又休息几分钟，ST段好转，停机，8号OR恢复了往日的欢快气氛。

术后第一天下午，我到病房随访，刘春花半卧位坐在病床上，脸色苍白，但是神情淡然，一如刚刚进手术一样，仿佛发生的一切都在她的意料之中。

"您老恢复得挺快，昨天我们抢救了。"

"我知道。"她说。

"别开玩笑，全程BIS都是在30左右，麻醉效果很好，我们有记录。"

"BIS是什么我不知道，但是11点左右递的腔房管。"她说。

"您知道什么是腔房管？"

"不知道，但是我看见你们抢救了，谢谢你们，时间是11点05分，我还看了看墙上的时间。"

"您麻醉醒啦？"我紧张地问。

"没有，但不知怎么的，我看见你们了。"

管床医生开始联系神经内科和心理科会诊了，高龄患者最常见的术后谵妄。

我没有坐电梯，沿着楼梯从十三楼慢慢下到三楼麻醉科生活区，我宁愿相信：人如果有灵魂，麻醉以后离自己的灵魂最近，灵魂藏在她的血液里。

Angelina（安吉丽娜）

　　6时29分准时点燃发动机，预设好的循环播放仿佛响彻整个地下二层停车场，像一天的战斗号角一样唤醒慵懒的肉体并安抚一直警觉的灵魂，和着节拍给油，车头扬起，慢慢爬到地下一层，正好是乐曲的间奏，放慢车速，大部分时间左右空无一人，掉头，乐曲节奏明快，加大油，冲出地面。春分以后才能看见阳光，刚刚过冬至的话，看到的是漆黑的夜和寂寥的路灯，仿佛世界是安静而平和的。但是我心里清楚，61分钟后，会有一个"发动机"坏掉的病体等待麻醉，21分钟的车程，车熄火时到底3分17秒的单曲能够循环到什么地方，每天都不一样；但是我知道，我的任务是做手术室里最轻盈和优雅的舞者，让坏掉的"发动机"和着内心的Angelina共舞，从不熄火。

　　12月12日，8时16分。

　　女患，50岁，农民，2020年6月起反复发热，体温最高达39℃，伴咳嗽、咳痰，痰带血丝，尿少，尿呈深茶色，8月于当地医院治疗，诊断为肺炎、双肾结石、贫血、动脉导管未闭。出院后反复发热，11月起发现痰呈粉红色，11月下旬症状加重，出现气短、大汗，于当地医院住院治疗，发现肺部积液、胸腔积液、双下肢水肿，为求进一步治疗收入心脏外科。2020年12月12日夜间睡眠中憋醒，呼吸困难，不能平卧，坐位不能缓解。起病以来，体重下降5kg，近1个月尿量减少，大便无明显变化。

我一直坚信，中国人的隐忍程度是排在世界前列的，尤其是对疾病的隐忍，每一部现病史都是一部隐忍史，只有真正体会到濒死感的患者才会同意躺在手术台上，任由医生摆布自己的肉体。因此，每个参与其中的医生，也都应该理解、体贴、尊重和全力以赴，因为病患是走投无路才选择就医的。

12月13日，11时23分。

目前诊断：感染性心内膜炎，主动脉瓣关闭不全（重度），二尖瓣关闭不全（轻度），升主动脉增宽，先心病：动脉导管未闭，急性左心衰，心功能不全，心功能Ⅳ级，心包积液（少量），双侧胸腔积液。患者自述气短，查体：端坐呼吸，不能平卧，表情痛苦，持续双鼻道吸氧中，呼吸深快，R35次/分，双肺可闻及湿罗音，心率137次/分，血压137/60mmHg，末梢氧饱和度96%，心前区可闻及持续粗糙杂音，双下肢水肿。床旁超声提示：心包积液，左心大，双侧胸腔积液。患者为急性左心衰，病情危重，紧急转入重症监护室，向家属交代病情，随时可能出现病情恶化，必要时需气管插管等抢救措施。对症给予强心、利尿治疗，备呼吸机。密切关注病情变化。

12月13日，14时34分。

经过对症利尿、强心等治疗后，患者循环状态略有好转，但患者仍有气短。现端坐位。现心电监护：心率112次/分，血压129/59mmHg，脉搏血氧饱和度95%，呼吸45次/分。密切关注病情变化，必要时气管插管治疗。

12月13日，23时22分。

目前诊断：感染性心内膜炎，主动脉瓣关闭不全（重度），二尖瓣关闭不全（轻度），升主动脉增宽，先心病：动脉导管未闭，急性左心衰，心功能不全，心功能Ⅳ级，心包积液（少量），双侧胸腔积液。患者当前为急性左心衰发作，持续气短，端坐呼吸，给予利尿等对症治疗不能缓解，当前循环状态不稳定，请示上级医生后决定进行气管插管。

12月13日，23时43分。

因心衰、呼吸困难需行抢救气管插管。插管前生命体征：血压90/50mmHg，脉搏血氧饱和度90%。经静脉予罗库溴铵100mg iv，依托咪酯10mg iv，经口可视喉镜下行气管插管，深度21cm，接呼吸球辅助通气，听诊双肺呼吸音对称，接呼吸机辅助通气。插管后生命体征，血压88/45mmHg，脉搏血氧饱和度100%。可见粉红色泡沫痰经气管导管呼出，病情变化随诊。

12月13日，23时48分。

因心衰，需静注血管活性药物，需行中心静脉穿刺置管。患者全麻气管插管后，呼吸机辅助治疗中。在B超引导下行右颈内静脉穿刺置管，置入进口抗感染三腔中心静脉导管，肝素盐水封管，缝合固定，超声下确定中心静脉导管位置确切，穿刺经过顺利。病情变化随诊。

12月13日，23时53分。

因心衰，需监测有创动脉压，需行桡动脉穿刺置管。患者全麻气管插管后，呼吸机辅助治疗中。在B超引导下行左桡动脉穿刺置管，穿刺经过顺利，连接动脉压监测换能器。病情变化随诊。

12月14日，7时04分。

目前诊断：感染性心内膜炎、主动脉瓣关闭不全（重度）、二尖瓣关闭不全（轻度）、升主动脉增宽、先心病：动脉导管未闭、急性左心衰、心功能不全、心功能IV级、心包积液（少量）、双侧胸腔积液。今日入院第3天。患者目前神志清、末梢凉，四肢肌力可。患者昨日夜间持续气短，端坐呼吸，循环不稳定，请示上级医生后行气管插管。夜间呼吸机辅助呼吸，给予涨肺、吸痰，痰呈粉红色泡沫痰，给予正肾、副肾、多巴胺静脉泵入辅助循环、利尿、抗炎、利尿补钾、补充白蛋白等对症治疗。

12月17日，7时11分。

目前诊断：感染性心内膜炎、主动脉瓣关闭不全（重度）、二尖瓣关闭不全（轻度）、升主动脉增宽、先心病：动脉导管未闭、急性左心衰、心功能不全、心功能IV级、心包积液（少量）、双侧胸腔积液。患者神清，末梢温，呼吸机辅助通气，小剂量正肾、副肾、多巴酚丁胺静脉泵入辅助循环。患者前几日出现急性左心衰，目前给予强心、利尿、吸氧等治疗。尿量60~150mL/h，

24小时液体量1300mL。现心电监护：心率113次/分，窦性心律，脉搏血氧饱和度100%，血压122/37mmHg。血气分析：氧分压228mmHg，二氧化碳分压42mmHg，乳酸1.2mmol/L。密切观察病情变化。

12月28日，7时25分。

拟行主动脉瓣机械瓣膜置换术、动脉导管结扎术。

12月28日，7时30分。

"Angelina."

12月28日，17时04分。

患者清醒状态平车入手术室，全麻，留置左侧桡动脉，左侧股动脉、中心静脉置管，留置导尿。肩胛垫高，常规消毒铺巾。取胸骨正中切口，逐层开胸，切口渗血明显，切开心包，可吸出大量淡黄色心包积液。换瓣后，逐层关胸，术毕，心率80次/分，起搏心律，血压100/60mmHg，TEE提示主动脉瓣启闭良好，无瓣周漏，跨瓣速度1.8m/s，峰压差13mmHg；二尖瓣无反流，对合高度7.5mm，跨瓣速度0.88m/s；动脉导管无残余分流；带气管插管返回心外监护室，注意循环情况，神志、四肢活动及尿量情况，密切注意患者病情变化。

12月28日，18时36分。

"Angelina."

换纱布不

最为迷恋的声音还是在某次手术中的最后一个吻合。术者轻轻半直立起，五十分钟前还是随时可能发生心肌梗死的心脏，随着冠脉血运的再通，各部分心肌各司其职，悠闲而懒散地工作起来，由于流出道的轻微梗阻，血压会稍微降低。接下来，是对术者和麻醉质量的综合考评，如果一切完美，一颗心脏即将康复，运动的心室壁和固定器洗盘若即若离地贴合，和着坦诚而激昂的心率，演奏出来的乐章悠长而曼妙，是重生的号角和对新生活的礼赞。当然，这预示着我可以安心吃口午饭，这是脱泵卷心菜手术麻醉声音的阴翳之美。

"换纱布不？"声音尖锐而高亢，提示所有的工作都应该停下来。回答她换还是不换，这是一个问题，给个准信儿，我好继续下一个手术间。手术间自动门开启的瞬间，你就可以听到："换纱布不？"

最为担心的景象还是在大血管手术最后一个步骤——注射生

物胶后关胸，突然血压骤降，静脉推注任何药物，持续走低的血压没有任何起色，因为手术十分顺利，TEE早就泡在消毒液里，静静地等待进入第二天手术患者的食管。我提示主治医生，再加大各种抢救药物的剂量，不管是什么原因，先把血压提上来，不然接下来的节奏就是室颤，循环崩溃，整天的手术功亏一篑。还是应该把TEE重新下进去，紧接着就可以看到非常活跃的四腔心、瓣膜、心室壁都没有问题，心脏收缩有力，容量略显不足，加之刚刚注射生物胶，还是怀疑是过敏，加大肾上腺素的剂量，血压回升，渡过难关。不用加更久的班，手术间的气氛轻松起来，有人开始开玩笑了。

"换纱布不？"声音尖锐而高亢，提示所有的工作都应该停下来。回答她换还是不换，这是一个问题，给个准信儿，我好继续下一个手术间。手术间自动门开启的瞬间，你就可以听到："换纱布不？"

最为紧张的时刻还是第一例左心辅助装置（LVAD）置入术的麻醉诱导。2011年，在UCLA参观心脏移植手术时，我看到被推进手术室里的安装了LVAD的患者，胸前已经有一个正中的切口，我好奇地问术者患者是供体还是受体。术者不屑地回答当然是受体。现在想想，实在是见识浅薄，轮到自己做第一例LVAD患者的麻醉，还是非常激动，毕竟已经十年过去了。同样还是十分紧张，因为在 Free Solo 里提到的36岁男患，也是缺血性心肌病，EF36%，彼时还没有LVAD可以用，所以只能选择CABG手术，麻醉诱导以后心跳骤停。这次接手的第一例LVAD男患，36

岁，缺血性心肌病，射血分数 28%。所有的有创监测都完成以后，我注视着 15 号手术间宽大的显示器，深吸一口气，准备麻醉诱导，最为紧张的时刻就要来临。来，我们一起睡觉了。

"换纱布不？"声音尖锐而高亢，提示所有的工作都应该停下来。手术间自动门开启的瞬间，你就可以听到："换纱布不？"

最为尴尬的场景还是劝说患者接受硬膜外镇痛后被拒绝。北大一院的研究团队已经证实了大部分麻醉医生的猜想，全麻复合硬膜外对患者是非常好的麻醉方案，当然，是麻醉医生认为非常好的方案，完全是从科学的角度。但是患者是一个鲜活的独特个体，你永远不知道他在躺到你的手术间的手术台上之前经历了什么，努力地倾听患者的诉求比技术重要。面对接受胰十二指肠切除术的 56 岁患者，我介绍了硬膜外置管加术后硬膜外镇痛和单次腹直肌鞘加术后静脉镇痛的优缺点，当然也提到了最新的研究结果和我的倾向，患者非常委婉地拒绝了。理由：1.不想后背上再多一个洞；2.不想麻烦麻醉医生再担风险多一个操作。当时的感觉是，患者还是比较倔强。还好，第二个患者，76 岁，胰体尾切除术，欣然接受我的方案。全麻复合硬膜外，是目前科学证明最好的麻醉方法，硬膜外置管虽然艰难，但是效果不错，患者苏醒良好，非常满足我的"完美麻醉"心理。第二天，APS 的美小护反馈：第一个患者按压 1 次，对镇痛非常满意；第二个患者因为半夜低血压，停止应用镇疼泵，第二天下午硬膜外导管因为异物感，拔除了。我们正在交流，手术间的门开了：

"换纱布不？"

来，我们一起睡觉了

刚进 UCLA 手术中心的手术间，紧紧跟在威克多身边，仔细观察老师的每一个麻醉细节。入手术室前的宣教，除了不准拍照以外，印象最深的是 "No patient care."（不必参与患者监护。）接触时间长了，渐渐领会，美国对于各种角色的准入制度特别严格，没有行医执照，哪怕患者死在你面前，作为访问学者你把他救过来，也是有罪的。后来要走了，对新来的中国学者，我都会宣教，"No patient touch."（不要接触患者），远远地看着就好。但是每次威克多麻醉诱导的时候说的 "Deep breath in and out."（请深呼吸），还是给我留下了极为深刻的印象，他的语速和语调犹如催眠曲，对患者每每平稳诱导，不管是白皮肤、黑皮肤还是黄皮肤，睡相安详而平静。我时常想，回国以后，我该如何做才是真正的 patient care（患者监护），诱导的时候，我又应该说些什么才能让躺在手术台的肉体得以平静，灵魂得以安详？

晚班到 21 时，还有一台整形科面骨骨折手术刚刚接来，患者、术者、一线麻醉医生，都在等待一个可以停掉手术的借口。双下肢骨折合并面骨骨折的 16 岁男患，在走廊里等待时，突然开始浑身战栗，大汗淋漓。大家开始犹豫，做还是不做？真正的患者监护的机会来临，我详细问病史得知，孩子是因为下午妈妈给用了开塞露，进手术室后开塞露起效，他想控制住，但是实在控制不住了，又担心因为自己污染了病床，没法进行手术。我了解了原因，安慰了他几句，让他放心，即便是在走廊上搞得满床都是，我们也会照常手术的，因为我仿佛看到了跟我认错的自己儿子的表情。

处理好手术床，马上就要麻醉诱导了，小伙子因为贫血而苍白的脸色丝毫没有改变，慢声细语地说："你戴着口罩，只露着眼睛，挺帅的！"

在场的人员突然安静了，大家都屏住呼吸，看看我是如何应变这个麻醉诱导前的突发情况。我因为疲劳而苍白的脸色居然微微泛红，紧张地说："来，我们一起睡觉了。"

在沈阳很难碰到眼神跟塔城人一样清澈的家属。女患，52 岁，常年在田间地头劳作，春节前出现胸闷气短，详细检查以后发现是二尖瓣关闭不全。丈夫同样是面朝黄土背朝天的劳动人民，签字交代病情，丈夫并没有像城里人一样表示出焦虑，而是会心地笑了，对我说："大夫，你说的东西我都听不懂，我信任您，拜托了。"然后深深鞠躬。

回到手术间，有创动脉已经完成，我担心患者紧张，安慰说："已经没有再疼的操作了，麻醉药物一分钟左右就可以起效，放轻松，好好喘气，来，我们一起睡觉了。"

8号的巡回护士，每每听到我的麻醉前宣教，都会嘲笑："谭大夫每次碰到女患者，都会情深意切地说，'来，我们一起睡觉了'。"每次听到她跟其他巡回护士提起，我因为疲劳而苍白的脸色都微微泛红，其实，我想说的是："Deep breath in and out."（请深呼吸。）

时间斗转星移，岁月不停变迁，我们在手术间每天摆渡不一样的患者，默默许下诺言：高兴也好，烦恼也罢，每天即使加班也心情愉快，这一世，争取不要落到彼此的手中。每年体检都会有同事发现这样或者那样的问题，落到自己同事手中，大家自然格外关照。

那天早上患者接得特别早，一线麻醉医生早早检查好麻醉机，抽好麻醉诱导药物，静静等待着。我估计术者差不多可能快要出现的时候，推开围得水泄不通的人群，微笑着站在8号巡回护士的手术床边，坚定地说："来，我们一起睡觉了。"

沉香屑　三炉香

请您寻出家传的霉绿斑斓的铜香炉，点上三炷香，听我说完手术室里一周的故事。您这三炷香点完了，我的故事也就讲完了。

周一　第一炉香　TAVI

男患，60 岁，2 个月前出现腹胀，伴返酸、嗳气，无腹痛，无恶心、呕吐，无寒战、高热。2021 年 9 月 8 日，患者于某地医科大学附属第一医院行彩超提示"肝外胆道梗阻、肝内胆管不规则扩张、胆囊增大"。9 月 16 日于北京某医院行超声提示"肝大、胆囊增大、肝内外胆管增宽、脾大"，行 PET/CT 提示"胆总管胰上段代谢增高结节，恶性病变可能大"，均未住院治疗。10 月 9 日于北京某医院行增强 CT 及 MRI 平扫提示"胆总管占位，考虑胆管癌，继发肝内外胆管扩张，胆囊增大"，行保守治疗 3 天后无缓解出院。患者为求进一步诊治来我院。患者病来精神状态可，睡眠一般，低脂饮食，二便正常，近2个月体重减轻约7.5kg。查体可于肋下触及肿大胆囊，无压痛，其余无明显异常。

患者检查结果回报：经胸心脏三维超声及左心室收缩、舒张功能测定，LVEF58%，主动脉瓣狭窄（重度），二叶式畸形，升主动脉—弓部增宽，左室心尖段前壁心肌轻度变薄，运动减低，左室心肌肥厚，左房大左室舒张功能减低（I~II级），静息状态下左室整体收缩功能正常。

冠状动脉：主动脉瓣内可见多发不规则高密度影。左侧冠状动脉开口位置较高且靠后，左主干及左前降支近段可见多发偏心性混合斑块及非钙化斑块影，管腔不同程度狭窄，局部重度狭窄，约95%以上，中段局部穿行于心肌内，血管明显变细，以远血管见局限性钙化斑块影，管腔遮蔽。第一对角支，见偏心性混合斑块及钙化斑块，局部管腔重度狭窄。左回旋支近、中段，见多发混合斑块及钙化斑块，管腔轻度狭窄，以远血管及其分支未见钙化或斑块形成。右侧冠状动脉可见多发偏心性混合斑块及钙化斑块，管腔重度狭窄，局部管腔遮蔽。

目前诊断：主动脉瓣重度狭窄冠心病，稳定性心绞痛，胆总管占位病变。

到底是做胆管手术，还是做外科主动脉瓣手术，还是做TAVI？是同期做？先做哪个手术更好？

什么方案能让患者有尊严、舒适地活得更长？目前临床研究并不能提供满意的答案，虽然《柳叶刀》和《美国医学会杂志》的循证医学证据每天铺天盖地地袭来，但是临床研究的结果永远落后于患者病情变化的速度，没有答案，没有参考。每一个患者的病情都是全新的。做医生最有意思的地方就是，一群人在一起如果讨论出一个自以为目前能够解救患者于危难的方案，然后实施，然后患者真的得救了，这种满足感或许才是支撑中国医生默默行医的职业操守，比金钱，比在《美国医学会杂志》上发论文还要能够带来更为持久的快乐。当然，如果患者得救了，还能把病例在《柳叶刀》上发表，那就其乐无穷了。

方案是先做TAVI，择期再做胆管手术。

开始都还平铺直叙，一直到马上就要球囊扩张的时候，血压开始走低，ST深深地压低，其实一切都还没有开始，死神已经开始张牙舞爪地在5导上空虎视眈眈地望着所有人：你们自以为是的方案错了，让我带他走吧。

"不要给强心药物，赶紧诱发快速心率。"我焦急地喊，冲着天空。

诱发快速心率180次/分，球扩，球扩以后，血压64/34mmHg，没有窦性心律，EtCO$_2$：18，术者开始胸外按压，麻醉医生开始推大剂量的强心剂，术者开始放瓣，其实已经没有有效射血了，青面獠牙，风起云涌。

瓣膜释放好的瞬间，强心药物起效，恢复窦性心律，血压回升，有笑声，开始互相谩骂、讥讽，阳光普照。

后来术者握着刚刚干杯的酱香型白酒杯说，本来重度狭窄的瓣膜，在加强导丝的扭曲下，轻微关闭不全，舒张期冠脉供血减少，恰巧这个人，右冠狭窄严重，供血越来越少，离死神带走仅仅几秒。

每日香袅袅。

周三　第二炉香　LVAD

男患，62岁，自2010年起无诱因心前区疼痛，伴头晕，未系统治疗。2014年我院诊断为冠心病，持续口服中药（具体不详）治疗，症状明显缓解。2018年出现气短、黑矇等症状，烟台市烟台山医院诊断为心衰、室颤，植入单腔埋藏式心律转复除颤器（ICD）1枚。今年初ICD频繁放电，心率190次/分，黑矇，现诊断为扩张型心肌病。为求进一步手术治疗，今日入我院，自起病来饮食欠佳，睡眠较差，便秘，小便正常，近期体重无明显变化。EF：33%。

初步诊断：扩张型心肌病、慢性左心衰 ICD 术后。

术前预合的时候，我去看患者，大爷比我想象的状态要好很多，半卧位在床上悠然自得地给我讲他的病史，开始还带有丰富的表情，后来表情渐渐痛苦，说到ICD频繁放电电击室颤的心脏，大爷说太疼了，宁愿死去。

已经是第三例，我预计自己在手术前夜应该比大爷睡得要好些，因为这对大爷来说，是第一次。我第一次接到这个手术的麻醉任务时，一定比大爷睡得还要差。

手术当天一早，我刚从停车楼下来，电话就响了，问我到没到医院，大爷开始难受了。

大爷凌晨4时起床排便，ICD又放电了。

ICD在手术室已经调节成对电刀不感知模式，但是麻醉诱导如果出现室颤，还是会放电的，我并不想让大爷在睡着之前再次体会到ICD放电，但是麻醉诱导的时候，我面前一直晃动着术前预合时反复播放的大爷似跳非跳的四腔心的超声心动图。我推药的上一秒还在想：接下来不会放电吧。

大爷已经开始接受雾化治疗了。每日香袅袅。

周五　第三炉香　先天性心脏病的产妇

女患，34岁，停经9月余，胎动4月余，心慌伴胸闷气短1周。7月20日，患者无明显诱因出现心慌，不伴有呼吸困难、胸闷气短等不适，夜间可平卧，因心慌睡眠不良。于我院心内科就诊，建议口服倍他乐克1片/日。患者遵医嘱服药，治疗后心慌缓解，可进行一般体力劳动，夜间睡眠良好，可平卧。1个月后自行停药。11月1日再次出现心慌，伴有胸闷气短、呼吸困难，不伴有头晕头痛、恶心呕吐、腹痛及阴道流血流液等不适，自行于当地医院就诊，行心电图检查，未见明显异常，当地予以吸氧后症状略缓解，自行归家。患者归家后，自行口服倍他乐克1片/日，自觉症状有所缓解，但一般体力活动仍受限，夜间不能平卧，睡眠差。11月3日患者再次于我院产科门诊就诊，考虑患者病情反复，建议住院终止妊娠，今日患者入院。入院时患者无发热，自觉稍有呼吸困难，不伴有心慌，无下腹痛，无阴道流血流液。胎动良好，大于3次/小时。孕来饮食睡眠良，二便正常。

患者为先天性心脏病（房缺），于9岁时行房缺修补术，自述手术过程顺利，术后无不适，可进行一般体力活动。2009年患者出现心率降低，50~60次/分，于某医院诊断为 III 度房室传导阻滞，当时不伴有心慌、胸闷气短、呼吸困难等不适，未特殊治疗。患者于2010年自然受孕，而后心率仍波动于50~60次/分，至孕晚期，均无心慌、胸闷气短、呼吸困难等不适，于2010年6月于医院置入临时起搏器，全麻下剖娩一女活婴。自述手术过程顺利，术后无心衰、感染等并发症。2017年患者心率进一步下降为40~50次/分，于我院置入永久性起搏器。自述手术过程顺利，术后一般体力劳动不受限，无心慌、胸闷气短、呼吸困难等不适。2021年自然受孕，孕早期开始出现劳累后心慌，不伴有呼吸困难等不适，休息后症状可消失，未于专科就诊，未服用药物治疗。孕期相对平稳。10月28日起出现发作性心慌、呼吸困难、胸闷气短等不适，现入我院，要求明日终止妊娠。

哈哈，这是我删除了1000字的产科医生写的现病史，佩服佩服。

好多麻醉医生因为年轻时不愿意写现病史而从事了麻醉工作，当时年少无知，以为麻醉就是打一针就完事，连病历都不用写，结果悔恨终生。因为麻醉医生是不用写病史，但是需要负责抢救，各种抢救，术中心跳骤停的，合并冠脉狭窄的TAVI手术，临近手术心衰的左心辅助植入术，先天性心脏病的产妇，还有刚刚生出的2~3kg的新生儿。

写完这篇，新生儿和产妇应该都可以脱机了吧，每日香袅袅……

这一周的手术室故事，就在这儿结束……振宝的三炉香，也就快烧完了。

给父亲的信

给父亲的一封信

父亲大人：

　　您好！见信安。

　　昨夜沈阳惊雷四起，暴雨如注，恰逢毕业二十周年聚会，大学的朋友圈里二十年前年轻的模样已经模糊不清，我虽身在沈阳，不能参加聚会，但是许多陈年往事，就像倾盆的大雨注入流淌不息的浑河水，激起的不是涟漪，而是许多不能释怀的回忆。

　　1974 年 7 月 8 日，您作为术者完成胃大部切除手术，患者没有完全清醒，误吸窒息死亡。当时毕节专区医院刘院长出面解决纠纷，被患者家属殴打，全院停产三天。

　　1993 年 1 月 16 日，您作为术者完成颅内动脉瘤夹闭术，患者在麻醉拔管时呛咳，血压急剧上升，导致动脉瘤再次破裂，患者死在手术台上。当时医院主管副院长命令全院停止手术一天，满城风雨，您一夜之间双鬓斑白。

　　这两件事您并没有正式和我深谈过。1974 年的事情是在我出生之前发生的，但是每次您的大学同学聚会时，都会有人不经意地提起，大多数时间他们也是为了回忆您年轻的时候手技超群，虽然一毕业就南迁，但是丝毫没有影响您28岁就成为优秀的普外科术者完成各类手术。每每提到您28岁就完成胃大部切除术时，我都看到您黯然神伤，在一旁苦笑着默默吸烟。对1993年的事情，我记忆犹新，因为这件事情不仅对您的职业生涯产生了戏剧性的影响，副院长的任命件已经草拟好，因为停止手术一天造成的不良影响，被收回了。而且这件事情让我暗下决心：1994年高考，坚决不报医学院。

谁也无法抗拒命运的安排。

1999年，我本科毕业，分配到大连市第三人民医院做麻醉医生。2002年，我考取中国医科大学麻醉学专业研究生，毕业留校工作从事临床麻醉工作。

2008年5月9日，我做完总住院没有多长时间，作为夜班的领班医生负责所有急诊手术麻醉，责任与风险并存。夜班接班没有多长时间，骨科急诊二开手术，颈间盘膨出切开内固定术后出血，压迫气道，同时患者四肢麻木的症状加重，需要紧急切开探查止血。麻醉诱导后，患者通气困难，脉搏血氧饱和度报警的声音由高亢变为低沉，患者的面容由苍白变为青紫，气道压力持续走高。我遇到了麻醉医生职业生涯中最不愿意面对的尴尬境地：患者无法插管，无法通气！眼见心率走低，马上心跳骤停，三个麻醉医生已经启动紧急预案，准备环甲膜切开通气，我仔细检查了一遍麻醉机，发现是通气螺纹管路的问题，改为呼吸球辅助通气后，患者转危为安。手术结束后，在更衣室里，术者在默默地吸烟，像极了您大学同学聚会时的样子。我接过术者递过来的烟，和他一起默默地吸，然后默默地流泪。术者安慰我说："不是成功了吗？怎么哭啦？"我说："没事，想我爸了。"

2012年2月15日，我刚刚从美国留学回来半年，轮转妇科麻醉。我负责麻醉的患者是本院职工的母亲，80岁，诊断是卵巢巨大囊肿，拟行开腹探查术。患者有冠心病病史，所以当天我的所有注意力都是保证患者的血流动力学稳定。老奶奶进手术室后，心脏麻醉的功底提示我自己，建立有创动脉监测，很顺利就完成了。老奶奶说："昨天一夜未眠，肚子胀得厉害。"看看她巨大的肿瘤，如同六月怀胎，我安慰她："一会儿麻醉后可以好好睡一觉了。"老奶奶还是抱怨肚子胀。我有些不耐烦，示意助手准备麻醉诱导，镇静药物刚刚推注一半，老奶奶突然开始喷射性呕吐，原来，因巨大的肿瘤压迫，术前一天的食物全部淤积在胃肠道，常规要求的八小时禁食水时间对她是远远不够的。紧急抢救，反复吸引，气管插管，再次吸引气道，虽然抢救很及时，但是当天老奶奶还是被送到重症监护室，恢复了两天，平安出院了。

如果时光可以倒流，我可以回到1974年，仔细研究那个胃大部切除患者的病历，虽然您一直强调是反流误吸造成患者死亡，但是从麻醉医生的专业角度，我更怀疑是硬膜外麻醉复合过量的镇静药物造成的患者呼吸抑制，因为1974年县医院开展全麻的麻醉医生还是很少的；我还可以回到1993年，当然要带上现在才有的强效阿片类药物瑞芬太尼，掌握好药物剂量，患者戴着气管导管可以睁眼睛，握手，而没有呛咳。这样可能事情就会缓和。看不到您做医生受到的委屈和自责，我可能会欣然报考医学院，因为麻醉技术的进步会冰释我们父子之间的很多隔阂。

命运的指挥棒始终在我们父子的职业舞台上熠熠闪光。

1977年，您下乡到毕节大方县双山区医院做外科医生，每天做完手术，夕阳西下，术后康复的患者陪您在河边聊天喝茶。2016年，我主动申请援疆，新疆维吾尔自治区塔城地区民风淳朴，每天手术麻醉结束，我都会到小河边走走，想象着您1977年的样子，耳边是您的教诲：做医生，要解除疾病，造福患者。

最难忘的其实还是1998年5月3日，您在弥留之际，把我叫到身边，对我说："虽然爸爸知道你不愿意做医生，但是，毕业如果可以选择的话，还是做麻醉医生吧，外科医生离不开麻醉医生，麻醉工作风险高，没有人愿意从事，你是我的儿子，我希望你能勇挑重担。"

今年是我从事麻醉工作第二十年，愿您安息。

儿：文斐敬上

2019年7月24日

《给父亲的一封信》获奖以后

《给父亲的一封信》按照《柳叶刀》杂志首届威科利-伍连德征文的要求于 7 月 18 日投稿以后，我就完全投入紧张有序的日常麻醉工作中，虽然没有忘记，但是从未曾惦记。不承想，12 月 2 日接到大修的通知，要求删除文章中有关吸烟场景的内容，虽然觉得有些有趣，随笔类的文章也严格按照学术期刊的风格来，确实是我心目中的《柳叶刀》。12 月 5 日，正式接收，还是满心欢喜的，作为医务工作者，能在自己心目当中的"神刊"上发表文章，这种内心渴求是任何物质刺激都无法满足的。12 月 26 日半夜全网上线，12 月 27 日因为有择期大手术麻醉，没能够亲临颁奖现场。12 月 27 日，获奖的消息和文章开始刷屏，紧接着是中央电视台新闻频道《东方时空》《24 小时》《面对面》的采访，已经远远超出了我作为一个普通麻醉医生所能够承受的范围，毕竟还有手术麻醉等着我去安心完成，果断拒绝了凤凰卫视、《人物》杂志的采访，一并表示歉意。借用初中老师的教诲：手术对于患者和家属来说，是天大的事，你是为他们撑起这片天的人，做好本职麻醉工作！

对于平凡人的影响才是这篇文章最珍贵的地方，也是我始料未及的。

读者一：

尊敬的谭老师：

您好！幸读《给父亲的一封信》，此文于我如冬日一缕晨光，驱散心中迷雾，很受鼓舞。情之真切，每读涕零，故去信以抒心臆，不揣冒昧，望您见谅。

经历了碌碌无为的三年科研型研究生［毕业后半年，文章才接收］和处处碰壁的求职之路之后，我在去年九月到了南京口腔医院规培。［三年硕士多数时间泡在实验室，临床工作经验少，文章又出得晚，求职不顺利可能也理所当然了。］与我同级的西交毕业的同学，个别留院，少数去民营医院和诊所，多数读博，其中不乏有前往港大、北医等名校深造的优秀同学。而现在身边的同路者，多为五年本科毕业生，少数也有单位委托规培的科硕。在临床工作中，只能看指导老师的号，加上自己的经验不够，在为患者操作的过程中往往如履薄冰。两相对比，再加上规培生不多的补贴和医院里来自老师、护士的压力，属实名利双欠，自己的心态有些失衡。

山东农村的父母希望我年轻的时候多出去闯荡一

下，多吃吃苦。与女朋友的感情也慢慢稳定，两边家长也在协商结婚的事宜。虽然女朋友和她的父母在婚事上都给了很大的帮助，但是我刚够付房租的收入和现在的状况还是不敢许诺将来。

面对同辈、工作和家庭的压力，我每天都很压抑，生活也只是疲于奔命，每天都在计算着规培结束的日子。曾经立志成为全国最好的口腔修复医生，却被现实一点点蚕食着仅有的斗志。但现在，我想我应该"勇挑重担"了。

读者二：

认识您多年，之前您给我的印象一直都是笃定坚持，心里只有敬佩，却不知缘由。现下方知，您的每一步坚持，都承载着许多希冀。谢谢哥，分享了您的从医的初心以及找回初心的历程。能在当下复杂的医局中，重燃行医的热情，是彷徨的我多么需要的温暖！谢谢您的这封家书！[这是一个年轻的神经外科医生写于午夜的，估计是刚刚下手术台。]

读者三：

哥，我昨天晚上梦到老爸，二十一年梦到过三五次，昨晚最完整清晰，在长春路150号，他穿着羊毛衫，很精神，我告诉他你写的信及内容，还有你现在的情况，他突然抱着我大哭起来，然后就笑了。我们聊了好久现在的事情，感觉他没有去世，但是我心里知道他已经走了，所以最后又哭醒了。

今后，还要为每一个需要手术的患者，撑起那片天。

父亲的"情人"

十三年前父亲去世，当时想写点儿东西，题目想好了，迟迟没有动笔，不知从何说起，好像一直期待着那个人来找我，告诉我她曾经是父亲的情人。远在大洋彼岸，清明节不能给父亲扫墓，自己一个人待在洛杉矶的木屋里，可以滥情，可以流泪，可以缅怀，也算是对他老人家的一个纪念吧。

第一次对父亲有感觉是几岁已经记不清了，好像是他要出去读书，我们到火车站送他。当时的公交车就很挤，父亲抱着我，我好像面朝前坐着，因为知道他要离开一段时间，我很难过，差点儿哭了。之所以记得很清楚，是因为当时就觉得很奇怪，因为从小就主要是母亲带大，和父亲，很少亲近。所以我当时特别纳闷儿，自己为什么会难过。

也许接下来的片段是发生在他走之前，时间已经很模糊了。记得我在遵义毕节专区的县医院大院里到处跑，逢人便说："我爸考上研究生啦！"当时也不知道研究生是什么概念，就觉得母亲特别高兴，所以我就嘚嘚瑟瑟地到处宣扬去了，等到我自己考研的时候才知道他那个时代的研究生是什么概念，他们全班一共才考上七个人。

接下来的记忆几乎是空白，因为他天天忙着手术、写文章，我的学习也不用他操心，所以我们父子很少交流。但是他对我的影响却很大，我自己暗暗下决心，将来一定不做医生。

高考是我们父子关系的转折点。其实不过是早先埋下的种子发芽了。父母的意见一致，报医学院，子承父业，天经地义。因为小时候学过画画，所以我坚持要学建筑学。最后达成一致的意见是必须报大连医学院，其他的可以随便我报。但是到了交志愿的时候，我反悔了，我甚至连大连医学院也不想报，虽然我很有把握自己不至于成绩差到上不了重点线，但是我实在是不想学医，不因为别的，我就觉得他活得太辛苦。但是我反悔的时候跟父亲商量，他借口手术忙，没有来，是让母亲决定的。后来我高考发挥失常，如父母愿，还是进了大连医学院。父亲知道我记恨他，后来对我说当时没见我，是因为知道自己说服不了我。但我从此走上了远离父母的道路，活在自己的世界里。想到今天我已经是一名很负责任的医生，不知道是母亲更了解我，还是造化太会弄人。

上大学后我就很少回家了。后来父亲找辅导员跟我谈，是不是能够定期回家看看，也不远，就二十分钟的路。为了避免和他们过多接触，我决定在周一晚上回家吃晚饭。后来听母亲说，父亲那个时候每周都要推掉周一的应酬，特意在家等我，但我始终无法释怀。还记得有一次，我周一回去，吃完晚饭就匆匆要走，父母还没反应过来，我已经穿好衣服了。父亲穿着衬衣追出来，叮嘱我在学校好好吃饭，我答应了一声，头也没回就骑车走了。等到骑车下了一个大坡，我放慢速度，回头看看，父亲还站在寒风中目送着我，骑车拐了个弯，我就忍不住哭了。

后来我们的交流越来越少，彼此的消息通过妹妹传达。因为对医学知识的抵触，我就到处投稿、演讲。有一篇文章在广播电台广播了，妹妹录下来拿给父亲听，父亲听完说："一事无成。"我们父子从此就像陌路。我开始蓄起了长发，吸烟，想尽一切办法迎合他的论断。记得当时演讲很出色，但每次出场时，我最反感的就是看到辅导员跟来的领导窃窃私语，我知道他们一定是在说这是谁谁的儿子。但是最让我痛快的是领导们看到我的形象后吃惊的样子，意思是说，这怎么会是那谁谁的儿子。但当他们听完我的演讲，我又看到他们吃惊后转为平复的样子，一定在嘀咕，这应该是那谁谁的儿子。也是后来父亲去世后我才知道，他拿着我的文章，给同事看，得意地告诉人家，那个名字是他儿子的笔名。

虽然我的医学成绩不出色，但英语一直没丢下，当时的想法是跨专业考研也要考英语的。当父亲得知我英语过六级时，很是高兴，特意约了母亲到星海公园的海边走走，他们已经好长时间没有这么高兴过了。当时父亲的想法是，接着考医学院的研究生应该问题不大了。

等到大三见习时，因为自己的动手能力比较强，得到老师的好评，渐渐地不太抵触医学了，我甚至想好了，趁哪个周末父亲在家，我和他下两盘棋，跟他请教请教医学知识。但那个周一母亲告诉我，第二天父亲要住院检查他腰疼的老毛病。第三天结果就出来了，肝癌骨转移，晚得不能再晚的绝症。我到医院看他了，始终也没提下棋的事，一直到他去世，一直到我每次清明给他扫墓，一直到今天，我都没有机会跟他说。

父亲去世后，家道中落，我本科毕业后到国外学电影的计划成了泡影，紧接着失恋，工作不如意，虽然我从来也没有想过父亲在世我会找到好工作，但是那个时候我意识到，他活着，我的人生会不一样。

接下来，我们父子的交流好像比他活着的时候还要多。每每在梦中遇到他，我一面和他聊天，一面自己纳闷儿：不是说癌症晚期了吗？父亲怎么会好好得跟没事似的，是不是搞错啦？梦醒以后，无比惆怅。

好在我很喜欢麻醉专业，渐渐上手，考研，留校，考博，留学。虽然每一步好像跟父亲都没有什么关系，但他去世以后，我开始喜欢他以前穿的衬衫的颜色，开始爱吃他最钟爱的食物，开始认为男人更应该学习一门技术，甚至开始像他一样渐渐驼背。毕业以后结婚，我强烈地想要一个男孩子，因为我知道，只有儿子才能最了解他的父亲，继承他的父亲。上苍眷顾，我有了自己的儿子。

父亲年轻时很帅，后来事业有成，大腹便便，为人风趣幽默，谈吐犹如洪钟，没有任何不良嗜好。当我渐渐长大，开始享受生活时，我突然有一种奇怪的想法：如果有一天，有一个优雅的女人跑来找我，告诉我她曾经是父亲的情人，他们曾经有过一段不为人知的过往，那该有多好。那样我就觉得不用那么敬重他，不用那么想念他，知道他的人生除了辛苦还有享受，除了事业还有很多故事。

到了加利福尼亚州，洛杉矶，我做研究的办公室离电影系不远，但我一次也没去过。有一次在梦里见到父亲，他说，这么近，多好的机会，不如改学电影吧。我正言，都多大了，再说，我很喜欢做麻醉医生的，麻醉也是一门艺术。我们父子终于在梦里释怀了。

2011 年 4 月 3 日

3127 普渡大道，洛杉矶，加利福尼亚州

电影、女人和菜市场

父亲大人：

　　非常遗憾，在你有生之年我还是一个叛逆的少年，从未深谈，更不要说通信。时间是一剂良药，可以洗刷一切伪悲伤和假情怀，在你逝去的二十年里，我渐渐忘记了你的一切音容笑貌，我慢慢活成了你年轻时候的模样。之所以没有选在清明节写信，是因为我已经长成独立的男人，知道悲伤是换不来咖啡和河景房的；又没有在父亲节写信，是因为实在太忙，我儿子也没有祝福我"父亲节快乐"，但是他过的是有父亲的父亲节。我坚信能够让你没有任何顾虑的事情一定是你看到我生活得很忙很快乐，所以我们交流的内容就是我都忙了些什么，是不是比你年轻时候还快乐。

电　影

　　整个人类的电影史一百二十年多一点儿，远远没有麻醉历史的一百七十年长，但是电影对现代人的影响已经远远超过了它本身承载的娱乐功能。1988年，我13岁，你带我看的《红高粱》。出了电影院，我对姜文颠轿子的桥段激动不已，跟你反复陈述，你没有做任何评论。至今我还纳闷儿，一个外科医生，没事怎么能带孩子看那么不正经的片子，关键是那么小的孩子，走心了，从此喜欢电影和女人。不像我，麻醉医生带孩子看《复仇者联盟》系列，满屏的男性荷尔蒙，儿子跟我反复探讨灭霸为啥喜欢看夕阳，我终于理解为什么你对颠轿子的桥段不以为意。

其实后来喜欢的电影片段还是充满男性荷尔蒙色彩的。

《与狼共舞》结尾的桥段，"空中散发"站在山顶，目送着"与狼共舞"回归白人的阵地，依依不舍。男人和男人之间的情感，又羞于用语言表达，最后的分离时刻，不表达出来又有失男人的豪放。"空中散发"骑着马在山顶徘徊，终于高举长矛，呐喊说："与狼共舞，你能永远把我当成你的朋友吗？"

《勇敢的心》里，华莱士已经奄奄一息，所有向他投掷石块的"吃瓜群众"都开始动了恻隐之心，只要华莱士屈服，就不会遭受斩首之刑。"吃瓜群众"也开始默默祈祷"仁慈"，"仁慈"的喊声由小变大，只要华莱士肯轻叹"仁慈"，国王就会放过他，但是刽子手手起刀落，华莱士用尽全身的力气喊出的却是——自由！

今年儿子恰好13岁，追风的少年需要补课，但我还是在课余时间告诉他，对于男人来说，找到自己真正的朋友，拥有更广阔的自由比成绩重要得多。当然，在他这个年龄表现出喜欢女孩子还是有些早，但是我会喜极而泣的。

女 人

这个话题我们从来也没有谈过，我都是无师自通的。为了弥补您对我这方面教育的缺憾，在我儿子很小的时候，我就很正式地跟他探讨过，他表示赞同和不理解。我也就慢慢放弃了，我坚信他也会无师自通的。

在婚姻里谈女人太违和。我时常在想：男人要多么出色，才能让一个女人死心塌地；女人要多么有魅力，才能让自己的男人钟爱她一生。后来发现，自己多虑了，我们都是普通得不能再普通的人。男人只要五官端正，勤劳正派，女人就会迁就他；女人只要丰满端庄，勤俭持家，男人就会珍惜她。

虽然我坦诚布公地跟老婆表示过：喜欢美女，顶多就是想想，都是合规的分内之想，没有任何非分之想。

"想都别想，太累了。"老婆告诫我。

还好，您没见过我老婆。

菜市场

我的最后一个爱好是逛各地的菜市场。我的一个志向是有生之年逛遍各地菜市场。因为在菜市场里能够看到迁就自己男人的女人们和珍惜自己女人的男人们，能够看到各种新鲜的食材，是各种欲望满足的基础。口腹之欲来得真实，满足得容易，也就能让我看到活色生香的烟火气，看到生而为人的基本乐趣。如果连这一口吃食都没有兴趣了，也就一定是抑郁了。

菜市场也是相对公平的地方。一分钱一分货，可以讨价还价，可以扬长而去。菜市场的卖家也一定是热爱生活的人们，早早地进货，整齐地摆放，遇到熟络的老客人会拿出藏在案板下格外新鲜的食材，双方顿时增加了超越普通人的信任感。我很少遇到这样的卖家，因为每次我都挑选自认为最新鲜的食材，不会听从卖家的建议，因为不信任。慢慢时间长了，认识我的卖家就会夸奖我，说我挑的就是最好的，我当然也不会相信，因为自己选的有的时候也是不新鲜的。但是我从来不抱怨，因为我知道没有永远的朋友，我只想保留一点儿挑选的自由。您生前是否逛过菜市场，我没有印象，您自然就少了许多这方面的乐趣。

其实最想交代的是，我的食欲、性欲、表达欲都还好，端午敬上。

老徐

小学五年级一跃而起

老徐后来回忆，3岁那年险些就饿死了。老徐3岁也就是1948年，彼时的安东（今丹东）民不聊生，老徐说她的肚子浮肿得厉害，什么东西也吃不下去，后来不知道是谁给她喂了点儿安东的特产板栗，每天几粒板栗渐渐增加了血浆胶体渗透压，浮肿消失，老徐才勉强活下来。其中的医学推断当然是成年以后当上儿科医生的老徐的推断，后来慢慢成长，老徐不但身体结实起来，智力也发育良好，学习名列前茅。但是因为身材矮小，总有班级的男同学欺负她。一次，一个男同学掐着她的脖子不放，眼见面红耳赤的老徐就要窒息，突然有人大喊："老师来了！"男同学赶快放手，老徐根本没有顾及老师是否真的到来，一跃而起，给了男同学一记响亮的耳光，正好被老师撞个正着。老师并没有追查事情的来龙去脉，坚持让老徐认错，老徐始终没有屈服，在同学中传为佳话。

中学考试物理第一

老徐后来回忆，父母后来欢喜地要上的一对龙凤胎简直就是给她生的。中学时期的老徐放学以后就要做饭、带弟妹，也就是在那个时期，老徐练就了一手烧菜的好本领。

最忙的人总是有最多的时间。做饭、带孩子之余，老徐匆匆忙忙地复习功课。如今我的脑海里还能想象出的画面是，老徐背上背着妹妹，左手摇着放弟弟的篮子，右手拉风车吹灶火，眼睛看着书本复习功课。老徐凭借自己的努力，中学毕业物理考试全班第一，满分。

带妹妹看病立志学医

因为龙凤胎的弟弟妹妹体弱多病，所以老徐经常带他们看病。老徐印象最深的是有一次妹妹感冒发烧，老徐背着她到医院，医生看见后说："你们家大人去哪里啦？怎么让两个孩子自己来看病？"虽然医生的态度很差，但是医术高明，一针下去，妹妹药到病除。从此老徐的少女之心被打动，迷恋当医生这种牛气地指责你，你还要言听计从的感觉。后来老徐凭借自己物理满分如愿以偿考进大连医学院，圆了自己少女时期的梦想。

烧得一手好菜抓住男人的胃

老徐当年到底是凭借自己的美貌还是厨艺吸引的老谭，后人就不得而知了，但是据老徐自己回忆是两者都有。

据老谭只言片语的回忆，认为还是老徐暗示要和他交往的成分居多，但是老徐矢口否认，坚持说大学时代追她的男生排出一条街，各种表白方式的都有。但是那个时代的老徐就觉得他们的方式都太低级，没有老谭有魅力。老徐清晰地强调，老谭最吸引她的地方，其实两个字就可以概括——幽默。我听了以后，惊得差点儿没掉下巴，对于老徐这样的纯粹理工女，居然单单靠幽默就可以打动，那个时代的人简直纯真得让你觉得可笑。

后来老谭事业有成以后，老徐也丝毫没有不放心的时候，因为老谭每天完成一台六到八个小时的开颅手术以后，必须要吃老徐煮的海鲜面才能安稳地睡去。我曾经仔细地观察过老徐海鲜面的汤头，无外乎黑木耳、鲜虾、鸡蛋花，没有什么特殊的食材。我想真正让老谭百吃不厌的原因是老徐下面的火候。家的阳台和医院仅仅一街之隔，每天下班以后老徐都会在阳台上张望，看到老谭微驼的背出现在人行道上，老徐才把煮了八分钟的面捞出来过水，爆锅，鲜虾翻炒，下黑木耳，淋汤，一气呵成。老谭再用八分钟走上楼，热汤加上凉面，口感和温度都刚刚好。老谭进屋话也不多，一盆面瞬间就可以一食而尽，然后进屋沉沉地睡去。如果当天的手术不顺利，老徐还会负责指责当天的手术护士和麻醉师配合得不到位。老谭总是笑笑，夸奖老徐善解人意。老谭去世很久以后，老徐还是会经常站立在阳台上，寻找那个微驼的背。我也吃了无数次坨了的面和凉的海鲜汤。

老实学医继承衣钵

关于我高考志愿必须学医的问题，老徐明确表示，即使是一辈子的黑锅，她也背。

1994年，老谭事业如日中天，向来对老徐言听计从的老谭，关键时刻还是放弃了在儿子心目中做一个伟岸父亲的机会。高考以后我继续圆老徐的少女梦，做医生，但是丝毫没有老徐当医生那种牛气地指责你、你还要言听计从的感觉。

我迷恋那种牛气地给你讲故事、打动你的感觉，想考导演系。老徐为此专门去了一趟北京电影学院，要了一份招生简章，了解了一下报考情况，然后对我说："你就死了那份心吧，你没有那个命，还是当麻醉医生吧，旱涝保收，最起码每天可以吃上三顿饭，不像你爸，每天就吃一顿饭。"

交往的男人都是些彪子

老谭去世以后，大学时代追求过老徐的男同学们又都陆陆续续地来看望老徐。老徐每次都试探性地征求我的意见。我知道那些人都有妻室，我也了解老徐，每次我也都笑笑。

几年以后，来看老徐的男同学，有个得了帕金森，有个得了脑血栓，有个得了心梗直接就"挂"了。老徐每次都信誓旦旦地说："自己身体什么状况自己不清楚吗？还都是医生，多亏我没答应，都是些什么人，都是些彪子！"

后来看老徐的人越来越少，老徐就到星海公园跳舞，舞步轻盈，舞姿曼妙。十几年下来，老徐的身体状况越来越好，舞伴换了一个又一个，不是得了脑血栓，就是得了糖尿病跟不上老徐的舞步了。每次悉数过往的舞伴，老徐都说，他们都是些彪子，和老谭比，差得太远了。

英国园丁里的主任医师

从小到大，老徐一直把我带在身边，直到我27岁结婚、考研离开老徐。而妹妹一岁半老徐就把她送给奶奶带，所以老徐一直觉得愧疚。顶着73岁的高龄，老徐只身飞往英国给妹妹带孩子，了却自己的心愿。

在英国社区的花园里，老徐每天带孩子之余深耕花草，和一群老太太们混在一起，大家一直以为她是一个园丁。直到有一日，一个孩子的奶奶问老徐："你看，我家孩子是不是有点儿异常？"

老徐头也不抬，一边除草，一边说，这孩子的病叫"抽动秽语综合征"，发病半年以上需要药物治疗，但是在英国他们不会轻易给你治疗，因为需要服用的药物叫安坦，需要监测血药浓度，很麻烦。孩子奶奶大惊失色，说："你个园丁怎么知道这些？"老徐说："我在国内是儿科主任医师，主任医师你知道吗，正高级职称，你们这些彪子！"

老徐终于在异国他乡又找到了当医生那种牛气地指责你，你还要言听计从的感觉。

头上的花和各种麻醉方法

大学毕业以后，我听从老徐的安排，做了麻醉医生，确实每天三顿饭，衣食无忧，这个工作一干二十年，但是和老徐不在同一个城市。今年从业第二十个年头，同学和同事让老徐体会到了各种麻醉方式，老徐嘴上没说什么，但是内心还是比较满意的。最后一次，我要给老徐做超声引导下膈神经阻滞，老徐紧张兮兮地问我："你要给我打臂丛？"我说不是，是膈神经，老徐说："它俩离得那么近，你怎么保证只让膈神经阻滞而不影响臂丛？"我一时语塞，老徐终于在麻醉医生儿子身上找到了当医生那种牛气地指责你，你还要言听计从的感觉。

老徐跟儿媳说："我死了，一定在我的头上戴上鲜花，死了我也要美美的。"我安慰老徐，哪有那么容易就死了，星海公园还有那么健壮的老男人，和他们一起跳舞，和他们一起老去。

结束职业生涯的真正原因

老徐当年竞争三院儿科主任位置时，群众票数最高，但是因为某些原因，最终还是在辩论赛中失利，与主任的位置失之交臂。但是老徐还是不服气，找领导理论，领导的答复是："你是大连医学院毕业的，获胜者是中国医科大学毕业的。"老徐笑笑，服从领导安排，到病案室当了几年主任。从病案室主任的位置退下来以后，她又到分院当医生。

后来三院分院的全体人员"改嫁"到华南广场社区卫生服务中心，老徐以60岁高龄拿下全科医生合格证书，又在华南广场行医几年。最终因为高血压病彻底结束职业生涯，全职挑战星海广场华尔兹舞，目前是星海广场舞裙最艳丽、舞姿最曼妙的大夫。老徐说，一定要强调"我是大夫，主任医师，会跳舞、能治病"。

老徐偶尔回到华南广场社区卫生服务中心找老同事叙旧时，看见94岁的前任院长又出山了，肩负起整个卫生服务中心的管理工作，自己也心动了，毕竟才刚刚75岁，除了高血压，没有其他毛病。

"为了预防阿尔茨海默病，我觉得您可以继续出诊，何况现在儿科医生这么紧缺。"我漫不经心地劝说。

"我知道继续工作可以预防阿尔茨海默病，但是你不知道我真正退休的原因。"老徐故弄玄虚。

"不是高血压吗？还有什么原因？"我追问。

"知道高血压是怎么搞出来的吗？"老徐继续卖关子。

我开始准备默默地倾听了。

"当年华南广场社区卫生服务中心刚刚开张的时候，我是最年轻的医生，负责下片区，建立患者档案，挨家挨户登记。因为穿着时髦，谈吐不凡，引起社区老年人的极大关注。他们背后都议论：'这是谁家的媳妇，漂亮又能干，顶多也就40岁出头。'我从来也没跟他们解释过我是一个60岁的寡妇，我不想让他们知道太多。有一天，一对老年夫妇到诊所，和我闲聊，问我：'你家老头儿是干啥的？这么有福。'我说：'我家老头儿是长春路医院的脑科主任。'"

"真的假的？"对方起疑。

"这种事情还有什么可以说谎的。"老徐硬气起来。

"你家老头儿姓啥？"对方又问。

"姓谭啊，怎么啦？"

"谭主任不是早就去世了吗？"对方更加疑惑。

"去世了也是我老头儿啊，我也没说我老头儿还活着啊，你们怎么知道的？"老徐有种被揭穿的尴尬。

"谭主任是我儿子的硕士研究生导师，孩子还没毕业老师就去世了。"

第二天华南广场社区卫生服务中心管辖的片区所有适龄老青年就都知道老徐是单身了，有来聊天的，有来送水果的，有来装病开药的，当然也有直接表白的。老徐开始夜不能寐，经常对着空荡荡的夜空大喊："老谭，你倒是给我个主意，没有一个能赶上你的，我到底是选，还是不选？"

次日清晨到卫生服务中心测血压，收缩压200mmHg，于是到三院住院治疗。

"是你爸让我结束了我的职业生涯的。"

能够治病的华尔兹

老毕退休前，不，年轻的时候，是全国海军军事院校深潜12人中的第一名，也正是老毕亮出这个身份，老徐才同意和他跳华尔兹的。但是老毕最大的弱点是，年轻时的闯荡造成了脑损伤，记忆和认知渐渐减退。对于所有年龄相仿、能力不如自己的人，老徐的共同诊断都是阿尔茨海默病。如果仅仅是和我交流，老徐会更加通俗易懂地解释给我听，说，他们都是些彪子。当然，对于老毕，老徐还是比较宽容的，认为他是患者。

随着年龄的增长，老毕的症状越来越重，每天从家到公园的路都越来越陌生，偶尔还会走丢，情绪低落，表情呆板。但是，自从和老徐跳了华尔兹以后，老毕回家有了笑脸。家里人好奇，问他缘由，老毕说，和他跳舞的是一个医生，老徐。

有一天，跳完舞，老毕突然跟老徐说，糟了，今天想不起来回家的路了，但是如果能够到小区门口，还是可以找到家的。老徐穿着舞鞋，用一个半小时终于把老毕送回了家。老毕的妻子感激涕零，央求老徐，是否可以短时间不要换舞伴，再跟老毕跳跳舞。

"我从来也没有把他当舞伴。他的记忆和认知虽然在不断下降，但是乐感和节奏感很强，能够跟着音乐节奏走，这样可能延缓他突触链接的退化。哎，跟你们说太多你们也不懂，我一直是把他当成自己的患者在治疗。当年我当儿科主任的时候，带领团队救治了好多脑瘫患儿，病情比你们这复杂多了。不说了，不说了。"

说完老徐提着鲜红的舞裙，强忍着磨出泡的脚掌的疼痛，渐渐消失在一家人错愕的表情中。

从此以后，老毕的妹妹和老伴儿每天准时把老毕送到星海广场，在华尔兹的音乐中接受老徐的治疗。

老徐的舞鞋坏了，总喜欢找星海广场旁边的李师傅修。老徐说李师傅是个聪明人。李师傅每次修鞋，都会问老徐："全广场都知道老毕人傻，你怎么愿意和一个傻子跳舞？"老徐也没有解释突触链接退化的问题，只是说："我让聪明人修鞋，但是和傻子跳舞。"李师傅好奇，问："为什么？"

"聪明人知道如何把鞋修好，跳起舞来，鞋跟脚最重要；傻子能够踩到舞步就可以了，他只管跳舞，没有其他的坏心眼儿。你们这些男人，除了坏人，不是彪，就是傻，没有一个能赶上老谭一半的。"

老徐的舞裙还是最艳丽的，舞步还是最轻盈的，舞姿还是最曼妙的，因为她知道，只有老谭才是她最称心如意的灵魂舞伴。

三十年回顾

谭芳伦

1965年： 8月考入大连医学院医疗系，任65级7班班长，后任团支部书记。当时11名高中同学进京考一份表，而我考入大连医学院感到很掉价，见不得人。

1966年： 徐4月份入团。5月我们获大连市四好团支部。9月份与赵某去北京、沈阳、长春、哈尔滨串联。
11月回连带父看病，确诊为肝癌，12月初去上海手术。路茫茫。

1967年： 1月21日，带父从上海乘车经历千辛万苦回大连。2月到3月大姐夫急性黄疸型肝萎缩，我带张放去大庆。5月回大连，父病重，8月1日病故。8月到10月天天去卫生局调三姐回大连。11月1日，在大连火车站接三姐回来，遇见徐交换地址。

1968 年：2 月份再次带张放去大庆看望大姐夫，3 月返大连。夏天，徐到我住处借锤子，因孙昌斌在场而阴差阳错地错过了。8 月份工宣队进校，天天坐板凳写语录。11 月下乡前夕，徐告诉我，天外有天山外有山，断绝关系（根本也没开始）。那天晚上不少同学看到我们，以为我们正式谈恋爱而舆论大造。齐森故意让我们收拾教室，我与他和崔大吵一架。下乡到最底层冰峪沟劳改，腰外伤。徐告诉我"不要胡思乱想"，一语双关，真有水平。其间我的哥们儿没有一个帮忙的，人间哪有真情在？

1969 年：1 月 10 日，我提前返大连（因病）。学校确诊为肝炎。徐宣布与我确定恋爱关系。谢谢你给我的爱，帮我度过那个年代，从此以后受到你的爱和关怀。5 月 4 日，南迁遵义，我们共同踏上了一条充满荆棘的路，风雨同舟，患难与共。8 月你们到金城公社，我与小丁、赵去乡下看望你们，你回遵义看我，后来你患肝炎。

1970 年：徐家下乡。8 月我们毕业，车站哭声一片。我们分配到织金，9 月去猎场劳动锻炼一年。年底徐回县医院代班。我一人在猎场有时寂寞，有时也挺有趣味，与农民感情极深。

1971 年：我们（大医）回县医院代班，与王德超合伙吃饭。9 月

30日到北京你哥嫂家接东回丹东，人家挺冷淡，到大连无人接站，茅台酒打得粉碎。二哥三姐已"结婚"。承富在盖新房子，两家都挺惨的，一片狼藉。11月中旬经瓦房店，在大哥家住一夜，吃锅贴，后返回织金参加运动。

1972年： 继续在织金志强公社长驻，成天扯淡没事干，常常往县城跑。6月派回遵义联系进修未成。7月24日，我到毕节学男子计划生育手术后，留下进修外科。遵义医学院调人回校，我们未拼成功！本计划7月回东北结婚而推迟。

1973年： 3月再次去毕节，6月我回县里送王金宝回东北，10月我回县里接你，调进毕节，心情沉重。李安生、王树贵、何素华去毕节进修。

1974年： 因我做的胃大部切除术病人麻醉未醒误吸窒息死亡，刘院长挨打，全院停产三天。我们延误至3月31日经上海带大姐夫乘船回大连、丹东，路经桂林、武汉、南京、苏州。4月30日我们请大家吃饭。孙昌斌拿了一把香椿，孙天明给了一对布枕套。6月初带承伟经北京大哥那儿回黔，走前神经性上吐下泻。崔景章、于宏到我院进修，路上流产一次，回毕节后又流产一次。分到房子，又打了新床，全院一片哗然，冬天住院保胎。王梦娟叽叽喳喳。

1975年： 7月24日小斐出生，科里一天假也不给，我养了一屋子鸡，忙得不亦乐乎。张志宏、王泽书来进修，周景祥来进修并活动调回遵义医学院。

1976年： 我们要求回东北，带人事局郭局长回遵义医学院看病，黄长海来进修。

1977年： 8月与刘院长达成协议，医院放我走，我下乡去大方县双山区医院自制学习计划，过寂寞的、枯燥无味的、艰苦的农村生活。

1978年： 1月27日小娇出生。夏天打电话说小斐抽风，我坐牛车回毕节差点儿送命。年底参加遵义医学院回炉班考试合格，求公安局国局长回遵义了解动态，夏天阑尾炎保守治疗。

1979年： 4月3日回遵义医学院解剖进修班学习，心事重重。在此前花300元打了几件家具。陈荣存来毕节进修。6月你带小斐、小娇回东北探亲。将小娇留在大连。7月经遵义回毕节，仅住一夜，因我准备研究生考试。

1980年：回毕节过春节。参加评工资，因涉及多生而结扎。在家
准备研究生考试。5月4日回遵义考试后带79级3班解
剖实习。7月回毕节过暑假。8月下旬与老陆经金沙从
遵义回大连到沈阳。年底你因病住遵义医学院附院四十
余天，陈斌带小航、小斐陪同。

1981年：元旦刚过，你带小斐从毕节到沈阳住约一周后回大连。
春节我回大连后一起回丹东。3月你经沈阳回贵州，我
们无钱，只能在车站见一面，真惨！夏天我回毕节，路
上胜似逃荒。9月进神经外科开始实验。

1982年：春节回丹东和姥姥姥爷一起过的。节后初六带调令从丹
东经沈阳、北京回贵州接你和小斐。同学老乡都走光
了。我和隔壁打行李。大雪封山，王焕迎老伴儿送我们
走水城，经上海回大连，带小娇一起回丹东，回校后第
一次研究生实验设计未通过。

1983年：新年、春节回丹东。夏天你们全家在丹东团聚，后与承
杰一起回沈阳。9月回大连医学院。10月你来连探亲。
小娇入大医长托。

1984年：春节带小娇回丹东探亲。5月回丹东送病人。6月24日
你与小斐调回大连，紧接着咱妈家大修，百年不遇。金

凤霞来进修。王宏剑来大工读书。冬天方侯烧伤住我们医院，小娇上小学，李斌来访。

1985 年： 3 月份脱产学英语。6 月 26 日入党。9 月 16 日派铁法矿务局医院，年底李德祥来访。

1986 年： 3 月初从铁法回连，同月与赵主任去北京开全国会。7 月 6 日分到长春路房子，在此前几天，姥姥、姥爷、承和从山东来，因我们没房子而当天回丹东。刘宗贵、毛松寿来访。6 月任教研室秘书。9 月你去北医儿科进修。10 月我去北京开会，承和、焦红来住一天（因我们均不在家）。

1987 年： 你 2 月回大连过春节住 4 天。6 月回大连晋级考试未成；9 月进修结束，回大连。11 月我去桂林开会。三姐阑尾炎开刀住三院。我们晋升为主治医师。12 月王树贵从贵州来。

1988 年： 年初承杰病故，你去北京。4 月姥姥姥爷来住。8 月份小斐小学毕业。9 月买冰箱，你送姥姥姥爷回丹东。12 月二利脑外伤，我去接来做手术，走后奶奶腰扭伤住在我们家过新年。承林从青岛取彩电路过。姥爷骑车扭伤住院。闫桂芬来进修，送儿子读铁路司机学校，崔景章来访。

1989 年： 年初，二姐夫高血压脑出血手术抢救，随后小顺子胃出血住院抢救。5 月校友会，赵成利、齐世学、孙昌斌、彭宝仁、郑淑琴、高秀芬、郝金琪、富春实来聚餐。6 月承林丈母娘来做甲状腺手术。8 月徐波走后，徐东、徐晓、李翠微来玩。10 月我阑尾炎手术。12 月方亿阑尾炎手术。买彩电。

1990 年： 3 月承林全家回文登，8 月小娇小学毕业腿外伤。我院搬进新大楼。9 月我们回丹东。10 月参加晋级副教授外语考试，年底破格晋升为副教授。蔡学嫣来送女儿读大学，同时进修妇产科。

1991 年： 3 月侯主任调出，5 月我去武汉、北京参加学习班。7 月小斐中学毕业后我们一起去丹东、本溪水洞。后承和厂长来住一天。

1992 年： 年初焦红小姨父来住院，夏天何素华、周景祥带儿子来玩，王琳来手术忙了一夏天。5 月去上海参加学术会。

1993 年： 年初动脉瘤病人死在台子上，满城风雨。4 月赴京参加赴日外语考试。小娇中学毕业。承芬带小单来玩。后大姑、大姑父来旅游，你和大姑父同回丹东。

1994 年： 我任神经外科副主任，你调病案室任副主任。7 月 20 日
搬到孙家沟新房子，大嫂、徐晓来，小斐考入大连医科
大学，随舅妈、徐晓去山东、北京。姥姥姥爷去文登住
又回丹东。11 月安电话。3 月小斐气胸。

1995 年： 你年初去北京参加学习班，6 月去昆明参加第 7 届小儿
神经科年会。5 月我们回丹东。3 月 26 日参加晋级外语
考试。换大彩电，老妈搬迁至桃山小区。

1996 年： 二姐夫再次脑出血住院治疗。冷月珍来做腰间盘手术送
回丹东。3 月我脱产学外语。5 月 21 日赴日本北九州
市。7 月小娇高中毕业，阑尾炎手术。

1996 年 10 月

日本北九州

库拉岗日徒步游记

雍布拉康

马骏达接到文成公主召见的密令还是颇为惊讶的。其一，历来没有已经外嫁的公主要求本国将军再次相见的；其二，作为斩杀吐蕃千余猛将的急先锋，重返吐蕃，也让马骏达心存疑虑。但是王命难违，太宗亲自下的命令，马骏达接旨后，就带了两个随从，一行三人直奔雍布拉康。

文成公主641年从长安出发，一路颠簸，历经千辛万苦到达吐蕃，在拉萨度过寒冬以后，就和赞普在山南的夏宫雍布拉康度过。

贞观十九年（645）九月初五，马骏达接到命令可以在雍布拉康单独会见文成公主，他顿时觉得凶多吉少，交代两个随从，一旦遇有不测，返回大唐以后一定不要声张，让他的儿子低调处事，不要复仇。

在雍布拉康门口，两位僧人就示意，只有马骏达可以入内，随从被扣下。马骏达上了二楼就被要求不能携带任何兵器，马骏达一一遵从，小心翼翼地按照指示，独自爬过只能容一人通过的寝宫入口，另外两个僧人亲自掸去将军身上的尘土，抓了一把黑香柴，强迫马骏达深吸几口。原本就比较严重的高山病，加之独自爬过寝宫入口的恐惧，将军虽然身经百战，但也心跳加速，深吸几口黑香柴，反而心率下降，心态平和，坦然地接受命运的安排了。

刚刚到达寝宫，对眼前金碧辉煌的景象的惊讶感还没有消失，将军就感觉到冰冷的利器轻轻地抵着他的右颈总动脉分叉处，也是他当年刀刀毙命的最熟悉部位。

"将军，有失远迎！"文成公主的声音坚定而沉着，让马骏达分不清利器是持在公主的手里，还是另有其人。

"在下马骏达拜见公主！"将军目不斜视，回答得视死如归。

"将军可知，今日并非我召见，亦非赞普召见。"公主解释，从侧面，只能看清马骏达粗如猪鬃毛的头发和略驼的背。

"在下接到圣旨，说是公主召见。"将军解释。

"将军何时接到圣旨？"公主问。

"贞观十六年（642）九月初二。"将军解释。

"将军可知，小女贞观十五年（641）离开长安，将军接到圣旨的时候，我还在路上。"公主解释。

"我并未深思。"将军解释。

"将军可曾向藏王泄露过小女身世？"公主直奔主题。

"这……" 马骏达陷入深深的回忆。

"我是本次库拉岗日徒步的领队，大家可以叫我羊，山羊的羊。"领队介绍完，大家一片笑声，徒步"驴友"的称呼千奇百怪，但是叫自己羊的，还是第一次听说。

"好，大家依次排开，我简单介绍一下雍布拉康。"作为傈僳人的领队，羊皮肤黝黑，目清齿白，非常符合原始森林里猎鹿人的形象，作为徒步领队，是再合适不过的人选了。"雍布拉康是西藏历史上第一座宫殿，雍布意为母鹿，拉意为后腿，康意为宫殿，因为扎西次日山形似半卧母鹿，宫殿仿佛在鹿腿之上，得名雍布拉康。这里曾经是历代赞普的王宫，也曾经是松赞干布和文成公主在山南的夏宫，文成公主入吐蕃的第一年夏天就是在这里度过的。大家往前看，这个只能容一人通过的入口，通往公主的寝宫。"

大家顺着羊的指引，继续往前走。"雍布拉康的殿内，中塑三世佛，北壁为松赞干布、赤松德赞两王像，南壁为文成公主、金城公主坐像。"随着羊的手势，我们一睹了文成公主的尊容。我突然感觉一阵寒意，下意识地把冲锋衣和羽绒马甲的拉链全部拉到脖颈，严实地把自己包裹起来，普通的高山病是头疼和心跳加快，每个"驴友"都抱怨过，接下来的徒步过程我才慢慢领教自己身体的高山病：寒战后发烧。

桑耶寺

莲花生大师，是印度佛教史上大成就者之一，藏传佛教的主要奠基者，应藏王赤松德赞迎请入藏弘法，成功创立西藏第一座佛、法、僧齐全的佛教寺院——桑耶寺。莲花生大师是三世诸佛的总集化现，为利益世间众生而降临世间，莲花生大师集智慧、慈悲、伏恶的力量于一身，拥有无边法力。

据说藏王赤松德赞为莲花生修建第一座寺院初期，急于想知道建成以后的景象，于是莲花生应用法力从掌中变化出寺院的幻象，藏王看后惊呼"桑耶"。领队羊接着解释说，就相当于我们今天用的感叹词。后来因为这个惊呼，寺院得名"桑耶寺"。

"桑耶寺的来历虽然是传说，但是无论从藏经还是建筑风格上说，迄今为止都是令人叹为观止的，"领队羊边说边走，"桑耶寺又称三样寺，是因为这种藏、汉、印合璧的建筑风格在建筑史和佛教宫殿历史上都是极为罕见的。大家可以在桑耶寺领略不同风格的各个教派的菩萨形象，比如这尊菩萨、托药钵、执锡杖，就是药师佛本尊。"领队羊示意给大家看。

由于大家刚刚入藏，每个人都或多或少地存在高山病，所以我们前两天的行程比较轻松，参观完宫殿和寺院以后，大家自由活动，等待身体适应高海拔的低氧状态后，我们进山。领队羊叮嘱大家注意事项。

"大家不用担心自己的身体状况，我是具有二十年执业经验的麻醉医生，普京总统出行每次必须随行的麻醉医生，在生命垂危的时候，我会让大家起死回生。"我骄傲地在车上宣布自己的职业。

"太好了，这下团费超值了！"

"我们宁愿用不上你!"

"哈哈!"

大家七嘴八舌,一路颠簸,回到色乡的小旅店以后,我已经极度疲劳,阵阵寒意袭来,我把冲锋衣和羽绒马甲的拉链全部拉到脖颈,严实地把自己包裹起来,到达房间便一头栽倒在床上。

随着夜幕的降临,我的疲惫感并没有丝毫减轻,安静地躺在床上,能够听见自己不断加快的心跳声,更为可怕的事情是,我感觉到自己随着一阵阵寒战,体温不断上升,已经能够明显感受到鼻孔呼出的气体急促而炙热。

"亲,我发烧了。"我给领队发了微信。

"稍等。"羊回复。

时间就像停滞了,刚刚有一点儿困意袭来,一阵敲门声把我惊醒。

"大谭,你不用起床,我们刷卡进来。"是领队羊的声音。

羊进屋以后,后面紧跟着两个工作人员,我也听见门口"驴友"七七八八的议论声:"这不是白天吹牛的麻醉医生吗,怎么自己先病倒了?哈哈。"

工作人员给我量体温,羊戴着口罩看着我。"你不用担心,问题应该不大。"他安慰我。

"应该是高山病,低氧以后体温调节中枢紊乱,加之旅店温度低,寒战后产热,从麻醉医生的角度,我觉得自己问题不大。"我虽然高烧着,但是还是在不停地解释,因为不想因为自己而耽误了其他人的徒步行程。

"你只要相信自己能好起来，就一定能好起来，从老猎人的角度，我也觉得你问题不大，"羊继续安慰我，"明天就好了，明天你好起来，我们到白玛林措，白玛林措传说可以看到自己的前世。"

白玛林措

第二天一早，我的精神和体力都出奇地好，为看到自己的前世，调动了所有的精力和体力储备。

白玛林措名不虚传，达到目的地以后，"驴友"们纷纷拍照合影，被无法用语言表达的美景深深震撼。正在大家玩兴正浓时，突然有"驴友"晕厥倒地。

我和羊第一时间跑过去。"测下脉搏血氧饱和度吧。"我提示羊。

"测不测都行，我担心吓到你。"羊说得虽然漫不经心，但是已经把血氧饱和度指夹拿出来，戴到队友的手指上。"嘀"，一声清脆的开机提示音，接着是漫长的测试等待，"嘀——嘀——"，不断的报警提示音，我低头一看，血氧饱和度只有49%。

"这样下去要出人命的。"职业素养让我们莫名地紧张起来，我跟羊大喊。

"他是高山病，喝点儿清水，一会儿就好。"羊还是漫不经心。

"在手术室里，血氧饱和度低于90%，我们就考虑气管插管抢救了！"我捍卫自己的专业知识。

"你们在手术室里的低血氧是什么原因？"羊问我。

"有各种全麻并发症的原因，还有患者自己并存疾病的原因。"我理直气壮。

"是医生干预以后出现的低氧吧。"羊接着问。

"对啊，有的是镇痛药物呼吸抑制，有的是肌松药物残余，这些导致的低氧都要积极抢救的。"我宣教着。

"现在这个人是这些原因吗？"羊抬头看我。

"当然不是，但是血氧饱和度49%，确实太低了。"我解释。

"问题不大，只要慢慢喝清水，再闻闻小叶杜鹃的气味，一会儿他就会好起来。"羊非常自信。

按照羊的处理，队友果然很快苏醒过来。

我也从旁边的灌木丛中捡了几片小叶杜鹃的叶子闻闻，果然有一种特殊的宁神香气。

马骏达随着思绪开始回忆：

公元638年，我带领的五十人先锋队日夜马不停蹄，早早在吐谷浑设下埋伏，密切观察吐蕃军队安营扎寨以后，我们杀了两匹壮马，马肠略微处理后，开始烧黑香柴，让黑香柴的烟气充满胀大的马肠，每个人带五个黑香柴肠球，沿着吐蕃军的营帐依次释放，一个时辰左右，吐蕃军鼾声四起，五十人在月色中借着黑香柴的镇静作用，割断了吐蕃军队先锋队一千人的颈动脉。

赞普得知先锋队的消息后，大惊失色，在侯君集主将率领的大军到达之前，就退出了青海吐谷浑。

太宗原意派侯君集为主将，执失思力、刘兰和我为副将拦截吐蕃军，没想到我出奇兵，用黑香柴麻醉了先锋队，夺得头功。

"和侯君集主将会合后，他命我送太宗劝降文书给赞普，我也是唯一一个接触过赞普的汉族人。"我跟文成公主解释。

"劝降文书内容是什么？"公主追问。

"内容是藏文，我并不知晓。"我解释。

"是否还能够回忆起藏文的形状？"公主焦急。

"内容十分简单，仅仅三个藏文图形，当时我虽未心生疑虑，但是还是记下了图形的大致形状。"我解释。

"马骏达，你可否现在就画出来？"公主命令我。

"没问题。"我一边答应，一边就画了出来。

公主看完大惊失色。

"劝降信的内容是……？"我焦急地问。

"宗室女。"

折公三措

640 年，因为大唐急先锋马骏达斩杀千余名吐蕃军猛将，以及由此带来的大军厌战，八名主帅纷纷自杀抗战，所以赞普放弃和大唐战争的决定，派薛禄东赞携黄金五千两进长安提亲，诚意迎娶文成公主，以联姻代替战争。

1986 年，西安科技大学考古队队员在敦煌壁画中曾经发现一幅薛禄东赞提亲图，马队浩浩荡荡，绵延百里，但是纵观整幅图，整个马队，平均分成三队，而且行进过程中三个马队的形状始终保持不变。2020年，西安科技大学生命科学院将1986年考古队发现的马队图形输入计算机进行图片识别，发现三个马队图形正是藏文"宗室女"。

"后人推测，早在大唐时期，先贤已经掌握类似现代无人机技术，因为吐蕃提亲马队队形图一定是被破译了，智囊团破译后，并未采取行动，而是等到贞观十六年九月初二才迟迟秘密下旨通知马骏达进藏拜见公主。"领队羊在带领大家进入折公三措前，讲历史传说。

"645年，马骏达见过文成公主后，被流放到今天的三神湖区域，替吐蕃和大唐共同守卫三神湖，651年在三神湖去世，后被封为左骁卫大将军，左三公，"羊继续解说，"大家带了无人机的话，一会儿可以飞一下看看三神湖的全貌，据说形状类似藏文'宗室女'。652年以后，大唐官方记载的地址三神湖就改名折公措，一直延续到今日。"

折公措景色虽然美丽，但我因为高山病，每日下午都要寒战、发热，体力透支严重，不管进山还是出山，都在队伍最后。

下午终于熬到可以出山，折公措马上就要消失的时候，突然决定应该叩拜，没想到刚刚跪下，就泪流不止，真的应了百度词条折公措的简介——可以清洗人心灵中的烦恼和孽障。

库拉岗日·介久措

东方神山沃德贡杰、卫藏神山雅拉香布、北方羌塘神山念青唐古拉、南方神山库拉岗日。在风和日丽的日子里，站在介久措可以清晰地看见远处的库拉岗日和湖底自己来世的倒影。

在《脱泵卷心菜手术麻醉 5》里，我介绍过自己的职业，作为心灵助手类私教，除了倾听别人的述说，给予语言安抚以外，我是没有处方权的。虽然也是医科出身，可我连最基本的非处方药（OTC）的处方权都没有，但是对于长期处于失眠状态的人们，我可以推荐草药，仅仅是推荐，而且必须是单一成分的草药，任何复方制剂都是违规，网络监察系统通过文字和语音识别系统很快就能发现。所以在每次 Pathon 系统自动回复客人的诉求时，我会浏览各个时空的麻醉医生野外用药，汲取经验。一次网络竞拍的小佛像、托药钵、执锡杖，让我满心欢喜，没想到在浏览网页时，突然能量场干扰，出现网络矩阵错乱，画面出现在西藏游玩的场景，一个有着粗如猪鬃毛的头发和略驼背的"驴友"与一个领队的合照。

仔细浏览他们在同一时空不同时点的行为，看到他们在互相应用 Rhododendron thymifoium Maxim，我并不知道它的汉语名称，只知道它的藏文发音"卜路"。后来我给顾客推荐这种草药。

库拉岗日八日徒步很快结束了，我无意中发现自己的小腰包里居然残留了几片小草叶，于是马上请教羊。

"这是啥？"我问。

"黑香柴。"羊回答。

"藏语怎么发音？"我又问。

"卜路。"